江苏省残疾人联合会扶持作品

封盲笔路

封红年 ◎ 著

华夏出版社

图书在版编目（CIP）数据

封盲笔路 / 封红年著. -- 北京：华夏出版社有限公司，2025. -- ISBN 978-7-5222-0890-9

Ⅰ. I267.1

中国国家版本馆CIP数据核字第2025JF5922号

封盲笔路

著　　者	封红年
责任编辑	李春燕
责任印制	周　然

出版发行	华夏出版社有限公司
经　　销	新华书店
印　　装	三河市少明印务有限公司
版　　次	2025年4月北京第1版 2025年4月北京第1次印刷
开　　本	710mm×1000mm　1/16
印　　张	20.75
字　　数	270千字
定　　价	78.00元

华夏出版社有限公司　地址：北京市东直门外香河园北里4号
邮编：100028　网址：www.hxph.com.cn
电话：（010）64663331（转）

若发现本版图书有印装质量问题，请与我社营销中心联系调换。

自序

早先的坡子街有一条规则：作者发表的文章达到或超过了十篇后，编辑部会辑之并冠以某某作品集推出。我的第一篇文章登上坡子街后，我就给自己定了个小目标，争取发表十篇，能出个集子。其实，我是出过集子的。只是，给我出集子的不是出版社，而是我自己。

我的第一部集子，叫《叮铛书信汇编》。1988年秋，我怀揣梦想，走进了大学校园。一次偶然的机会，我有了一个笔友。她是上海本地人，在另一所大学就读。那个时候，我们相互联系的方式就是通信，虽然从未见面，也无风花雪月，但是我们有聊不完的话题，谈小说、散文、诗歌，谈人生、社会、理想。我们频繁的书信往来，引起了女孩父母的警惕。巧合的是，女孩舅舅正好在我校的学报编辑部工作。他向老师了解了我的情况，又找到我与我长谈了两个多小时。最终，女孩一家人消除了"我俩谈恋爱"的误会，转而支持我们的文学交流。大学生活一晃而过，我们一直没有见过面，但书信却积累了厚厚的一叠。毕业等待分配期间，我认真整理出了这些信件，全部誊写了一遍，装订成册，因我的笔名为叮铛，所以取名为《叮铛书信汇编》。当时我憧憬着，日后等我拿了诺贝尔文学奖，我就将这本汇编拿出来拍卖，至少能换一座城。

我的第二部集子，叫《理事长工作日记》。双目失明后，我到了泰兴市残联担任理事长。时光如梭，岁月如歌。日复一日的工作，简单而繁琐，辛苦而快乐。从2006年起，我每天坚持写工作日记，在泰兴残联的官网上开辟"理事长工作日记"专栏，按月发布。2015年，我的职务发生了变化，不再担任理事长，栏目更名为"封红年工作日记"，直至2020年12月止。我写这个专栏的初衷，一是向社会宣传残疾人工作，让大家知道残联在做什么；二是觉得好记性不如烂笔头，将每日的点点滴滴记下来，若干年后有个凭证，与家人和朋友聊天吹牛追忆"想当年"时能有份素材和证明。如果有可能再写个回忆录啥的，可以省很多事。可让我没想到的是，省内外很多新到残联任职的同志，他们到"万能"的网上查找残联相关资料时，我的工作日记竟然成了他们的"入门教材"。有的甚至专门前来泰兴考察学习。很多陌生的理事长尊称我为老师，我感到惭愧的同时，也有点小小的自豪。

我的第三部集子，就在泰州坡子街了。集子的八字刚起笔，我就在想，该给我的集子起个啥名呢？大概从我的第三篇作品发表后，坡子街给我推出了《封红年作品集》。当时我想，暂时就叫这个名字吧，等有了十篇，我再取个"高大上"的名字。盼望着、盼望着，秋天来了，十篇作品发表了。我又想逃避，毕竟街上的那些已经发表了几十篇的"大咖"，都老老实实地叫自己的集子为某某某作品集。我才有了十篇，就尾巴翘上天啦？可我又不甘心，这仿佛不仅仅是个名字。可到底取个啥名呢？我又犯了难。情急之下，突然灵光一现。1996年的一次党员组织生活会上，有人善意地批评我年轻气盛、锋芒太露，我至今记忆犹新。锋芒毕露，对！我就取同音《封盲笔路》吧！细细想来，这个名字很妙，又有点文化、有点创意。如今，我的第一部散文集即将出版，那就直接定名为《封盲笔路》吧。

既然叫笔路，就说明路漫漫其修远兮。前方的路并不平坦，不管是漫步还是小跑，不管是康庄大道还是崎岖山路，砥砺前行，努力奋进，用心看世界，用情记万象，一路风景必好。

目录

追 光 篇

盲人的尴尬 …………………………………… 002
失明的烦恼 …………………………………… 005
冬天的第一杯奶茶 …………………………… 008
我的运动我做主 ……………………………… 011
这几天有点忙 ………………………………… 013
有爱无碍 ……………………………………… 017
奔跑吧！兄弟姐妹 …………………………… 019
乘坐公交车 …………………………………… 022
春光处处无限好 ……………………………… 025
冬日暖阳中的苏馨家园 ……………………… 031
工作餐 ………………………………………… 037
国庆七天逛街乐 ……………………………… 039
患上面瘫后 …………………………………… 044
借力坡子街 …………………………………… 047
老李历险记 …………………………………… 051
盲人朗读者在泰州 …………………………… 057
骑行杂记 ……………………………………… 061
巧遇广西盲人朗读者 ………………………… 066
清明印象 ……………………………………… 069
三进杨根思连 ………………………………… 072

收到两箱水蜜桃…………………………………………………… 075

收到赠书《坡子街文萃》后……………………………………… 078

桃符石记………………………………………………………… 082

为荣誉而战……………………………………………………… 085

我也做了一次寻亲志愿者………………………………………… 090

想有一个家……………………………………………………… 092

写在她们出征前………………………………………………… 095

写在张变夺冠后………………………………………………… 097

印象食品………………………………………………………… 099

又到粽子飘香时………………………………………………… 104

走进幸运之门…………………………………………………… 107

走近大凉山……………………………………………………… 110

走上盲道………………………………………………………… 113

东北印象………………………………………………………… 115

把我自己说给你听……………………………………………… 119

出发……………………………………………………………… 124

特殊双选会……………………………………………………… 127

挑战……………………………………………………………… 132

永久的精神家园………………………………………………… 136

我的远方………………………………………………………… 139

写在"明珠朗读"揭牌仪式后…………………………………… 143

一块铜匾………………………………………………………… 147

再吹创新冲锋号………………………………………………… 150

盲人板铃球……………………………………………………… 155

菜花黄了………………………………………………………… 159

那年，我们上门给残疾人运动员送奖金………………………… 164

追 梦 篇

罡正	168
拜年的变化	171
尘土飞扬的日子	173
吃错药	175
灯笼奶奶	178
父亲与灯笼	180
东乡、西乡	182
二呆子	184
独居的日子	187
二奶奶	190
过年印象	193
过元旦随感	196
换糖的奶奶	198
回想我的高考	201
鸡汤长寿面	207
家乡的河	210
家乡的江	213
家乡的渠	217
家有"海飞丝"（一）	220
家有"海飞丝"（二）	224
看露天电影	226
老大碗	229
老支书的梦	234
六个粽子	238

那次赶集，差点成就了我的姻缘	240
散步趣谈	242
晌茶、晚茶、小夜饭	246
奢望自行车	248
铁头校长	252
听而不读，乐哉	256
往事悠悠	259
我的老师	264
我的外公	268
我家门前那条路	272
我陪母亲买衣服	276
做了一回家务活	278
小红	280
羊肉烧青菜	287
夜淆	290
一桩小生意，败坏了一座城的名声	293
又到父亲生日时	295
晕车	299
长大后我一定学医治好你的眼睛	303
做了一次小生意	306
老家屋后的银杏树	310
杨家大奶奶回家记	314
杨大奶奶体检记	319
后记	323

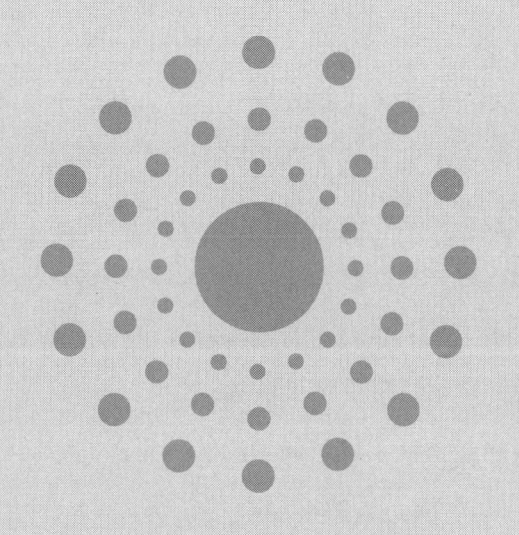

追光篇

盲人的尴尬

尴尬，一意为处境窘困，不易处理，二意为神态不自然。对于这两个字，我过去一直将其左偏旁写成了九，后来使用电脑五笔打字，才知道我竟然写了二十多年的错别字，真是尴尬啊！处境窘困，不易处理的尴尬也好，神态不自然的尴尬也罢，我相信只要是人，都或多或少地经历过、面对过尴尬的情况。我并不知晓他人的尴尬，也回忆不起我明眼时的尴尬，但自从双目失明后，真正地感受到了尴尬。

失明之初，我已经担任了民政局副局长三年多。因尚存一丝视力，我就勉强坚持着步行上下班。虽然家距离单位很近，一公里多吧，安全起见，我步行的速度不快。泰兴是一个小县城，路途中遇到相识的人，相互间打个招呼握一下手，那是必然的，也是正常的。虽然我看不清相遇之人到底是谁，但大多凭着对方的语音，能猜出个八九不离十。我暗自得意，一是得意于自己敏锐的听力，二是得意于他人看不出我的眼睛出了问题。可现实并没有让我的得意持续多长时间。慢慢地，我听到了传言："封红年有什么了不起的，不就是个副局长吗？每天踱个方步子在路上晃，跟他打招呼不理不睬的，跟他握手他连手都不伸，这官架子摆得太大了吧？"对此，我并不介意，我总不能像祥林嫂似的，遇到一个人，就解释说我的眼睛看不见吧。我相信，大家早晚知道了我的情况后，都会理解我包容我。可是，传言越来越多，言辞越来越尖锐，让我感到了问题的严重性。想一想，人家非常热情地跟我打招呼跟我握手，我却是无动于衷，他们那时的神态肯定很不自然，是很尴尬的；而我那时候的处境确实很窘困，确实不易处理，也是很尴尬的。

　　随着时间的推移，我的视力问题日益加重，再也不能独立步行，大多数相识之人都知道了我的情况，遇到我就会主动和我打招呼。但是，我所遇到的人，不可能全是相识之人。再加上我虽然失明了，但是眼珠还是滴溜溜地直转，从表面上很难看出来，所以尴尬情况还是不时发生。记得有一次，当时已经担任了残联理事长的我，在办公室里接待一位村残疾人专职委员。他找到我，想帮助村里的其他几位残疾人多争取几辆轮椅。我随即联系了镇残联理事长，了解到这位专职委员的工作做得很实很到位，深得村里残疾人的好评。于是，我立即请来了残疾人辅助器具服务中心的主任，满足了专职委员的要求，并安排了工作午餐，这让他非常高兴。谁知，我伸手想与他握手告别时，他却砰地愤然摔门而去，我愣愣地站了好几秒钟。辅具中心主任不明就里，紧随其后问其原委。我听得清清楚楚，那位专职委员气呼呼地说："他不就是有点权力了吗？没有我们在基层认真工作，他凭什么坐在理事长这个位置上？他也不想想，没有我们残疾人，他能做这个理事长吗？"他的嗓门儿挺大，其他办公室的同志们也纷纷出来查看。在大家的劝说和追问之下，那位专职委员的嗓门小了，气却没有消，恨恨地说："我伸手想跟他握手表示一下感谢，他却坐在座位上一动不动，他多大的官啊？"我听后，唯有苦笑而已。不大一会儿，那位专职委员又走进了我的办公室，神态非常不自然地向我道歉。当我们的双手紧紧地握在一起时，我心里充满了感慨。

　　当然，我所遇到的尴尬之事，还有很多很多，例如参加婚宴时会常遇到尴尬事。结婚，是一生中的大事，更是一件喜事，婚宴要办得越隆重越热闹，那才显得越喜庆越有价值。盲人眼睛看不见，更多地依靠听力来感受现场。可是，婚宴上司仪是激昂的，节目参与者是激昂的，他们的兴奋程度远远地超过了新郎新娘。高亢的音乐，嘹亮的歌声，溢满了餐厅的每一寸空间。有人和我说话，我听不清，给他人的感觉就是我对人爱理不理；有人来敬酒，我不知道站起来，给敬酒者的印象就是傲慢无礼。更多时候，我只能将笑容堆在脸上，在邻座的提醒下，被动地应对。特别是我不知道敬酒者是谁又站在何方时，我只能机械地站起，四面八方地虚晃着手中的杯子，口里大声地说着"祝贺！祝贺""谢谢！谢谢"。所以，同事、朋友、亲戚的婚宴，我参加尴尬，不参加也尴尬，其结果必然是尴尬。

  我失明后，感受到了太多太多的尴尬，也就尽量地避免因为我而给他人带来尴尬。比如说，我抢先热情地和他人打招呼，抢先伸出手等着他人来握我的手。可是，生活中的细节太多太多，需要眼睛去捕捉的细节更是数不胜数。而随便哪一个细节，都有可能给自己给他人带来尴尬。尴尬客观地存在于主观，也主观地存在于客观。作为盲人，那就认清自我，以热情、以诚恳、以快乐来面对尴尬；作为他人，那就以理解、以善良、以包容来应对尴尬。让尴尬不再尴尬，我们大家一起努力。

2016 年 11 月 25 日

失明的烦恼

应该说，我自2002年双眼失明后，从来没有因此而伤心烦恼到似自己被打入了十八层地狱。这十多年来，我一直快乐地生活着，尽管期间有着这样那样的不便，尽管有人表示不可理解，但我的生活和工作确确实实都很快乐。我用自己的方式工作，用自己的方式生活，用自己的方式学习，日子就这样慢慢地又是匆匆地过着。

可是，今年的这个五一假期，准确地说，是2015年的5月2日，我却因为自己的失明而感到了烦恼。这是一种无助的烦恼，这是一种得不到理解和支持的烦恼。也许这烦恼是我自己找来的，并不是他人强加的；也许我换一种方式，这样的烦恼就不可能出现。但，不管怎么回放那时那刻，我的烦恼是实实在在地出现了，而且会影响到我的今后。

5月2日，星期六，上午九时。天气不好也不坏，气温不高也不低，天空中偶尔会随风飘来丝丝细雨。我打开了收音机，调到了泰兴人民广播电台，听着上周《助残热线》的重播。我想去市残疾人托养中心，计划是我自己从家里走到小区的大门外，请那位卖水果的老板娘帮我打一辆的士，抵达后请那里值班的同志到门外接我。之前，我已经多次采用了这个方法。每次当我独自走到小区门外时，那位老板娘都会非常热情地和我打招呼，主动地将我带到安全的路边并帮我招手拦下的士。

可是今天，当我边听着节目，边踱步到小区门外时，没有听到那位老板娘的招呼声，也许是她给自己放假了。我没有默默地站在门外，而是将收音机的音量调大了许多，想引起路人的注意，希望能有人主动过来与我说话。奇怪的是，今天我居住的小区，比往常安静了很多，没有一个人出来或进去，路上的行人也不多，车子却是呼呼地一辆接着一辆地从我身前或向左或向右地驶过。我不知道其中哪一辆是的士，更不知道哪一辆的士是空的。我给同一小区的一位朋友打了一个电话，不巧的是他外出旅游了。我又给今天托养中心值班的工作人员打了一个电话，想让他过来接上我一起去，但他早就去单位了。我高高地扬起了右手，希望能有一辆的士停在我面前，可直到我举着的手酸得不行，也没有一辆车停下来。我尝试着拦下一位从我身边走过的路人并请他帮我打一辆的士，可路人不耐烦地说了声"奇怪"，可能还打量了我一番或者只是用余光看了我一眼后，就或匆匆或从容地离我而去了。

我的心情越来越坏。我想，如果我没有失明，我自己应该能学会开车；如果我没有失明，到路边打的应该是轻而易举的小事；如果我的家人能将我送到路边并帮我打的，我就不至于站在路边而不尴不尬；如果我不去托养中心而在家里睡觉，也就不会出现这样的烦恼。可是，所有的如果，都只能是如果。那一刻的我一个人站在人来人往、车来车去的路边。我关掉了收音机，仰起了头，几丝细雨从我面颊上拂过，几只小鸟躲在我身旁的树枝里哀叹。

我不想麻烦家里人。失明后，家里所有的活，洗衣服、煮饭、买菜、打扫卫生等等，我就没有做过，我过的基本上是衣来伸手、饭来张口的日子。他们已经非常辛苦了，我不想为了我工作上的事再去麻烦他们，更何况是我自己认为完全能够搞定的打的这样的小事呢？基于此，我没让家人送我，我想自己能做的事情一定要自己做。我不想麻烦单位的同事。他们平时早出晚归地接我上班送我下班，节假日也是难得休息。他们有着各自的家庭、各自的生活，他们为了我，已经默默地承担了很多很多。他们需要休息，需要陪伴家人，需要放松。基于此，在节假日里，除非不得已，一般情况下，我是不会麻烦单位的驾驶员并动用公车的。

　　我不敢也不可能走得太远，我只能在有限的范围内来来回回地转着圈儿。我想到了一个成语叫画地为牢，我想到了和我一样在"牢里"转着圈儿的包括盲人在内的残疾人兄弟姐妹们。此时此刻，他们在"牢里"又做着什么想着什么呢？我痛苦地睁大了眼睛，努力地想看清楚从我面前走过去的是些什么人，从我面前开过去的车是些什么车，在我身旁哀叹的鸟是些什么鸟。可是，行人还是一位接着一位地从我面前走过，车子还是一辆接着一辆地从我面前开过，小鸟还是在我身旁哀叹。这让我意识到，在茫茫人海中，我只能是一名普普通通的人，任何一个其他人，都不可能因为我的失明而赋予我特殊的待遇，或者让我成为一个万能的人。

　　细雨不知什么时候已经不下了，阳光从树叶的缝隙中透洒在我的脸上，暖暖的，痒痒的，我有大哭一场的冲动，更想有无所顾忌地狂奔一气的壮举。我狠狠地朝空中挥舞了几下拳头，又深深地呼吸了几口潮湿的带着汽油味的并不算新鲜的空气。我的举动，惊飞了树枝上的小鸟，它们扑棱着翅膀飞到了离我更远的树枝上。最终我没有放弃我的托养中心之行。在继续拨打了两个电话后，我请一位有私家车的朋友将我送到了托养中心。

　　到了中心我才知道，前不久被评选为美丽妈妈的七圩小学的高晖老师，带着她的孩子，正在与园友们联欢。融入其中后，我很快就被快乐的氛围所感染。我的失明已经成为现实，有些我自己不能独立做的事情，我必须去麻烦去辛苦我的家人、我的同事、我的朋友。

　　至此，我不再烦恼，尽管今后还会有新的烦恼出现。漫步在我非常熟悉的托养中心内，空气中没有了汽油味，处处弥漫的是怡人的花香；树枝上没有了哀叹的小鸟，处处可闻的是园友们开心的笑声。

2015 年 5 月 4 日

封盲笔路

冬天的第一杯奶茶

国庆这几天的天气变化之大，让人猝不及防。虽是秋天，但气温骤降，仿佛入冬。趁着假期可以安心写点东西，我坐在书房的电脑桌旁，噼里啪啦地敲击着键盘。电脑桌的左侧是一个鱼缸，十多条各式小杂鱼悠闲地游来游去，一只小螃蟹静静地躺在缸底，哗哗的水流没有激起一丝浪花。鱼缸的左边是窗户，雨点随风飘打在玻璃上。雨水或直或歪地流下，在玻璃上随意勾勒出一幅幅抽象画。

儿子睡眼蒙眬地走来，双手交叉抱在胸前，俨然还没适应"一夜入冬"的冷："好冷！有杯热奶茶就完美了。"

"奶茶！"我猛地想到了什么，站起身说，"走，带你喝奶茶去。"

儿子并不情愿："下雨呢，点个外卖吧。"

我态度坚决："想喝就跟我走，到了那里随你点。"

雨似乎明白了我的意思，很配合地停了。我和儿子走出门，清冷的空气中弥漫着桂花的香味，时而浓郁、时而淡雅。我不停地深呼吸，让这花香充盈五脏六腑。

这是一家并不起眼的奶茶店，位于泰兴城区未来城小区的一个十字路口，是一间小门面，朴实无华，店内摆设简洁大方。沿墙摆了长条板凳，应该是让客人坐着休息的地方。

儿子立马发现了端倪："无声的店？这是聋人开的？"

是的！这是一家无声的奶茶店，店里现有的六位员工中有五位是生活在无声世界中的聋人。

见有客人来了，一男一女两位聋人打着手势迎了上来并随即认出了我，显得有点激动。儿子拉了拉我的手，疑惑地问："怎么和他们交流啊？我也不懂手语。"

我坐下，满不在乎地说："没事，看我的。"

"你和他们交流？"儿子先是诧异，接着鄙夷道："你说话他们听不见，他们打手语你看不见，你就吹吧！"

中不中，看行动。我让儿子将一位聋人请到了我身边。我摊开左手掌心，用右手食指在掌心上做了写字状。

那位聋人立即明白了我的意思，拿来一张写字板递到我手上。我在写字板上写了四个字："你的名字。"

那位聋人写好后，儿子立马念出："李洋。"

我继续写"其他人的名字"。

李洋写好后，儿子又告诉我，写的是"王宇也在"。

王宇是泰兴市聋人协会的副主席，在刚刚结束的江苏省聋人"手语说江苏"比赛中获得优秀奖。李洋招招手，王宇等其他几位聋人都围了过来，我一一地与他们握了手。

我又问了他们几个问题，营业额多少，工资多少，有没有五险等等，李洋一一作了回答。我能感觉到，这份工作让他们非常满意、非常自信、非常快乐。

儿子扫了店里的二维码下单。这时又有两位客人进了店，四位聋人微笑着干活去了，店内响起了冰沙机等设备的呜呜声。

我和李洋、王宇继续"聊天"。儿子插话道："这样谈话好麻烦，必须有人在中间做翻译，有没有更好的方法啊？"

李洋的手机振动了几下，显示是外卖的订单信息。这提醒了我，我示意并与李洋、王宇互加了微信。

现在的智能手机的无障碍功能日益完善，他们发给我的文字能自动转换成语音，而我发给他们的语音也能转换成文字，手机就成了联系盲人和聋人的"中间人"。科技改变生活，随着新技术的不断推出，严格意义上来说已经没有了健全人与残疾人的区分。人就是一个由零件组成的综合体。

我和李洋、王宇互发了几条微信，彼此都开心地笑了。

拎着奶茶回到家，雨又嘀嘀嗒嗒地下了起来。我听到手机读屏软件朗读着李洋发来的微信："我们虽然不能开口说话，但非常乐观和阳光地工作。店里运行情况也非常良好，还将在吾悦再开新店，感谢党和政府以及社会各界对聋人创业的关心与支持。"我捧着"冬天"的第一杯奶茶，啜了口，暖暖的。

一条较大的鱼浮出水面，甩了个响尾，激起了一阵浪花。

2022 年 10 月 12 日

我的运动我做主

想当年,我也是运动场上的健将。且不说校运动会上取得的名次,也不说篮球场上快乐的呐喊,就说读初中时每天上学往返四次三十多公里的路程,就足以说明我这身高一米八的身体不是个穿衣的架子。

可是,在双目失明后,我的运动受到了很多限制。篮球,不能打了。至少到目前,国内国际还没听过盲人篮球。我把满腔的篮球梦寄托到了儿子身上,做了他的启蒙教练,他曾作为泰兴小学生队的队员参加了泰州市的篮球比赛。自行车,也不能骑了。随着视力下降,2002年10月1日,我骑车的时候,前额猛地撞到一根伸向大路的树枝,连人带车重重摔倒在地。这辆自行车是我工作后父母咬着牙买了送给我的礼物,既是我的交通工具,又是我帮父亲载物的运输工具,也是我的健身器材。

都说生命不息,运动不止。我虽然失明了,但生命还在,到底能做什么运动呢?经过多年的尝试与坚持,我终于开启专属的运动"盲盒"。

我可以独立运动的项目有跳绳、哑铃、仰卧起坐、八段锦等。八段锦是市文体广旅局四调葛斌向我介绍推荐的。他还给我推荐了专业的罗爱红老师。罗老师非常认真热情,自己开车来,手把手地教,一招一式地过。对于久坐于办公的人来说,稍稍腾出点时间,来上几招八段锦,那是浑身通透、一身舒坦啊。

我需要他人协助的运动项目有散步、跑步、双人骑等。有时同事何连、毛伟会和我一起骑着双人自行车上下班。更多的时候,我和志愿者老季则以车代步,在晚餐后一同蹬着自行车,忽快忽慢地骑行在泰兴城区,最东到了凤栖湖，最南到了香榭湖，最西到了庆云禅寺，最北到了龙河湾，处处好风景，时时好心情。我们融入了美丽的泰兴，俨然也成了一道风景。

四年前，我参加了中国盲人协会组织的学习交流活动，第一次接触到了盲人板铃球。这是一个起源于加拿大、由盲人自己创设出的运动项目，我认为它简单易学，非常适合盲人。于是，我积极参与了中国盲人板铃球项目竞赛规则团体标准的制定，倡导举办了全国首次盲人板铃球裁判员、教练员培训班，牵头组织了全国盲人板铃球江苏和大连邀请赛及江苏、泰州友谊赛。最让我高兴的是，借今年江苏省第二十届运动会在泰州举办的东风，江苏省第十一届残疾人运动会也将在泰州擂响战鼓，盲人板铃球项目在全国开了先河，被列为群众性比赛项目。这必定会让更多的盲人朋友了解板铃球，爱上运动，享受到运动的快乐。

运动需要适宜的身体状态，但并不代表残障者不能运动。不放弃，不言弃，坚持、坚持、再坚持，运动同样能让残障者绽放生命的精彩。

2022 年 7 月 8 日

这几天有点忙

2021年10月15日是第三十八个国际盲人节，主题是"新征程新作为"。在这前后，我参加了多项相关活动。

一

10月12日，我走访了黄桥镇的两位老年盲人。尊老敬老是中华民族的传统美德，重阳节前我必然更为关注老年盲人。老樊是一位文艺爱好者，失明后还自编自导自演了一些节目在基层演出。近年，他又患了耳疾，两耳听力较差。我给他带去了助听器，他听到收音机发出的声音后非常高兴。老印是一位老师，退休后患上了视网膜色素变性，现尚有一点残余视力。我们交流了治疗和生活体会，互相鼓励以激发对未来美好生活的信心。

没有谁敢说自己长生不老，也没有谁敢保证自己永远健康。人体的每一个零件都很重要，都有着独特的不可替代的功能。珍惜生命，就从爱护零件做起。如果哪个零件出了问题不能修或不能换，那就干脆顺其自然。只要能活一分钟、一小时、一天，我们就要让这一分钟、一小时、一天有尊严、有价值。

二

10月13日，泰兴市举办了盲人保健按摩师职业技能大赛。按摩是目前盲人就业的主要渠道。著名作家毕飞宇先生的长篇小说《推拿》就专门记录了盲人按摩师的工作与生活，还被改编成了电视剧、电影。此次比赛是泰兴市残联、人社局、总工会提升盲人保健按摩水平系列活动的收官比赛。点穴比赛是其中最引人注目的环节，40位参赛盲人中有4人获得满分。经过激烈角逐，我们的盲人朗读者叶女贞夺得点穴、实操和综合总分三个第一名。

如今，先天性的盲人越来越少，但弱视等视障儿童、视神经萎缩等中途失明人员越来越多，多元化就业已经成为盲人就业的发展方向。弱者之所以弱，除了身体或心理方面脆弱，更重要的是能力和水平不足。我们不管做什么，都要尽力做到最好，自己强起来才是硬道理。盲人按摩能有效地帮助人们放松身心、缓解甚至消除病症，理应得到社会的理解、认可与尊重。

三

10月14日，泰兴市盲人协会组织开展了盲人户外活动。盲协叶军主席早就在微信群里发出了通知，大家自愿报名参加。在志愿者的帮助下，大家到市图书馆的盲人阅览室体验了集体阅读的乐趣，在博物馆感受了泰兴的历史文化，在名人馆聆听了英雄模范的先进事迹，在规划馆感受了泰兴日新月异的变化。参加这次活动的盲人朋友，有大部分是第一次参加市盲协组织的集体活动，也是第一次走进泰兴三馆。他们的兴奋写在脸上，我的思考写在心里。

外面的世界很精彩，社会的发展速度远远超过了我们的想象。盲人的眼睛虽然看不见，但我们的手可以触摸世界，我们的脚可以丈量地球，我们的心可以飞向太空。前提只有一个，那就是走出来，走出心门、走出家门。套用坡子街作者姚林芳的一句话：匍匐前行也是前行，那我们盲人在黑暗中前行也是前行。

四

10月15日,省司法厅、省残联来泰州就无障碍环境建设进行立法调研。今年,江苏省启动了无障碍环境建设的立法程序。其内容被列为党史学习教育"我为群众办实事"的内容,实施办法已经几易其稿。无障碍环境建设是社会文明进步的重要标志,不仅仅关系到残疾人和老年人,更关系到几乎每一个社会成员。我在发言时特别强调了信息无障碍以及相关设计、决策过程中提前介入的问题。比如目前使用较多的人脸识别系统,如果在设计时就考虑到了盲人的特殊性,就避免了部分盲人因无法眨眼而不能被识别的尴尬。

残疾人这一称呼,由原先的残废人演变而来,现在又有了修改为残障人的呼声。这体现了社会对残疾人的认知和态度的变化。残疾人在学习、工作与生活中遇到的障碍,一方面是残疾人自身的原因造成的,另一方面是社会原因造成的。大家共同努力,用心用情用力消除这些障碍,残疾人就能广泛地融入社会。道路无障碍,人人都可顺利通行;信息无障碍,人人就能平等交流。

五

10月16日和17日,我有幸参加了国家版权局在杭州市举办的国际版权论坛。新修订的《中华人民共和国著作权法》从今年6月1日起实施,《关于为盲人、视力障碍者或其他印刷品阅读障碍者获得已出版作品提供便利的马拉喀什条约》(下简称《马拉喀什条约》)也将于近期在我国落地生效。这次国际论坛重点研讨了这份条约。中宣部领导亲自到会发表了主题演讲,欧盟、英国、日本等驻华的知识产权专员到会交流了各自的做法。中国盲文图书馆、中国盲文出版社专门设置了一个展区,较为全面地展示了盲文书籍、无障碍影视作品,彰显了中国对于知识产权保护的力度与温度。

在《马拉喀什条约》正式生效前,《泰州晚报》先推出了微信公众号,又开设了盲人朗读栏目。这,应该成为全国的典范。期待着下一次国际版权论坛,翟明总编也能上台介绍"我们泰州晚报是这样做的……"

2021 年 10 月 18 日

有爱无碍

对弱势群体关心的温度，体现了一座城市文明的程度。

文明城市的标准里，有相当一部分关系到百姓的日常生活，无障碍环境建设就是其中的重要一项。而一提到无障碍环境建设，众人首先想到的就是盲道，好像盲道就是无障碍环境建设的全部。于是，城区道路上的盲道越来越长，盲道的维护与管理日益受到社会各界的广泛关注，停在盲道上的汽车经常被贴上醒目的罚单。

有人说："建这么多的盲道有用吗？我们也基本看不到有盲人在盲道上行走啊？"与此同时，也有盲人说："盲道的建设不规范、维护不到位，对于我们来说不是安全的而是危险的通道，我们不敢走啊！"

我失明后，有相当长一段时间也是不走盲道的。没有调查，就没有发言权。每当有人谈到盲道时，我都是保持沉默、洗耳恭听。随着文明城市创建力度的不断加大，关于盲道的讨论也越来越多，我作为在残联工作的盲人，再也不能置身事外、充耳不闻。在学习了盲人定向行走技能后，我下定决心，拿起盲杖走上盲道。

走上盲道，我切身体验到了盲道被占用、损坏、缺失等情况。这是新闻媒体多次呼吁提高全民文明程度的一个重要方面，也是盲人不愿意走盲道的一个重要原因。我发现新路的盲道要比旧路的盲道好走，没有沿街门面房的盲道要比有门面房的盲道好走，晚上走盲道要比白天走盲道好走。

我坚持走了一段时间后又发现占用盲道的现象越来越少了。虽然那些固定的如窨井、大树、配电箱等还在，但一些可移动的如小汽车、电瓶车、自行车、晾衣架等少了。从我家出来到小区大门的通道两侧，之前停着多辆电瓶车，现在车主都将车子推进了车库。

更让我感动的是认识的和不认识的路人们。每当我站在红绿灯路口依靠听力判别是红灯还是绿灯时，总有路人过来将我送过路口；每当我找不到盲道用盲杖左右探路时，也总有路人过来主动问我想去哪里。负责鼓楼南路卫生保洁的阿姨，只要我出现在她的视野里，她就会迎上前来，将我领至残联大门。

我思考了一个问题，是因为盲道被占导致盲人不走盲道，还是因为盲人不走盲道导致盲道被占？谁主谁次，抑或是相互作用？

当我们不能去改变他人、改变环境时，那我们就先改变自己。在今年5月全国助残日期间，泰兴举办了一次盲人无障碍出行督导活动，十位盲人朋友经过三天的培训后，抽签领取了各自的线路和目的地，都较为顺利地完成了独立往返的任务。十位"影子"志愿者无不感慨，在常人看来非常简单的自主行走，对于盲人们却是困难重重。十位盲人朋友达成三点共识，一是各种障碍是存在的，但通过自身的努力和社会的帮助，应该是能克服的；二是这个社会还是好人多，当他们遇到困难时，都会主动地或被动地得到好心人的帮助；三是外面的世界很美好，虽然盲人看不见，但要大胆地走出去，让这美好的世界看到盲人。盲人朋友们相互鼓励：我们要拿上盲杖，勇敢地走上盲道，我们脚下的路必然越走越平坦、越走越顺利。

无障碍环境建设包括建筑设施的无障碍、道路的无障碍、服务的无障碍、信息与交流的无障碍等等，盲道仅是其中的一小部分。可喜可期的是，无障碍环境建设法已经进入了立法程序。

文明城市的核心要义是爱，相信有爱必无碍。

2022年6月21日

奔跑吧！兄弟姐妹

"2小时37分6秒！"当盲人陈小红在王亚、刘玉、郁小其等三位领跑员的引领下冲过终点线时，我高悬着的一颗心"砰"地一声落了地，随即又在周围人群的欢呼声中"呼"地一下飞向了天空。

我的心落地，是因为我们参加泰州半程马拉松比赛的十六位盲人，全部安全完赛。他们无一人受伤，无一人中途退赛。由于我们视力上的障碍，又由于我们都是初次参赛，我们这样一个特殊的参赛团队，确实让赛事组织方和残联的领导担心，也采取了一些特殊的保障措施。尽管这些保障措施都没有用上，但我们还是表示衷心感谢。

我与大家一起欢呼，是因为我们通过参赛充分体验到了运动的魅力，享受到了融合的快乐。一方面，我们成功地挑战了自我，尽管我们的成绩不算好，但我们是自己的冠军；另一方面，我们让社会看到了我们，一路上都有热情的观众为我们鼓劲加油，给我们送水、送瓜果。在激情与热情的交织中，我们的信心更足，脚步更有力量。

10月15日，适逢第四十个国际盲人节。我们以参赛的方式庆祝了自己的节日，这是一份珍贵的礼物，也是一份永久的记忆。在激动与兴奋之余，我们想到了很多很多，记忆犹如散发在泰州体育中心的桂花香味，久久弥漫在心头。

我们想到了那些可敬的领跑者。自泰兴市盲人协会成立追光跑团起，以泰兴市公安干警为主体的警马跑团的跑友们就承担了志愿领跑的任务。在每周一到两次的晨跑锻炼时，他们天不亮就开着自己的小汽车或电瓶车，将盲人接到集中地点，还有跑友买来了水和面包。季海豹是泰兴市公安局刑侦大队副大队长、警马跑团的团长，每次晨跑，他都跑在队伍的外侧，用自己的身体保护着大家的安全；钱振元在城区经营一家运动服装店，他每次都是第一个到达集中地点，最后一个离开；房地产开发公司副总经理周旭东每次都带着他的全套照相装备，给所有人留下美好的瞬间；陈亚泉是黄桥片区的召集人，在带领大家跑步的同时，还向大家介绍发生在黄桥的红色故事，宣传法律常识……我们整齐划一地高呼"追光跑团，勇往直前"，打破了黎明前的平静。为了保证盲人安全参赛，奚根林、叶萍、陆红等三十二位领跑者全部主动地、默默地将自己的级别由 A 级下降为 C 级。一根领跑绳，让盲人与领跑者的脚步同步、呼吸同频。

我们想到了家人对于盲人们户外跑步的支持。我们的家人不光是口头上支持，而且在行动上实实在在地支持。家住元竹镇的陈小红，每逢星期六和星期日，就由她十二岁的女儿领着，在乡间小路上奔跑。赛前陈小红跑步的最远里程是十六公里。此次她跑完了半马全程，她汗泪俱下，激动地说，这一半归功于她的女儿，一半归功于今天的三位领跑者。符卫青是虹桥镇新市村人，每天晚上，她的丈夫不顾上班一天的疲劳，在前方骑着电瓶车引领着她跑步。她家的大黄狗随行于后。一人、一车、一狗，成为月光下的一道风景。可是，一次加速跑后，可能是速度较快，也可能是气温较高，大黄狗倒地不起。当符卫青以 2 小时 28 分钟跑完全程后，她的大嗓门立即盖过了广场上的音响："我一定要咬牙坚持，否则对不起死去的大黄狗！"是啊！家是我们最温馨的港湾，家人的理解与支持，是我们盲人走出黑暗、走向社会最强的力量之源。

我们想到了无数的爱心人士。追光跑团在这次参赛及平时晨跑的过程中，得到了社会上很多爱心人士的关心和帮助。仁和楼总经理胡旭阳得知我们晨跑后，立即爽快地表示每次晨跑后，所有盲人和领跑者的早餐，由仁和楼免费送到现场；兴隆外供总经理龚元官得知我们参赛后不能立即换装有可能感冒后，立即给我们每人送来了一条大浴巾；当我们在泰兴的香榭湖、在黄桥的琴湖边迎着朝阳奔跑时，从我们身边经过的路人，都会停下脚步为我们让路，并大声为我们加油。所有这些，都为我们注入了能量，鼓舞着我们勇往直前，向前，向前，再向前。

我们也想到了我们自己。此次参赛的十六位盲人中，程海燕和燕福建是夫妻俩，符卫青和符卫红是姐妹俩，许如明和许如银是兄弟俩。除我们十六人之外，追光跑团的盲人还有二十位，年龄最大的超过了六十岁，最小的不到十岁。我们三十六位盲人，与六十多位领跑志愿者，组成了一个爱心大家庭，大家互帮互助，相互交流鼓励。叶军在跑到十六公里处时，突感胃部不适，在前后的盲人及领跑者一路伴行中坚持到了终点。最先跑到终点的盲人马志良、顾伟等顾不上自己休息，在终点处迎接一位位冲线的同伴，并用按摩的一技之长为他们放松腿部肌肉，帮助他们尽快恢复。我们是自己的冠军，我们战胜了自我，我们成功融入了这场万人瞩目的比赛。现场广播和微泰州、泰州发布、泰州晚报、泰兴残联公众号等都在第一时间对我们进行了宣传报道，全社会为我们点赞，我们也为自己感到自豪和骄傲。

在从赛场返程的大巴车上，盲人燕福建高唱："就在那一瞬间，梦的形状浮现，冥冥中指引我，冲向前！"我们参赛的四十九人情不自禁地合唱："还依然奔跑在路上，幸好有你在身旁，让我们放肆地一路疯狂，歌声嘹亮……"

此次参赛的终点，也标志着我们新的起点。奔跑吧！泰兴追光跑团的兄弟姐妹们！

2023 年 10 月 16 日

封盲笔路

乘坐公交车

2022年1月2日,元旦假期的第二天,我值班。值班相较于平时上下班来说,时间上相对宽松些,因此,我决定独立乘坐公交车往返。

我所在的城市不大,公交车线路不多,但每条线上跑的车却不少。随着城市建设与管理水平的不断提升,居民的十五分钟生活圈日益完善,公交车的运行也越来越科学化、数字化、人性化。

出了小区,右转往南,没有人行道,更没有盲道。靠右顺着绿化带的路牙前行二十米,右侧设有一座报刊亭;继续往前三十米,有一条直行通道,不过通道,左转举手示意横穿五米宽的非机动车道,就到了公交站台。与其说是公交站台,不如说是公交站牌更准确些。与大城市相比,小城市的好处是公交车线路不多,很好地解决了盲人搞不清哪一路公交车进站的难题。这个站台,只有9路和19路两班车。随便坐哪一路,都可以。在站台上,我能听清候车的人不多,有时就我一人。驾驶员很细心,车门基本上都在我面前打开,我能快速找到车门并顺利上车。有热心的乘客帮我刷卡并引导我找到座位,我坐下后驾驶员才启动出发。泰兴市针对特殊人群,制作发放了不同类别的免费乘车卡,其中残疾人使用的是爱心卡。

车上的乘客不多,以老年人为主,很少有相互之间的聊天。公交车上设有语音提示,车内的喇叭音量较大,提前播报下一站的站名,提醒乘客做好下车准备。另外,车上还安装了行车记录仪,能全程监控车内车外的情况。坐了几次后,几位驾驶员应该都认识我了。通过与他们的聊天,我知道了9路和19路两条路线,各配有七辆车、八位驾驶员。他们每天早上 5：40 到班，晚上 6：00 下班，一个循环跑下来需要一个多小时，每天要跑八到十个来回。

从我家到我上班的地方，不算远，六站的距离。车进站，停稳，我从车后门下车，大声告诉驾驶员"好嘞"，车子才启动继续前进。

我举手示意，横穿过非机动车道，顺着绿化带的路牙，逆向前走二十多米，再次举手示意通过一个直行通道，就上了人行道。找到盲道，继续前行两百米，就到了我上班的地方。

下班乘坐公交车，情形大同小异。不同的是，要两次横穿马路。一次要从单位北边的路口过去找到反向的公交站台，一次要从反向的站台下车后横穿马路找到小区的大门。这两个路口，虽然没有红绿灯，但都设有礼让行人的明显标记。我拿着盲杖从斑马线上快速通过，机动车都会停下等候。

盲人独立行走，我们总会把困难考虑在前面，路上人多车多状况多、盲道或缺或损或被占等等，即使有了解决困难的方法，我们也总会有各种各样的理由，宁可懈怠与回避，也不愿尝试与挑战。失明二十年来，我上下班全由同事、家人接送，从来没有想过独立步行或乘公交车上下班。无论是我本人，还是同事、朋友与家人，都认为这理所当然。在他们看来，路上处处是危险，明眼人时不时地会遇到各种各样的事故，更何况是盲人。为了保障我的安全，他们宁可辛苦一点。在我看来，这是一份特殊的福利，我少一分危险，就是给社会添了一分贡献。不知不觉中，我们相互之间就达成了某种默契，达到了某种平衡。

于是，社会上出现了一些声音："我已经扶你过马路了，还要语音提示的红绿灯吗？""我已经领你走路了，还要这些盲道干啥？""我已经把文章读给你听了，还要盲文做什么？"……

其实，没有人不喜欢独立与自由。鸟儿喜欢辽阔的天空，鱼儿喜欢浩瀚的海洋，小草喜欢无垠的土地。盲人喜欢安静的小空间，也喜欢五彩缤纷的大世界。无论是步行，还是乘坐公交，我都喜欢打开导航上的随意行功能，它能及时告诉我路过的地方，大到某某局，小到某某早餐店。空气里弥漫的是人间烟火，路边记录的是万家灯火，日复一日见证的是日新月异的红红火火。

  泰兴这座城，不大，但很幸福。感谢江苏省残联举办的金盲杖盲人独立行走培训班，让我下定决心拿起盲杖走上了盲道；感谢富有爱心的公交车驾驶员、乘客与路人，给了我无私的帮助；感谢蔡聪、杨清风等盲人中的先驱者，给了我们盲人莫大的信心与勇气。生活，需要生，需要活，生是生机，活是活力。愿我们盲人朋友的生活更有生机、更有活力。

2022 年 1 月 11 日

春光处处无限好

每年的正月初一,我都会回到农村老家,向父老乡亲们拜拜年、送送祝福。工作的原因,我特别关注残疾人家庭。在他们家里,我拜年的时间最长,坐下来喝喝茶,与他们天南海北地聊聊天。今年的正月初一,天气晴朗,温煦的阳光洒落在大人小孩红扑扑的笑脸上,格外喜庆,格外亲切。

一

明婶家的情况很特殊,是全庄目前唯一的建档立卡残疾人家庭。明叔年轻时是一位木工,一次施工作业事故,他不幸失去了右眼和右手。一度沉沦的他,直到娶了智障的明婶并生了儿子健康后,才重新振作精神,在家里搞起了生猪养殖。健康的智商也有问题,初中毕业先后学了几门手艺都没学成,干脆就跟在明叔后面养起了猪。健康的妻子是智力四级残疾人,两人生的儿子小亮又是智力残疾。虽然全家五人都是残疾人,但明叔还是坚强地撑起了这个家。全家人一起养猪,年出圈量由初期的十几头逐步发展到了几百头,小日子越过越好,成了有名的残疾人自强家庭。可是在前年,明叔由于长期辛劳过度,患上了胃癌,于去年7月去世。家里的主心骨没了,猪也养不下去了,明婶全家的生活一落千丈。确实,一家四人都是智力残疾人,这日子怎么过啊?

我到明婶家拜年时,她穿戴得整整齐齐,手上打着那件永远也打不完的毛衣,坐在门前惬意地晒着太阳。健康夫妻俩带着儿子外出拜年刚刚回来，小亮拎着的两个方便袋里是满满的各式糖果和点心。中心户长云叔帮着发烟发糖。我在明婶家的四间屋子里转了转，房间里干净整洁，床上被褥叠放方整，其中一条是羽绒被，我不禁点了点头。走到厨房时，一尘不染的锅台上却是什么也没有，我不禁蹙了蹙眉。云叔好像看出了我的心思，待其他拜年的人走了后，顺手拿了个长板凳，将我拉到了门前明婶旁坐下。云叔给我倒了杯茶，又给自己点了根烟，告诉我说："现在明嫂家是脱了贫又没有脱贫。说脱了贫，是从经济上说的。明哥生病后，适逢全市农村环境整治，小型的养猪场都关了。村里整合了一下，由能人牵头，创办了一个股份制的大型养猪场，去年的出圈量达到了两万头。村里介绍健康夫妻俩和小亮进了养猪场打工，虽然现代化的设备他们操作不了，但也有人带着做些力气活，也是发挥他们的特长了，还包吃包住，去年三个人的工资拿了八万元。另外啊，还要感谢你们残联。去年八月份，镇里建起了残疾人之家，我们村里就将明嫂送了去，过年了才将她接了回来。她在里面做些手工活儿，不但吃住一分钱不花，还有两千多块打到了她卡上。"

云叔吸了口烟，又叹了口气："说她家没脱贫，是从生活上说的。她家四个人，脑子都有问题，不会做家务，不会做饭。春节前村里开了个会，确定我来帮助照料。这几天，他们在我家吃饭，一天三顿。今天一大早，你云婶就来她家打扫卫生，整理床铺。要不然，这家哪是个家，你脚都没地方下啊。"

我向云叔介绍了残疾人托养政策和护理补贴政策后，说："云叔，解决明婶家的困难，一靠你们这些基层的同志，要执行好相关的政策；二靠邻里照料，大家互帮互助。习近平总书记说了，全面建成小康社会，残疾人一个也不能少。我们要想办法，不但要让明嫂家生活得更殷实，还要让他们生活得更有尊严。"

云叔连连说:"是的,是的。共产党好啊!中国这么大,这么多人,不容易啊。"

二

树叔的命运可谓一波三折,颇多坎坷。他家是庄上唯一的台胞家庭。树叔的父亲是当年泰兴南门外有名的大地主,有近千亩地,有十多名长工。解放前夕,他抛下怀孕不久的妻子,一个人跑到了台湾,从此杳无音讯。树叔出生后,就患上了小儿麻痹症,落下了右腿残疾。他和母亲相依为命,不能上学,不能学手艺,"文化大革命"期间没少挨批挨斗,早年先是靠挣工分,后是靠承包地勉强度日。二十世纪八十年代后期,远在台湾的父亲终于有了消息。年过六十的父亲,带着在台湾出生的一儿一女回到了老家,全家团圆自然是抱头痛哭。有了台胞这层关系,四十多岁的树叔成了婚。当时的树婶丈夫因癌症病故,她带着十多万元的债务和一个十多岁的儿子嫁给了树叔。在父亲和弟弟妹妹的帮助下,树叔还了债,盖了新房。儿子高中毕业服役两年后也娶妻生子,夫妻俩目前都在苏州的一家台资企业工作。树叔的父亲五年前去世了,但弟弟和妹妹不忘父训,每年轮流带着各自的子孙回老家过春节。前年树叔的儿媳生了二胎,全家人高兴没多长时间,孩子被诊断为脑瘫。这两年,近七十岁的树叔每天骑着电动车,往返十多公里,带着孙子到市残疾人康复中心进行康复训练。

我到树叔家拜年时,树叔正和今年回家过春节的妹妹坐在一张小方桌旁喝茶聊天,树婶与小孙子大手拉小手正在训练走路。树叔家有一个很大的院子,两棵蜡梅吐露着浓郁的香味。近二十年了,每年到树叔家拜年,他家都不发烟、不发糖,而是发给每人两袋台湾产的开心果,今年也不例外。"大家都开心,都有一个好结果。"树叔的父亲是这么说的。

其他拜年的人走后，树叔将我拉到小方桌旁坐下，给我倒了一杯茶，对我说："你们康复中心办得不错，老师们都很好。"

"是啊！"树叔的妹妹往果盘里加了一些开心果，接过了话茬，"我将你们的康复训练方案，拿给了台湾的专家看，他们说你们的方案比台湾先进。"

"你们台湾的专家，不可能是我们康复中心的托儿吧？"我笑呵呵地说。我们的康复中心得到肯定，我内心是很高兴的。

"确实蛮好的。"树婶拉着小孙子走到了我跟前，"你看看，现在他走路，脚已经不歪了，还能自己走十多步。老师说了，估计再有半年，他就能自己独立走路了。"

"本来呢，我们想把他带到台湾去治疗。咨询了台湾的专家后，我们取消了这个打算。"树叔的妹妹给我剥了一个橘子。"我们商量好了，决定到你们康复中心附近买套房子，康复中心的位置不错，旁边就有幼儿园、小学和初中，还有万达和吾悦两个广场。哥哥年龄也这么大了，骑电动车我们不放心。到城里买套房子，哥哥嫂嫂带着大孙子上学、小孙子康复，小两口安心在苏州上班。"

树叔的儿子儿媳和外甥开开心心地拜年回来了，他们一个个热情地和我打招呼。树叔的妹妹进了屋，拿出一把剪刀，剪下九枝蜡梅，包成一束手捧花，放到了我手上。

我向树叔他们介绍了国家和省市关于残疾儿童康复救助方面的政策，树叔的妹妹连连点头："现在大陆对于民生是越来越重视，政策越来越全面，水平也越来越高了。用你们的话说，就是全面小康、高质量发展。我每次回来，都能明显地感觉到各个方面的变化，家乡真是越来越美了。共产党，不简单。"

"真情像草原广阔，层层风雨不能阻隔，总有云开日出时候，万丈阳光照耀你我；真情像梅花开过，冷冷冰雪不能淹没，就在最冷枝头绽放，看见春天走向你我。"我哼着经典的《一剪梅》，继续着我的拜年之行。

三

凤嫂是一位肢体残疾人，说话的声音特别大。她在庄东说话，庄西的人都能听见，是庄上有名的"金嗓子"，又被庄人笑称为"做不死"。东哥体弱多病，年轻时打定主意不结婚。在家人的劝说下，他很不情愿地和凤嫂成了亲。在结婚当天，他还闹出了离家出走的笑话。按照农村的风俗，东哥凤嫂婚后，就与父母兄弟们分了家，另起炉灶过日子。东哥身体不好，凤嫂脚不好，他们的生活确实让庄人们担心，议论了一阵子他们家人的狠心。可事实证明，庄人们的担心是多余的。凤嫂把这个小家料理得清清爽爽，把东哥照顾得舒舒服服，身体也好了许多。有了女儿娜娜后，凤嫂进了离家不远的一家福利企业上班，东哥在家里做家务带孩子。几年后，他们翻建了新房，虽不是楼房，但装修水平曾一度在庄上领了先。凤嫂文化水平不高，却好学肯钻，在厂里很快就成了技术骨干。老板为了留住她，几乎每年给她加工资。即使如此，她还是时不时地被其他企业临时请去做技术指导，车接车送，现金结算。她的"金嗓子"也为她争了很多光，多次被镇里选送参加全市残疾人文艺汇演，得了奖，上了电视。庄上有什么红白喜事，她的演唱都会获得满堂彩。前年娜娜大学毕业，在常州找了份工作。去年，凤嫂东哥拿了首付，为女儿在常州买了房。除夕的年夜饭，一家人就是在常州新房里吃的。

我到凤嫂家拜年时，已近中午，凤嫂正在厨房里做午饭，东哥在观看央视春晚重播。凤嫂放下手中的活儿，给我倒了杯茶，拉了张椅子坐到了我旁边，说："好几年的春晚没有残疾人的节目了，那年的千手观音，多好啊，影响多大啊。"

"那你好好努力，争取明年上春晚。央视的上不了，上江苏卫视也行。"我笑呵呵地说。

"她啊？天天上春晚！"东哥将电视的音量调小，说："她每天上下班，都是曲不离口，人家开车是按喇叭，她靠吼。庄上的人说了，人家庄上的早上起床要么听闹钟，要么听公鸡叫，我们庄上啊，你凤嫂一吼，就是起床号。晚上听见你凤嫂吼，那是熄灯号。"

凤嫂白了东哥一眼，嗔怪地说："就你话多，你这是歧视我们残疾人，中午罚你不能喝酒。"

"你们残联今年还搞残疾人文艺汇演吗？"凤嫂转移了话题，"去年我拿了全市的一等奖，你们市里的加上镇上的、厂里的，奖金还不少呢。我和你东哥一商量，买了两台液晶电视机。"

"今年啊，不光泰兴要搞，泰州还要搞呢。你早点儿准备，争取拿一等奖。你在泰兴是个凤凰，到了泰州，千万不能是小麻雀。"

"怎么可能？我还指望今年拿了奖金买一套音响呢。"凤嫂信心满满地说。

"有了音响啊，你就省了手机了。"东哥坏笑着说道，"你在音响里一吼，那声音啊，就会传遍四面八方，就会飘过长江，娜娜还能省下好多手机费。"

"我就买音响，我还想让习主席听到我的歌呢。"凤嫂说着，站了起来，清了清嗓子，大声唱了起来，"海阔天空，敞开温暖怀抱，我们都是追梦人……"

2019年2月19日

冬日暖阳中的苏馨家园

"我是一棵小草,曾经冰霜摧残,心中不灭的祈愿,拥抱梦里的明媚春天",电波里流淌着非常好听的旋律,苏馨家园园友汪小祥正通过泰兴广播电台的《助残热线》栏目演唱着苏馨家园的园歌,动情的歌声通过电波传到正收听我们《助残热线》栏目的每一位听众的耳朵里。冬日的阳光透过直播室的窗户暖暖地洒在我的身上,今天又是周六了,我一如既往来到泰兴广播电台,开始了这一期的《助残热线》直播节目。

导播示意有热线电话打进了,主持人松青接通了电话,一个熟悉的声音传入,我一听就知道是苏馨家园的园友汪小祥,几乎每一期的直播节目都能接到他和其他苏馨家园园友的电话。松青他们都笑称苏馨家园园友是我们节目的超级捧场王。我们的《助残热线》节目也快成苏馨家园的专栏节目了!

汪小祥是一位盲人朋友,非常有音乐天赋。在苏馨家园老师的指导下,他加入了我们泰兴的残疾人艺术团。这给了酷爱音乐的汪小祥一个非常好的展示自己的空间。因为最近几天苏馨家园要放假了,汪小祥在电话里表达了对苏馨家园依依不舍的留恋之情,他也由衷地对苏馨家园的工作人员付出的辛劳表示了感谢。我想起了前几期节目里,汪小祥都打进电话,想要在节目里演唱苏馨家园的园歌,由于时间关系,我都没能满足他的要求,这次他打进电话的时间还早,应该能来得及让他唱完这首歌。于是我在节目里邀请汪小祥给大家演唱了这首由泰兴著名的词作家张海为苏馨家园创作的园歌。所有听过这首歌的人都评价说这首歌歌词写得非常感人,旋律也很优美，或许今天汪小祥唱这首歌更加用心、用情，电波里听到更觉得动听、感人了。我想，在收音机旁听到这首歌曲的听众朋友也一定会有和我一样的感觉吧！

汪小祥的歌曲刚唱完，松青还未来得及和我插话，电话那头又传来叽叽喳喳的说话声，还有好几位园友在电话里抢着要和我们说话。有告诉我们几天前志愿者到家园捐衣送温暖的事情的，有要向志愿者表示感谢的，有生活困难的园友想通过热线求助电饭锅的。大家七嘴八舌，好不热闹。

让我惊喜的是，电话那头还传来了苏馨家园"何局长"的声音："封理老师，我想和你说句话，我何晓航想你了！"我不由得咧开嘴笑了。何局长，是大家封给何晓航的"官号"，他是一名唐氏综合征的患儿，因为性格活泼可爱，快成苏馨家园的明星代言人了。晓航特别热衷当官，问他当官做什么，他说当官可以有权管人。起初他只要求当一个小小的班长，慢慢地"官瘾"越来越大，从班长升到主任，最后要求当局长。不知道谁和他开玩笑，非要找封理事长封他当官才算，别人说了不算。于是有一天，在苏馨家园，晓航找到我，要我给他封个局长当当。我一脸严肃地对他说："想要当局长可以，要看看你的表现行不行。"结果，他屁股一转就向大家宣告他当局长的好消息了，逗得在场的人哈哈大笑。没想到今天这小家伙也在收听节目，还能通过节目和我说上这样几句话呢！

做完节目，我立即乘车赶往了苏馨家园。以往除了正常的工作事务，每每感到工作有压力和烦躁的时候，我也喜欢到苏馨家园转转。在香樟林立的大道上闻着路两旁园友们种植的花草散发的芳香，悠闲地散步，听听园友们的歌声、笑声，微风掠过，总会吹去我心头的一些浮躁和烦恼，心灵会变得异常的宁静！虽然不能亲眼看见苏馨家园的景致，但我坚信，凝聚了我和大家许多心血建设出来的苏馨家园一定是最美丽的！我常常感叹，或许苏馨家园就是一片净土，是我们心灵的净化地。当你被名利困扰、为生活所累、身心感觉疲惫时，来苏馨家园看看那些与世无争、简单快乐的园友，你也一定会放下心头的烦恼，微笑着去面对前面的生活了。

有一段日子没去苏馨家园了，过几天这一期疗养的园友们就要放假回家，我也该去看看他们了。来到苏馨家园，车一停稳，我刚拉开车门，何晓航和一群园友就围了上来，一双双手向我伸来，"封理老师好！""封理老师"，这是苏馨家园智障孩子们对我的独特称谓。"苏馨家园的孩子们特别热情，特别有礼貌，他们生活得很开心快乐"，几乎来过苏馨家园的朋友都会发出这样的感叹。"封理老师，谢谢你给我们买的手套。"有一个戴着手套的孩子挤到了我身边，把手伸到我面前，让我摸摸他手上戴的手套。前不久，苏馨家园举行残疾人手工作品义卖时，我也捐出了五百元钱，让老师们给园友们每人买了一副手套。没想到这些孩子也懂得感恩，知道对我说谢谢了。老师们能把智障的孩子培训得如此懂礼仪、知道感恩，我能想象老师们要付出很多心血。

几个孩子搀扶着我，大家簇拥着把我带到了前面的小花园里，这里的景致应该是苏馨家园最漂亮的了。来到苏馨家园参观的客人走到这里总会感觉眼前突然一亮：宽敞的院落里，小桥流水，亭台楼阁，还有竹林片片，顺着围墙和竹林，苏馨家园的园友们圈起了一片地，建起了一个小小的养殖场。这里一年四季的景色，各有千秋：春天桃红柳绿，夏日睡莲绽放，秋季金桂飘香，寒冬蜡梅吐芳。我们努力为生活在这里的残疾人朋友们营造了一个非常温馨舒适的美丽乐园。园友们正坐在亭台边晒太阳，几位老师在给他们分发刚买回的棉鞋，让大家试尺码。

"冬天，这里最暖和了，闲暇的时候大家都喜欢到这里边听音乐边晒太阳。这几天，我们苏馨家园又添了几只漂亮的小羊羔呢，现在已经有十六只羊了，这会儿羊妈妈正带着小羊在小土坡上吃草。还有我们养的土鸡，都长大了，怎么也关不住，老是从竹林里飞出来，园友们天天告状，

把我们种的菜都吃光了。"苏馨家园的吕小燕主任半是埋怨、半是喜悦地向我讲述着最近苏馨家园发生的事,

"张洪海负责喂鸡养羊,工作可认真呢!这两天天冷,鸡不下蛋了,他天天围着鸡屁股转,很着急,怎么就拿不到鸡蛋呢?以前,张洪海一到时间,就知道往鸡窝跑,然后拿着热乎乎的鸡蛋跑来向我们大家邀功呢!"

"虽然是冬天,我们苏馨家园还是很漂亮的,园友们种了很多适合冬天生长的花草,还有我们蜡梅园的蜡梅也开了,很香呢!"吕小燕主任娓娓地向我讲述着。虽然我的眼睛看不见,但通过她的描述,我的脑海里展现出了一幅怡然自得的田园牧歌的景象。

"我们刚建好的农疗基地种植了些什么呢?"我询问道。

"有萝卜、大蒜、菠菜,长得都不错呢,特别是萝卜,又大又甜,味道很好!"吕主任带着我参观了用原来的学生操场改建的十六亩农疗基地,那里已经搭建好了三座蔬菜大棚,平常老师们会带着部分园友来到这里进行田间劳作的培训。吕主任拔了一根萝卜,切开来给我尝。我咬了一口,味道还真的不错。

回到园友中间,大家簇拥着我坐下,晓航调皮地把他头上的帽子戴到我头上,给我捶起了背。又有一位老师给我送来了几块鸡蛋糕,说这是园友们刚刚在老师的指导下烘焙出来的。闻一闻,味道可香呢!为了提升园友的劳动能力,培训他们的一技之长,今年苏馨家园又增加了烘焙和烹饪培训课,没想到他们出成果还挺快,才几个月的时间,就能教园友们烘焙出像样的蛋糕了!

我和几个肢体残疾园友聊起了天,询问他们生活得怎样。"谢谢封理,苏馨家园真是我们残疾人的乐园。这里的生活真是太好了,无论是领导还是工作人员,对我们都非常关心。在这里没有歧视,真正做到了像苏馨家

园大门口写的六个字那样：平等、参与、共享。"

"我们的生活也非常丰富，老师们会带领我们开展各项活动，像外出郊游、去超市购物等。我们这些腿脚不好的，之前几乎从来没有走出过家门，来苏馨家园才有这样的机会，走出去，真是大开眼界，这辈子死都闭眼了呢！"

"还有社会上很多爱心人士经常来慰问我们，给我们捐衣送物。"大家七嘴八舌地告诉我。

一位叫常庆德的园友拿了一条手工编织的龙给我看，这是他在苏馨家园跟着老师学会的编珠成果。他已经学会了编织很多的手工产品，前不久苏馨家园举办了义卖活动，不到一个小时的时间，他一下子卖了六百多元的产品！除了常庆德，还有许多的园友学会了制作手工丝网花，每个月都能有几百元的收入。"不要谢我，要感谢党和政府，是党的阳光雨露，才让你们享受如此好的生活。我们大家要珍惜这些机会，争取多学些本领，回到家里也能做到尽量不依赖他人，要有自强自立的精神。"我诚恳地对他们说。

汪小祥拿来了二胡，大家沐浴着阳光，和着汪小祥的二胡声，唱起了欢快的歌曲。人群中传来智障孩子们嬉笑打闹的声音，晓航还和几个孩子随着音乐跳起了双人舞。感受着这欢欣快乐的场面，我由衷地、欣慰地笑了。我的眼前不由浮现起几年前我们创办残疾人托养中心的情景。

那时候，残疾人托养工作刚刚起步，残疾人托养是个什么概念，残疾人托养中心应该建设成什么样的机构，它的功能定位是什么，我们心里没有一个清晰的概念。走南闯北，我们参观了很多家残疾人托养机构，最后，大家给我们泰兴的残疾人托养中心定下了一个概念，以"进来是为了出去"为中心的理念，以提升残疾人的生活自理、简单劳动、社会融入三个能力为中心的服务目标。

封盲笔路

　　几年来，大家摸着石头过河，全体工作人员齐心协力，终于形成了自己的特色。没想到我们提出的"进来是为了出去"的服务理念得到了中国残联的肯定，我们的托养服务方式作为泰兴模式也在全国残疾人托养机构得到了推广。这几年中，残疾人托养中心取得了很多骄人的成绩，2012年被评为阳光家园示范机构，2013年承办了全国和省内的残疾人托养服务实习培训班，今年10月份到11月份又成功承办2014年度江苏省残疾人托养服务实习培训班。几次托养服务实习培训班的成功举办，又让我们泰兴市残疾人托养机构声名鹊起，全国各地前来参观的兄弟单位更是络绎不绝。

　　成绩的背后是心血，是付出，残联机关和托养中心工作人员为了今天的成绩作出了很多的努力。但我们也清楚地认识到，残疾人托养服务事业在迅猛地发展中，各地残联残疾人托养工作也都形成了自己的特色。有需求才有服务，在成绩面前，我们不能固步自封，新的形势下，我们该思考怎样才能满足残疾人家庭和残疾人的切实需求，创自己的品牌，真正做好残疾人托养服务工作，把残疾人托养服务事业打造成残疾人公共服务事业的形象窗口。

　　前几天，中国残联在辽宁省举办了残疾人托养服务能力建设培训班，邀请我前往介绍我们泰兴托养工作的开展情况，看来我们泰兴的残疾人托养工作已经真正做到名扬全国了。这几天我正在备课。今天来到苏馨家园，听到苏馨家园的园友们的讲述，我感受到了他们快乐欢欣的生活氛围，给我去辽宁的授课内容又提供了很多的灵感和素材，真的不虚此行！

　　离开苏馨家园，我的步伐变得很轻快。回家的路上，我也情不自禁地哼起了苏馨家园的园歌："给我清风，给我春雨，有你和我心手相牵，梦想生长在苏馨家园……"

2015年5月4日

工作餐

每次路过福利彩票投注站时，我都会情不自禁地停下脚步，随机买上几注彩票，不为中奖，只为对福彩的那份特殊感情。

1997年到2001年连续五年的正月初五，泰兴全市各乡镇的人们，乘坐各种各样的交通工具，像潮水一般涌向城区的南二环路（现文昌路）。"摸奖，摸奖，两块钱能中小轿车呦。"销售员晃着手中花花绿绿的彩票，不知疲劳地吆喝。

"哈哈，我中奖了。""倒霉，又没有中。"……不管是高兴大呼，还是沮丧跺脚，张张脸上洋溢着希望。"张张彩票显真情，颗颗爱心中大奖。现在继续报告中奖消息……"喇叭里的宣传很有煽动性，小轿车、摩托车、大彩电、冰箱等奖品在初春的阳光下泛出诱人的宝蓝色。

发行大奖组福利彩票，筹集资金发展社会福利事业，是那几年各地民政部门的一项重要工作。彩票销售现场的火爆，标志着又一次发行活动的成功。这一次次成功，与我们禁得住金钱的诱惑、守得住廉洁的防线是密不可分的。

每次彩票销售前两个月左右，市民政局都会以福彩中心为主，再从其他科室、单位抽调部分人员，成立临时的专门工作小组，具体负责发行策划、奖项设置及奖品采购、销售人员招聘及培训、宣传等。其中采用什么产品作为奖品、采购哪家的产品是最为重要、最让人关注，也是最容易出问题的一环。我是专门工作小组的成员之一，深知身上的责任。

如果确定的奖品不受老百姓的喜欢，就不能激发他们购买彩票的热情，甚至不屑到销售现场一顾。如果确定的奖品质次价高，就会损坏彩票公益、合法的信誉，引发投诉、举报等连锁反应，甚至产生腐败等恶性后果。

由于需要的奖品数量大、品种多且资金绝对有保证，一时间，我们的办公室成了各类销售商的热门之地。他们使出了浑身解数，有的拿着"尚方宝剑"，有的要请吃饭，有的要送礼品，有的承诺给回扣……

我们应对的方法简单粗暴：不吃请、不要回扣、不单独与销售商会面洽谈；如销售商愿意，可与我们一起吃工作餐。

那时没有食堂，我们的工作餐在办公室附近的小饭店解决，午餐是五元一份的盒饭，晚餐是三元一大碗的青菜肉丝面。2000年1月30日是农历腊月二十四，一位销售商看着面碗说："今天是小年，我给你们每人加块大排吧。"我笑着说："别，我们吃不下，你还是给我们加点儿优惠吧。"

认为我们狂妄、认为我们"变鬼"、认为我们不通世故的销售商们，在随我们吃了几次工作餐后，态度和行动都悄然发生了变化。他们不再纠缠、不再玩招数，而是认真研究我们的招标方案，靠货真价实、靠实力信誉，积极地参与了公开招投标。

那几年的正月初五，到南二环路买彩票，成为泰兴人欢度春节的最佳方式，泰兴也创下了中国县级城市日销售八百万元福利彩票的最高纪录。

那几年，利用发行福利彩票筹集到的福利资金，新建了泰兴社会福利院，改建了泰兴、黄桥、宣堡三家殡仪馆，整修了各个乡镇的敬老院。

尽管福利彩票的销售方式从2001年后由现场销售变成现代化的电脑销售，尽管我离开民政部门工作多年，但我还是难忘彩票销售现场的人山人海，这是群众的信任和力量；难忘那段时间工作餐的味道，这是廉洁和坚守的味道。

2022年5月20日

国庆七天逛街乐

国庆七天长假,我每天都在坡子街上快快乐乐地逛街。而坡子街近期流行了微信体,那咱也来赶一下时尚。

一

10月1日,朋友邀我前往黄桥拜访黑松林公司董事长刘鹏凯先生。前段时间深受广大读者好评的《"一篇文章"四个儿》,刘先生即是其中的二儿子。刘氏四兄弟是黄桥的传奇,刘鹏凯先生用心用情打造的黑松林企业文化同样是传奇。刘先生是企业家也是作家,虽年近七旬却精神矍铄,已经在坡子街上发表了三十篇文章。我一到,刘先生不但出门迎接,更亲自搀扶我进了屋。"我们早在坡子街上认识了!"刘先生一句话迅速拉近了我们的距离。

是啊,通过坡子街,我认识了很多朋友。虽然其中的大多数我未曾谋面,可相识何必曾相逢,只缘身在坡子街。如果有机会,我愿意结识更多的街上人,喝喝茶、聊聊天、谈谈人生,其乐无穷。

二

10月2日,朱爷爷的生日。说来真巧,10月1日是国庆节,也是联合国确定的国际老年人日,坡子街笔会在这天发表了《家有"海飞丝"》一文,描写的正是朱爷爷家的生活。"海飞丝"便是朱爷爷对患了老年痴呆的朱奶奶的"爱称"。朱爷爷的女儿小朱和女婿小季说,我让他们家上了报纸,力邀我参加生日宴会。人逢喜事精神爽,朱爷爷和朱奶奶都很高兴,老两口不住举杯,每人喝了近三两酒。大家齐唱生日快乐歌。朱爷爷中气十足,一口气吹灭蜡烛后,朱奶奶笑眯眯地将生日蛋糕捧到了自己面前,嘴里不住地说:"这是我的,我要吃。"

这样的家庭,普普通通但很幸福;这样的日子,平平淡淡但很快乐。坡子街力导的非虚构、接地气,不就是提倡我们将这样普普通通的人、平平凡凡的事写出来吗?我有点期待,多写几篇,是不是就能多参加几次家宴了?

三

10月3日,我给坡子街的盲人朗读者发放了朗读补贴。自5月25日坡子街笔会公众号推出盲人朗读栏目后,截至9月30日,栏目已经发展了全国二十八个省、自治区、直辖市的七十八位盲人朗读者,共朗读文章一百零七篇。9月份发表了十九人朗读的二十五篇作品。我将9月份朗读补贴统计表发到了中国盲人朗读者集结地微信群,请相关朗读者予以核对。确认无误后,我以微信转账方式,一一转给了朗读者。大家收到后非常高兴。

钱虽不多,但这是对盲人价值的认可与肯定。有声书阅读,是全民阅读中很重要的一种阅读方式。我们的盲人朋友,在通过有声书阅读增长知识的同时,也应该在有声书的录制市场中占有一席之地。坡子街盲人朗读栏目是个窗口,是个基地,必能走进大众、走向全国。

四

10月4日,我收到了盲人朗读者熊江平的一篇文章《秋天的礼物》,他在该文中表露了他的高兴、他的激动、他的感谢。事情缘于我在坡子街作者群里发布了想为陕西盲人朗读者杜怡乐募捐电脑的消息，消息发出后，哈工大泰州创新研究院孟惠平书记立即响应并迅速落实到位。同时，姜广平老师也表示他有一台八成新的电脑可以捐出。我在心里仔细回想了盲人朗读者的境况，试着联系了熊江平。熊江平是湖北省荆州市的一位盲人朋友，一家四口人主要依靠他的按摩收入维持生活。他非常喜欢文学与朗读，参加了中国盲协举办的全国盲人散文、诗歌大赛并获二等奖，也是坡子街的盲人朗读者之一。他告诉我，他正想购买二手电脑，问我需要多少钱。我告诉他是爱心作者捐赠，他惊喜万分。姜广平老师在准备发货时，由于没了原包装，快递公司告知将赔丢不赔损。姜老师很是认真，多次咨询、协商，最终将两台电脑折价购置了一台新电脑捐赠。

像孟惠平和姜广平这样的爱心人士，坡子街上还有很多。熊江平在收到新电脑后撰文说：打开一扇门，迎进一群人。坡子街不仅仅是传承，更有弘扬、光大、拓展与创新。

五

10月5日，我通过YY频道举办了线上盲人朗读者跟读方法讲座。盲人朗读有三种方法：一是跟读，即在深刻理解作品后，戴着耳机听着电脑或手机读屏声音的同时朗读作品并录音；二是摸读，即先将作品的汉字转写成盲文，然后用手摸着盲文朗读；三是诵读，即将作品全文非常熟悉地背诵下来，然后带着感情朗读。无论是哪一种朗读方法，盲人都需要付出常人几倍的努力。近年来，随着无障碍信息技术的发展，跟读越来越受青睐。为帮助大家熟练掌握这门新技术，我邀请了无障碍信息技术专家、天津市的王鸿老师举办了线上讲座。王鸿老师也是一位盲人，她不仅专业，而且极为认真，一口气讲了两个小时，还公布了她的微信号，大家有什么问题都可以随时咨询。

上帝给盲人的眼睛拉上了窗帘，也给了很多盲人好嗓子、好声音。从 9 月 15 日起，江苏省盲协举办了为期五十天的全省盲人主播线上培训班。原计划培训一百人，结果竟有一百六十多人报名，一百二十多人坚持每天听课。信息化、智能化、数字化的互联网时代给了盲人更为广阔的发展空间。坡子街给了盲人一次机会，盲人给坡子街增添了别样繁荣。坡子街！真是做了一件大好事！

六

10 月 6 日，盲人朗读者叶女贞邀我去她家玩。叶女贞是虹桥镇人，平时在常州经营一家盲人按摩诊所，以小儿推拿见长，已有三篇朗读作品在坡子街盲人朗读栏目发表。此次国庆节，她给自己放了一个长假，与丈夫、儿子一起回了老家。她的同学、原中国残疾人艺术团器乐演奏骨干董黎冉、张晓雨夫妇也应邀前来，放松一下身心、享受一回田园生活。叶女贞家的文化氛围很浓，专门设置了歌厅、茶室和书房，在三楼平台上还架了一台高倍天文望远镜。大家到长江生态走廊转了一圈后，深深地被农村的巨大变化所震撼。让我没有想到的是，董黎冉夫妇也关注了坡子街，他们从中了解了很多父辈当年的生活。

盲人是社会大家庭的平等成员，他们有生活、有追求，这些在他们的言语和作品中都有体现。山西、河南、湖南、江苏镇江等地的盲人朋友都给坡子街投了稿。尽管用稿不多，但也从另一个层面说明了盲人朋友对坡子街的向往和追求。

七

10 月 7 日，泰州坡子街盲人朗读比赛听评组开始工作。为迎接 10 月 15 日的国际盲人节，也为了丰富盲人朋友的生活，泰州市残联与《泰州晚报》面向全国各地的坡子街盲人朗读者，举办了盲人朗读比赛。翟明总编特地挑选了两篇作品，作为参赛的指定文章，一篇是姚林芳的《谁能说匍匐前行不是前行》，一篇是徐磊的《兴达壮大我成长》，参赛者可从中自行选择一篇朗读。参赛的时间是10月1日到10月12日。评委会由五人组成，其中三位是盲人朗读者，两位是坡子街作者。由于盲人的特殊性，我给评委会微信群取名为盲人朗读听评群。首席评委是南开大学的张海燕教授，她迅速拿出了百分制的评分细则。我将第一篇参赛作品发到了微信群，五位评委分别打分后，又进一步统一了标准。

坡子街出了文萃，坡子街作者出了作品集，坡子街同样也给盲人朗读者出了盲人朗读作品集。文化是民族的脊梁，是时代的最强音。我期待着坡子街能出更多更好的文创产品。咱们坡子街上，像刘鹏凯、孟惠平这样既有文化又懂市场的文化企业家很多，文化与市场相融合，必有一番新天地。

2021年10月7日

患上面瘫后

天到三伏，乡村医生曹荣特地给我打来电话，说冬病夏治，要我这几天抽空到他的诊所去贴三伏贴。

曹荣是我老家虹桥镇宋桥村的乡村医生。乡村医生是这几年才有的称呼，以前叫"赤脚医生"，村里的大人小孩们都称他为曹先生。他中等个子，皮肤白皙，说话不紧不慢，一双大眼睛炯炯有神，一双大手柔软中透着力量。1972年起，他跟随父亲学习中医。我在农村生活、学习的十多年间，头疼发热请他在屁股上打过几针，也经常见到他骑着自行车，背着药箱，穿行在各庄之间。经过几次搬家的宋桥村卫生室，不管条件如何，一直是人满为患。有本村的，有周边的，甚至还有不远几十里慕名前来的。由于他扎根农村，几十年如一日满腔热情地为基层群众服务，且医术医德医风高尚，所以深得老百姓称赞。2009年，他被表彰为全国优秀乡村医生。也就在同年，我被表彰为全国自强模范。一个村，一年出了两名全国典型，一时传为佳话。2013年，曹荣入选了中国好人。

2020年12月初，我在早晨洗漱时发现身体出现异常：口腔含不住水，水呈箭状从嘴唇右侧射了出来；右眼闭不拢，洗脸时水流进了眼眶；右面颊肌肉僵硬，笑时与左面颊明显不对称。我凭着学习盲人按摩时了解的中医常识，初步自我诊断——患了面瘫。

早饭时，我考虑如何治疗。如去人民医院或中医院的话，一大堆检查下来，估计确诊要两天。病来如山倒、治疗要趁早，怎么办？我灵光一闪，曹荣！早就听说他治疗面瘫、带状疱疹等有一手。就到他那儿去！

心里再急,该办的请假手续还是要办的,基本的规矩必须严格遵守。处理完事务后,请一位同事开车,直奔宋桥村卫生室。长这么大,我还是第一次走进卫生室。三间屋子,空调呼呼地吐出热气。屋里已经有十多人,有的坐着挂水,有的躺着理疗。曹荣给一位老年患者量好血压,抬起头,没等我开口,不紧不慢地说:"得面瘫啦,你先找个位置坐下,我马上给你治。"

我有点诧异:"你怎么知道我得了面瘫的?"

他还是不紧不慢地说:"你一进门,我就看出来了,典型的周围性面瘫。"他收拾好血压仪,走到我身边,用右手抬起我的下巴,伸出左手的大拇指和食指,拉了拉我的右面颊,合了合右眼皮,说:"刚得的,时间不长,好治。但治这病需要持续一段时间,不能心急。等一会儿,我马上来给你挂水。"

连续几天,同事开车送我去卫生室。每天都能遇到几十位离卫生室或远或近的患者前来接受曹荣的治疗。他们中大约一半也是面瘫患者。我低估了面瘫治疗的难度,乐观地想去参加一周后中国盲协在云南省昆明市召开的年度工作总结会议。治疗两天,症状不减反增,我出现了言语含混不清的症状,汉语拼音中声母为 b、p、f 的字,说出来后都变了调。在曹荣的劝说下,我请了假,取消了飞往昆明的机票。

每天在卫生室挂水,需要一个半小时,我也加入了和其他患者聊天的行列。从他们的嘴里,我知道了更多曹荣的情况。

曹荣家三代行医,都用初心与传承践行济世情怀。自幼跟随父亲出诊,聪慧而好学的曹荣很快掌握了基本的诊疗技术、常见病的诊治方法和中医药的辨证施治、配伍禁忌常识。他始终坚持认真对待每一位来诊病人,深入详细了解病人的病情,做到不误诊、不漏诊,给病人提供准确有效的治疗,多年来没有发生过任何医疗事故,也没有接到过一次投诉。他的儿子对医学也产生了浓厚的兴趣,并报考了南京医科大学,目前在泰州人民医院工作。每逢节假日回家，儿子总要到卫生室和他一起坐诊。

曹荣在自家田里种上了生地、板蓝根、红花、玄胡等上百种中药，以身试药为的就是进一步弄清楚各种中药的药性。他尝试用仙人掌配制中药，并在自己身上做实验，好几次竟然全身红肿，把家里人都吓坏了。最终，曹荣花费几个月的时间研制出偏方，配以针刺和西药，只要三五天时间，就可以治愈带状疱疹。

曹荣除了积极配合上级医疗卫生部门定期开展计划免疫、妇幼保健、新型农村合作医疗、农民健康状况普查等方面的工作，他还为全村群众建起了健康档案，对十七个村民小组的七十六个糖尿病患者、一百二十一个高血压患者、八个重型精神病患者以及六十五岁以上老人的个人基本信息、病例信息等方面情况了然于胸。疫情防控期间，他入户走访村民，做好返乡人员的医学观察，普及疫情防控知识，主动为有需求的中长期服药的慢性病患者提供代配药、随访干预和送药上门等延伸服务，认真做好各类数据上报工作，助力打赢疫情防控阻击战。

十天后，我面瘫症状大为缓解，不用再挂水，改用曹荣自己研制的中药贴剂。二十天后，我飞往了江西省南昌市，参加了中国盲人按摩学会全国代表大会。再之后，我按照曹荣的建议，请一位中医给我针灸了一段时间。

现在的我，一切恢复如初，没有因面瘫而留下任何后遗症。我幸运的是，及时找到了乡村医生曹荣。在全国，有一大批像曹荣这样的乡村医生，他们默默奉献在农村和社区的最基层，他们是广大人民群众健康的守护神。

曹荣给我贴好三伏贴，站起了身子。我感觉到他的腰有点佝偻，问他："已经退休了，咋不休息呢？"

曹荣不紧不慢地说："农村的医生，特别是中医，是退而不休的。"

2021 年 7 月 16 日

借力坡子街

原为商业繁华之地的坡子街，如今是泰州文化的一张名片。我在天天阅读坡子街美文、偶尔向坡子街投稿的同时，在工作上更是借助坡子街的无形之力，取得了较好的效果。

一

2022年4月23日，坡子街盲人朗读节目登上泰州胡瑗读书节开幕式大舞台。"体现全民阅读中的'全民'二字，让盲人朗读既有说服力，又有引导力"，开幕式总导演、坡子街作者童继铭的方案得到了泰州市委宣传部领导的肯定。压力传递到我这里，华山自古一条道，只能成功，不能失误。落实朗读人员、落实朗读文章、落实指导老师、落实排练地点及时间，当燕福建、叶军、周红三位盲人朗读者吐出最后一个字、观众掌声雷动时，我悬着的一颗心才放了下来。

二

2022年5月，泰州市海陵区残联举办全区残疾人工作者能力提升培训班，邀请我到班授课。参加培训的是基层的残疾人工作者，跟他们讲什么呢？讲政策，他们比我懂；讲业务，他们比我精；讲方法，他们比我多。思来想去，我想到了坡子街，于是选用了三位残疾人工作者发表在坡子街上的作品，分别是泰州市残联党组书记、理事长栾斌的《我的盲人朋友》，泰兴市残疾人托养中心副主任吕小燕的《为残疾女孩洗澡》，泰兴市延令街道残疾人之家专职管理员陈灵文的《老殷两口子》。我还将吕小燕和陈灵文请到课堂，由他们现场朗读自己创作的文章。结合三篇文章的不同角度，我从残联领导、助残服务机构和基层残疾人工作者三个方面讲述了如何与残疾人交朋友，如何赢得残疾人的信任，如何发挥残疾人在残疾人工作中的主体作用。没有大道理，没有说教，但真实的故事活跃了课堂，更激发了残疾人工作者为残疾人服务的热情。

三

2022年7月，坡子街文友李德珊邀我为高港区社区矫正对象做一场励志报告。我明白老李的良苦用心，他想用我失明后的自强经历，教育激励社区矫正人员树立正确的世界观、人生观、价值观。我感觉我个人的经历尚不能达到这个目的，考虑到社区矫正人员和残疾人都是特殊人群，我再次想到了坡子街。我选用了高位截瘫的郭雅凤、匍匐前行的姚林芳写的文章，在朗读了她们的作品后，介绍了她们的故事。大家深受教育，非常感动，在互动环节踊跃举手发言。我不失时机地现场赠送了盲人吴晶的自传体小说《我听到这世界缤纷》和郭雅凤的自传小说《爱是一盏不灭的神灯》。普通的人、普通的事，真实、真情，给这些社区矫正人员来了一次精神上的大洗礼。

四

2022年9月17日，江苏省第十一届残疾人运动会开幕式文艺演出中，坡子街盲人朗读节目再次亮相。四年一度的残疾人运动会是全省残疾人的体育盛会，用声音展示盲人群体的艺术才能，是开、闭幕式文艺演出总导演始终坚持的创意。"盲人朋友的声音，给了我莫大的力量。""盲人的朗读，穿透了我的心灵。"残疾人运动员们如是说。观看现场直播的网友留言点赞。泰州坡子街，既是盲人的精神家园，更成为宣传残疾人事业的一个重要阵地。

五

2022年9月27日，泰兴市残联党组举办廉洁、政德、家风故事分享会。大家每日必逛坡子街，这回有了大用场。按照坡子街述真情、接地气、非虚构的理念，大家认真创作，踊跃参加：市残联组宣部王晶晶主任从一双舍不得扔的旧布鞋出发，讲述了勤俭的母亲的故事；曲霞镇残疾人之家专职管理员尹静感恩工作中领路人的关怀与帮助；姚王街道残疾人之家专职管理员张海燕将父亲的三句话作为前行的指引。活动现场充满了真实、温暖的气氛，身边的人说着身边的事，既是教育，又是激励。泰兴市融媒体中心的记者敏锐地发现了这些故事的新闻价值，随后采访拍摄了系列短片，在泰兴电视台播出后产生了较好的社会影响，登上了"学习强国"平台。

六

2022年10月，我被泰兴市委宣传部确定为党的二十大精神宣讲团成员。党的二十大是一次非常重要的历史盛会，其精神博大精深，向广大残疾人和残疾人工作者宣讲党的二十大精神，是我的一项主要工作。在给全市残疾人工作者宣讲时，我请志愿者何连现场朗读了他发表在坡子街上的文章《送轮椅》，请肢体残疾人陈宁兰现场朗读了她发表在坡子街上的文章《省残运会，我们来啦》。我们的宣讲突出了共同富裕的重要性和现实性，表达了广大残疾人对于共同富裕的迫切愿望，加深了大家对于共同富裕的理解，让大家明白，共同富裕既包括物质方面也包括精神方面，进而从思想上强化了残疾人工作者的责任感、使命感和光荣感。

七

2023年1月15日，坡子街盲人朗读喜获泰州市2022年度改革创新三等奖。一分耕耘，一分收获。2021年5月25日，高港盲人女孩高梓涵朗读的坡子街作品上线后，至2022年年底，坡子街共发布盲人朗读作品四百八十二篇。坡子街盲人朗读，是全国首创的、由全国各地盲人朗读的、面向全社会公开发布的公益项目，立足泰州、走向全国、面向国际。这个项目，能在激烈的竞争、公开的评选中脱颖而出，足以说明其社会价值所在。

八

2023年1月31日，泰州市残疾人文学创作座谈会召开。新年伊始，泰州市残联就将残疾人文学创作工作提上了重要议事日程，栾斌理事长亲自主持召开了座谈会，参加的对象大多是在坡子街发表过文章的残疾人。栾斌理事长指出：健全人视角中的健全人与残疾人，残疾人视角中的健全人与残疾人，既有共通之处，又有各自的特性；对于我们所说的文化，残疾人是享受者，也是参与者；泰州市残联将积极主动地为喜欢文学创作的残疾人搭建平台、提供舞台。栾斌理事长的一席话，听得姚林芳、郭雅凤、陈宁兰等热血沸腾，纷纷表示将努力学习，力争创作出更多更美的作品，讴歌新时代、反映新生活。

泰州坡子街，你到底是一条什么街啊！

2023年2月6日

老李历险记

老李，本名李照明，今年六十三岁。他从泰兴市残联主任科员岗位退休后，由于工作需要，又被返聘，负责市残疾人托养中心工作。他个子不高，身材较瘦，说话时中气很足，声音洪亮，走路时哼着小曲，健步如飞。他的老伴、女儿、女婿、外孙等家人都常居常州，老李索性就住到了托养中心，工作也就不分白天黑夜，与这里的残疾人同吃一锅饭，与这里的工作人员同做一个梦。

大约在四年前，老李全身发痒，医生诊断为免疫力下降引起的荨麻疹。这是一个顽疾，老李跑了多家医院，又是西药，又是中药，又是内服，又是外涂，均无济于事。这几年，老李为此吃了很多苦头，不能吃鱼，不能吃虾，不能吃辣，不能喝酒，常常因为巨痒不能入睡，常常将自己抓得鲜血直淌、遍体鳞伤。尽管如此，他还是全身心地扑到了工作上。托养中心的建设与管理，他都倾注了很大的心血。他笑着说，荨麻疹治好了他多年的脚气，这是变通；将喝酒的钱用来买药，这同样是为国家作贡献；痒得睡不了，正好起床写写材料，进入状态后反而忘记了瘙痒，这就是工疗。

今年正月初五，我去浴室洗澡，遇到了刚从常州回来也来洗澡的老李。他告诉我说，节前一个多月，他请托养中心的小何从网上给他买了一种药，虽然只有九元钱一盒，但吃了以后效果较好，身上没有那么痒了，这个春节过得很愉快。他还说，这种药，药名一样，药的成分一样，生产厂家不一样，网上有四元多一盒的，也有一百多元一盒的，他买的是九元一盒的，是价廉物美了，这药的利润空间真的是太大了。

正月十四，老李给我打来电话，说他全身发黄，尿液也呈黄色，当天已经到医院做了血液检查，结果要等几天后才能拿到。我怀疑他是服用那从网上买的药所致，叮嘱他要好好检查。

正月十七，是老李的生日。往年他都是在常州和全家人一起度过的，今年为了等待医院的检查结果，他没有去常州。贤惠的老伴回来了，一是为了与老李共度生日，二是不放心老李的身体。

正月十八，老李拿到了检查结果，黄疸指数很高。按照医生的要求，老李随即办理了住院手续，做了核磁共振检查，进行了输液治疗。我得知后，非常不屑于医院的小题大做。老李很轻松，上午在病房输液，下午回家。我和综合组联部鲍灵主任带了点水果去看望他时，他正坐在电脑旁，设计着托养工作所需的残疾人三个能力评估表。他说他的病情时轻描淡写，说工作时眉飞色舞。从去年十月份起，老李着手制定我市的残疾人托养工作服务和管理规范。这规范没有任何可借鉴或参考的，有的只是我们的思考与实践。托养工作是一项新课题。在我市托养中心运行的两年多时间里，老李勤于思考、敢于探索、勇于突破，遇到、发现、解决了一系列的现实问题，积累了大量的实践经验。制定规范，既是对前两年工作的总结，也是对今后工作的指导和监督，是我市托养工作水平提升的一个标志。为了制定这个规范，老李放弃了节假日，多少次深夜苦思，多少次凌晨伏笔。他很谦虚，认为自己的水平有限，还动用了个人关系，将他的老战友、原武汉钢铁公司党校党委书记、校长吴国和教授请了回来。两位老人不分昼夜，又是讨论，又是修改，有时还会争执。

3月2日，下午四时多，老李自己骑摩托车到医院拿核磁共振检查单。医生没有告诉他检查的结果，他也看不懂医生的"天书"。于是他打电话给家住在医院附近的市劳服所的卜金萍，请她帮忙找位医生看看。老卜在医院的熟人很多，找到一位医生后，说明了来意，递上了检查单。这位医生非常热情，接过检查单看了最后一行字，说检查的结论是胰腺癌，而且这种胰腺癌基本上是治不好的，得病后活不了几个月。最后他将检查单回递给老卜，顺口问得病的是谁。一旁的老李平静地回答说，得病的就是自己，还有什么请尽管讲。这位医生大吃一惊，再也没说什么，借故离开了。

老李推着摩托车，和老卜一起走出了医院，在附近的肯德基找了个空位坐下。老卜很是着急，但又无计可施。老李却像没事人一样，不慌不忙地拿出手机，先是给他的女婿打了电话。他的女婿小徐在一家房产公司工作，当时正驾车由常州前往上海。小徐接了电话后没有多问什么，就返回了泰兴，后打了电话给我，听说我在忙，就挂断了电话。老李安排老卜继续在肯德基等待他的女婿，让老卜告诉他女婿实情，另外不要再告诉其他人，一切由他自己来处理。安排好后，老李骑着摩托车回家了。

老李离开后，老卜坐立不安。她打电话请来了市劳服所主任刘梅，将老李患病的事告诉了她。两位女人急得直淌眼泪，但又想不出什么好办法。小徐赶到后，问清了情况。他知道老丈人今天检查结果出来，他更知道老丈人的个性，接到电话让他回来时，他就意识到老丈人出了问题，但没想到会这么严重。在征得小徐同意后，老卜打电话将老李的病情告诉了我。我听后脑子里一片空白，以至于久久没有挂断电话。我非常清楚胰腺癌的厉害，快则一两个月，慢则半载。老李除了荨麻疹外，其他没有任何毛病，平时也很注意锻炼，怎么一下子就得了这不治之症呢？

我打通了老李的电话，他说他的亲戚们知道他住院，今天都来他家看望，现在他正在陪他们打牌。他说，今天下午拿到了检查单，胆上有点问题，需要做一个小手术，为谨慎起见，他想明天就到上海医院再去检查一下；那个规范，他已经校对了多遍，已经从网上发给了托养中心的小耿，其他工作也都作了安排。他的语气平静，我听得出他向亲人们隐瞒了病情，也就没有多说什么。

我到残联工作后，老李是我的第一位搭档。他早我四年到残联工作，但他没有以老自居，更没有埋怨组织的安排，我们两人之间的配合在全省残联系统堪称绝配。我个子高，他个子矮；我年龄较轻，他年龄较大；我视力不好，他名叫照明。虽然在工作上我们也常常有磕磕碰碰，但都是为了让广大残疾人生活更加幸福、更有尊严这个共同的梦想，正因为我们心往一处想、劲往一处使，团结和带动了全市残疾人工作者及广大残疾人，创造了一个又一个胜利。俗话说，"好人有好报"，老李完全是一位好人，可他得了胰腺癌，我和我们残联系统的所有同志、老李自己和他的家人如何来接受这个残酷的现实呢？晚上我和妻子散步到南三环路时，我再也忍不住地哽咽起来，问苍天，空悲切啊！老李的女婿小徐很能干，很快就在上海联系了一家大医院和一位胰腺方面的知名专家。老李也随即到了上海，接受进一步的检查。

3月7日，我召开了残联党组扩大会，向大家通报了老李的情况。会上作出了两个决定，一是我们残联积极配合老李家人和医院做好老李的治疗工作，二是将老李的情况通报系统全体工作人员，老李在上海医院检查、住院期间，大家不要打扰老李及其家人。大家在听说了老李的情况后，都很吃惊和痛苦，整个系统没有了往日里的笑声与活力。老李是残联的老领导，为人随和、乐于助人，大家有什么事儿，不管是工作上的，还是学习上和生活上的，都喜欢向老李请教或讨个主意。老李为人正派，该表扬的他从来不吝惜赞扬之词，该批评的他从来不隐隐藏藏、闪烁其词。老李为人开朗、乐观豁达，他走到哪里，哪里就会笑声不断。他从不计较个人得失却又爱憎分明，在系统内、在广大残疾人中，有着很高的威望。现在他病了，大家怎能不伤心不痛苦呢？

3月8日，老李和小徐先后从上海给我打来电话，告诉了我一个好消息。经过重新检查与专家会诊，老李得的不是胰腺癌，而是胆管肿瘤，将尽快进行手术。胆管肿瘤也是一个难治的病，但与胰腺癌相比，要轻得多了。打一个不恰当的比方，这就犹如一个人被判了死刑立即执行，后又改判了有期徒刑；这也好像灾害警报从红色降到了黄色。我随即把这个好消息告诉了大家，大家也都很高兴，人人喜形于色。但大家高兴的时间并不长，上网查阅后，我们得知胆管肿瘤也是一种顽症，大家又都为老李担心起来，都在祝愿老李好人能有好报。

3月10日，正在我市开展调研的省残联康复处的徐晔同志（曾在我市挂职）与我们一起，到上海医院看望了老李。他正躺在病床上输液，稍稍瘦了点，全身还是很痒以至于睡眠不好，精神状态非常不好。他的老伴、弟弟、女婿等都在医院照顾老李。

3月13日下午六点，我正在淮安市参加全省残疾人组联工作会议，老李打电话给我，说他明天动手术。我随即请刘堃副理事长和康复部蒋庆宝同志连夜赶往了上海。

3月14日上午六点半，老李被推进了手术室。手术的时间很长，一直到下午五点多，这让大家都很紧张。而让大家不解的是，下午两点到四点，主刀的专家出了手术室，还坐了门诊。我人在淮安的会场里，心却在上海的医院里，时不时地掏出手机，看看有没有漏掉的电话或短信。下午四点半，刘堃理事长给我打来了电话，声音激动得有些颤抖和嘶哑，他说老李再次被排除了胆管肿瘤，被确诊为长期炎症引起的胆管堵塞，专家也随之改变了手术方案，给老李安装了人工胆管等等。下午五点多，老李出了手术室，进了重症监护室。

3月15日上午，老李出了重症监护室，回到了普通病房。

3月18日，残联陆蔚副理事长、综合组联部主任鲍灵、劳服所主任刘梅等到上海医院看望了老李。

3月26日上午，老李出院，回到常州家里休养。下午，我在给全国残疾人托养服务能力建设培训班上课时，讲到了由老李主编的《泰兴市残疾人托养服务与管理规范》，给大家看了陆蔚理事长她们从上海拍回的老李在病床上的照片，很瘦，很精神。我说，这个规范，凝聚了老李的心血，是我们托养中心全体工作人员集体智慧的结晶。这一节课，如果不是老李住进了医院，应该由他来讲。中国残联的南京和成都培训班，老李都去讲了，讲得非常好，得到了大家的一致好评，因此中国残联领导下决心在我们泰兴这样一个交通不很方便的县级市举办了全国规模的培训班。

3月30日上午，市残疾人托养中心成刚主任带领全体工作人员到常州市看望了老李。

4月7日上午，我、副主任科员叶东生、教就部主任张建荣、宣文部主任张萍、康复中心主任叶秀兰等，到常州市看望了老李。他看起来很清瘦，但说话的声音已经恢复到了以前的水平；身上不再痒了，致痒的直接原因就是胆管堵塞。他听张建荣主任详细介绍了在我市举办的全国培训班的情况，了解了我们残联近期的工作。他还是那样的激昂，还是那样的乐观。

2013年的3月，对于老李和全家人来说，就像是做了一场游戏，由荨麻疹到胰腺癌，到胆管肿瘤，再到胆管堵塞，小病动了大手术。面对如此的磨难，老李一直很沉着很乐观，这不得不让我们佩服与敬重。我感慨于老李的冷静与乐观，我感动于残联系统的精诚团结与肝胆相照，我感悟于生命的脆弱与珍贵。我们希望老李早日康复，早日回到他心爱的工作岗位，回到他心爱的残疾人之中。

2013年4月20日完稿于贵阳至无锡途中

盲人朗读者在泰州

4月22日至27日，来自全国十四个省、自治区、直辖市的十六名坡子街盲人朗读者齐聚泰州，参加了三场活动，分别是泰州市残联和《泰州晚报》举办的感受泰州活动，中国盲人协会和中国盲文图书馆主办、泰州市残联等承办的全国盲人有声主播培训班，及全国盲人多元化就业研讨会。

一

三场活动同城举办，目的就为一个。随着坡子街的影响不断扩大，坡子街盲人朗读受到了读者、作者和编者的肯定，更让很多盲人增强了就业的信心。去年4月，泰州市盲协拟举办坡子街作者与盲人朗读者见面会，由于疫情而暂时搁置。泰州坡子街盲人朗读，是一个成功的典型，具有很强的推广性和可复制性。中国盲协、中国盲文图书馆、中国残疾人就业服务指导中心经过多次研究，并与江苏省残联、泰州市残联协商一致后，决定放大见面会的社会效益，在泰州举办全国盲人有声主播培训班和全国盲人多元化就业研讨会，拓展盲人就业新业态、新方式，促进盲人在内的残疾人与全国人民一道实现全面发展和共同富裕。

二

一部情景剧，人未来声先到。经过老师的考核，我拿到了参加全国盲人有声主播培训班的学员名单，共三十二人，其中我们坡子街盲人朗读者十六人，占到了半数。泰州市残联、泰州晚报认真研究后，决定在全国盲人有声主播培训班的前两天，举办坡子街盲人朗读者感受泰州活动。随即，我组建了感受泰州微信群，告诉了朗读者这个好消息，但没有告诉他们具体的日程安排。如何在泰州人民面前、在坡子街作者面前，来一次成功的集体亮相，成了大家热议的话题。商量来商量去，最后大家还是决定发挥盲人在声音方面的优势，编排一部情景剧。于是创作剧本、分配角色、各自录音、对轨合成、后期制作，不到十天完成了作品。由十六位盲人朗读者参与的《宫中读书会》情景剧在见面会上播放后，获得了大家热烈的掌声。我一一介绍了饰演剧中人物的盲人朗读者，更让坡子街作者们在较短的时间内认识了朗读者，融洽了彼此之间的感情。这部情景剧被参会的作者们转发到朋友圈，又激起了阵阵涟漪。

三

感受泰州，从感受泰州温度开始。根据天气预报，22 日和 23 日，泰州降温降雨。十六位盲人朗读者来自祖国各地，包括内蒙古、甘肃、广西等地，这些地方的天气与江苏的天气差别较大，我在微信群里发布了天气预报，让大家有所准备。21 日，正打点行装的盲人朋友及陪护，收到了一条手机短信"欢迎你光临泰州，我是接站志愿者"。22 日，朗读者陆续抵达，迎接他们的是志愿者的笑脸及热情，这也立刻驱走了天气的寒意。泰州市总工会主席耿晓利和副主席李爽带领爱心车队的志愿者，主动承担了从泰州火车站至天德湖的接送任务。他们热情周到的服务，让朗读者们切身感受到了泰州这座城市浓浓的温度。

四

多年相知相惜，今日相聚犹如在梦中。八年前，内蒙古包头市的张婷、广西南宁市的梁素菊和江苏泰兴市的叶女贞同在一个QQ群里，由于年龄相当、命运相仿，她们三人很快成了无话不谈的网友。她们聊家庭、聊孩子、聊工作，也一次次地憧憬线下聚会。因为看不见、因为照顾孩子、因为手中的工作、因为家中琐事……总有这样那样的原因，阻碍了她们相聚的脚步。当她们同时被邀请进入坡子街盲人朗读者感受泰州微信群后，她们兴奋的心情久久无法平静。她们计划着给对方的礼物，她们想象着第一次见面的情景，她们讨论着该穿什么衣服。22日下午，叶女贞在母亲的陪同下，第一个到达天德湖宾馆报到。梁素菊乘坐的飞机晚点，丝毫没有影响她激动的心情。张婷六点多到达宾馆，直奔叶女贞的房间。三人先是紧紧拥抱，再是抚摸对方既熟悉又陌生的脸庞。在泰州的五天里，她们三人一起吃饭、一起上课，甚至连睡觉也挤在一张床上。叶女贞的妈妈开心地忙前忙后，说她一下子有了三个好女儿。

五

坡子街作者与盲人朗读者，到底是谁感动了谁？20日，坡子街编辑小顾在作者微信群里发出通知，23日下午将在天德湖宾馆举办作者与盲人朗读者见面会，请作者自愿报名。21日中午，小顾从报名的作者中确定了十六人。23日下午，作者们早早地到了会议室。见面会还没有开始，他们与朗读者就像多年未见的老朋友，相互之间进行了热情的交流。见面会的互动环节，大家你问我答，没有紧张感，没有拘束感，没有冷场。作者说得最多的是"盲人朋友朗读得好，你们自强乐观的精神感动了我们"，而朗读者说得最多的是"作者文章写得好，你们叙真情接地气的文章感动了我们"。见面会后，作者王兰、刘艳、朱会芝、王依晨、陈竣、陈洪文很快写出了饱含感情的文章，盲人朗读者听得热泪盈眶。作者冯智洋、王依晨、李琳等在休息时间，走进朗读者的房间，和他们进行面对面交流，只为更多地了解盲人朗读者。作者李琳得知朗读者吴声湄等想买点黄桥烧饼带回家馈赠亲友，主动帮助采购并送到了宾馆。朗读者张海燕、王奕红、李宏胜、梁素菊、刘洁等离开泰州后，也在第一时间写下了他们在泰州的所见所闻所感，字里行间流露出的都是满满的赞美与感动。

六

　　一场展演，让世界看到了盲人的多彩人生。26日上午九点到十点，全国盲人多元化就业研讨会进入第二个环节——全国盲人有声主播培训班结业展演。三十位盲人朋友表演了诗朗诵、影视配音等节目，近十五万名网友通过抖音观看了直播。喜玛拉雅、抖音、小米、帆书等参会公司的负责人在现场观看演出后，纷纷赞叹盲人朋友的精彩表现，表示将为盲人多元化就业作出积极努力和贡献。北京心智互动科技公司品牌运营主管周彤高声问道："我们企业已经开发了岗位，盲人朋友们，你们准备好了吗？"台下的盲人朋友大声回答："准备好了！"应该说，在数字化、智能化快速发展的新时代，层出不穷的新科技为盲人多元就业带来了新的机遇和新的挑战。为了这场展演，包括坡子街盲人朗读者在内的盲人朋友们在线上、线下的课堂上认真学习，课余时间努力练习，抓住机会向老师请教，相互之间互帮互助毫无保留，他们用实际行动，喊响了本次全国盲人多元化就业研讨会的主题："点亮每个梦想，共享多彩人生。"他们也用实际行动让世界看到了盲人朋友的多彩人生。

　　泰州，必将以成功举办这三场直接关系到盲人多元化就业的活动而载入中国残疾人事业发展的史册。我们自豪，我们骄傲，因为我们坡子街的盲人朗读者，是直接的参与者和见证者。

2023年5月3日

骑行杂记

金秋十月，天气很好，阳光金灿灿的，天空瓦蓝瓦蓝的，大地处处生机、处处风景。特别是到了晚上，皓月当空，星辰满天，大人小孩走出家门，或在广场跳舞，或闲庭信步，一番盛世吉祥、幸福和谐的景象。我和志愿者老季共骑一辆双人自行车穿行在泰兴四通八达的大路上，总会情不自禁地想起我与自行车的那些事。

从二十世纪六十年代直至二十一世纪初期，自行车是城市和农村最主要、最常见的交通工具。我家非常贫困，直到1980年才拥有了一辆自行车。那年，父亲去上海探望姑母，在旧货市场上挑了半天，咬咬牙花二十元，买回了一辆半新的永久牌自行车。之前不会骑车的父亲，竟然将这辆车骑了回来。二百多公里的路程，三十多个小时，他没有休息一分钟。当父亲叮叮地打着车铃，摇摇晃晃地骑车出现在家门前时，着实让全家人吃了一惊。知道怎么回事后，奶奶踮着小脚，到村头的小店里买了串鞭炮，噼里啪啦地给这辆车挂了红。

从此，这辆旧车成了父亲的宝贝。每天晚饭后，父亲总会将车推到门前的屋檐下，或抹去尘土，或更新零件。父亲不光无师自通学会了骑车，还学会了修车、补胎、接链条、换钢丝等等。

父亲骑着这辆自行车，到距家三十多公里的高港姨奶奶家，载回了她家的计划蜂窝煤。一年接着一年，父亲用这些蜂窝煤，到村上的土窑换回了砖瓦等建房材料，新建了六间大瓦房。如今我每次回到乡下，都会深情地抚摸老屋的墙砖。虽然经历了几十年的风霜，但砖还在，瓦还在，老屋还在，家还在。

父亲骑着这辆自行车，隔三差五地从距家十多公里的泰兴城里的批发市场上，载回一百多公斤品种繁多的货物。爷爷在镇上的农贸市场里，租了一个小摊位，零售花生、粉丝、咸鸭蛋等日用食品。爷爷不会骑车，每天天没亮，父亲的自行车上，会尽可能多地装载货物，并将爷爷送到镇上；每天中午，父亲又会骑车，将爷爷接回。一年三百六十五天，除了大年初一外，不管什么天气，从未间断，坚持了二十年。这个小生意和承包田的收入，不但支撑了全家的日常支出，还让哥哥和我顺利地完成了学业，成了吃国家粮的城里人。再穷，不能穷教育；再苦，不能苦孩子，是父辈们的精神之钙，是他们所有辛劳的出发点和落脚点。

2009年9月，父亲不幸病故。这辆跟随他三十年的自行车也完成了它的历史使命。我拧下了车铃，放在了父亲的棺木里。其他部件全部作为废品，卖了三十元。上高中时，一直让我感到生硬的政治经济学中的生产力与生产关系、价值与剩余价值的概念，父亲的这辆自行车，给了我最好的诠释。

我拥有属于我自己的自行车，是1990年7月。大学毕业后，我在家里等待着分配工作。一天，我坐在父亲的自行车后，一起到了城区的鼓楼商场。父亲说："你快要上班了，给你买辆自行车，你自己选吧。"我没有做太多的思考，就选了一辆与父亲那辆自行车一样的型号——永久牌载重自行车，花了二百八十元。上班后我才知道，这是我两个月的工资。从当时我家经济状况来看，应该是很大的一笔支出了。

有了自己的自行车，在等待分配工作的一个多月里，我骑车走访了很多同学。正逢夏天，天气很热。我从蒋华出发，先由南往北，从七圩到天星、永安洲、口岸、许庄，再由北往南，孔桥、宣堡、马甸、根思、燕头、大生、张桥、新市，在西半县转了一个圈。我在车把上挂个塑料水壶，车三脚架里夹一只篮球，到了哪个同学家，我们毫不客气，有啥吃啥，能填饱肚子并能打上一场篮球就行。骑行的人数也在像滚雪球一样增加，最后就成了一个车队。同学家里没有床位，我们就通宵畅谈而丝毫不倦，第二天继续前行。与现在的同学聚会就是聚餐相比，那时我们的聚会更纯正、更快乐、更洒脱。

我之所以选载重自行车，是因为想帮助父亲分担一些货物。每每看到父亲从城里进货回来劳累疲惫的样子，我都会感到心酸。堂堂七尺男儿，上学时过着衣来伸手饭来张口的日子，现在工作了，应该为家里做点事了。

工作后，单位给我安排了一间宿舍。平日里，父亲看到一些货物便宜，就会多批发一点，我的宿舍就成了他的临时中转站。每到周末，父亲与我同回。他尽量给他的自行车上多装些，给我少装些；在路上，他总是骑在我的左侧；从桥上下坡时，他一再叮嘱我小心。有时，我骑车跟在父亲的后面，只能看到他掩埋在货物中不时上下晃动的满是白发的后脑勺。

过完周末，我从乡下回来上班，爷爷、奶奶、父亲、母亲会让我带上时鲜蔬菜。从周一到周五，从婚前到婚后，我一直是不需要买蔬菜的。家中有什么，我就带什么，不仅仅是蔬菜，还有米面油等等。从我记事起，我就知道我家的蔬菜是全庄长得最好的。冬闲时，爷爷整天在家里搓草绳，到夏天用来给丝瓜游藤。父亲到沟坎上砍芦苇和芦竹，用来给黄瓜和豇豆搭棚，给菜地做篱笆栅栏。奶奶、爷爷、父亲的相继去世，没有影响到我家蔬菜长得好的传统。即使到了现在，妈妈已经七十多岁，与我们一起居住在城里，她也没有放弃家里屋前屋后的蔬菜地，地里种满了青菜、丝瓜、菠菜等。

我告别自行车，是 2003 年 1 月 1 日。2002 年 3 月，我感觉到视力下降了很多。到医院一检查，结论是让我崩溃的双眼视网膜色素变性。南京、上海、杭州、北京的各家知名医院的专家们都说，这是目前国内国际上眼科的最大顽症。知道了这个结果后，我没有做太多的治疗，与命运抗争的最佳方法就是勇敢地直面现实，承认现实后方能乐观地面对现实。2002年的最后一天，12月31日下午，阳光很好，我戴着墨镜，小心翼翼地骑车上班，却意外撞到路边的电线杆上而一头栽倒在地。虽然并无大碍，但家人和同事坚决地剥夺了我继续骑自行车的权利。那辆跟随我十二年的自行车，在车库里安静地躺了六年后，与父亲的自行车一起，作为废品被卖掉了。

双目失明让我独立骑行成为美好的回忆，但并没有彻底泯灭我的骑行之梦。2005年初，我到了残联工作，与盲人朋友接触得多了，我切身感受到大多数盲人与我一样，也都有一个骑行之梦。尽管他们基本上解决了温饱问题，但他们也在执着地追求着美好的生活。

2010年，在建设市残疾人托养中心时，在我的建议下，托养中心专门装配了一个残疾人驾驶体验室，安装了汽车和飞机两个模拟驾驶系统。托养中心建成面向社会开放后，这个驾驶体验室很受残疾人朋友的欢迎。随便手按按、脚踩踩，汽车就能上路，飞机就能上天，这让每一位坐进驾驶室的残疾人兴奋不已并乐此不疲。

2010年5月，通过一位经销商，我订购了一辆双人自行车。一段时间的试骑后，我感觉较好，于是又采购了九辆。此后，这十辆自行车成了泰兴志愿者帮助盲人出行的一道亮丽的风景线。十位志愿者，带着十位盲人，骑着十辆双人自行车，一个车队骑行在大路上，怎能不吸人眼球，难以外出的盲人朋友们又怎能不兴奋尖叫呢？

2017年10月起，骑行成了我最好的健身方式。盲人的最大障碍是独立外出，这在很大程度上影响了盲人的生活质量。为了健身，我尝试了很多方法。我买了哑铃、跑步机、动感单车、仰卧板，俨然将家里客厅改建成了小型健身房。可坚持不了多长时间，我的兴致和豪情就由强到弱、由弱到无了。我给自己找的最大的理由是家里空气不新鲜。其实，我自己知道，我想到户外去，我想拥抱大自然。国庆节期间，志愿者老季找到我，说每天晚上可以与我一起外出健身。没有多少考虑，我首先想到了骑双人自行车。没有培训，我俩直接就骑着出发了。每天晚饭后，我们骑行两个小时左右。我们没有固定的线路，想去哪儿就去哪儿，泰兴城区的东南西北，我们全到过了。我们一边骑，老季一边做着导游，跟我介绍着路边的风景。不经意间，泰兴城区发生了很大的变化。可以说，每天的泰兴都是新的。我们经常会放下车子，到新建的小公园里转上一圈。人工湖畔的蛙叫，翠绿草坪中的虫鸣，丹桂树上的芳香，银杏树下的落叶。我们呼吸着新鲜的空气，融入泰兴的美丽之中。

自行车由最主要的交通工具演变成健身器材，由少数家庭方可使用的奢侈品发展为社会大众的共享产品，这是时代的进步，这是当今社会主要矛盾发生深刻变化的鲜明缩影。期待着有一天，我骑上配备了自动探测和自动导航功能的自行车，迎着金色的阳光，畅行在更加幸福的大道上。

封盲笔路

巧遇广西盲人朗读者

2月中旬，中国盲人协会在广西壮族自治区南宁市举办盲人冰雪运动体验活动并调研盲人多元就业情况。我是调研组的成员之一，非常幸运地来到了南宁。

其实，我对南宁的印象并不是太好，这源于1998年4月。那时，我带着一分好奇和神往，第一次踏上了南宁的土地。可是，路面的脏乱，空气中弥散的阵阵异味，都驱走了我的好心情。晚上走出宾馆散步，我看到路边小摊卖的枇杷特别大，像桃子似的，就想尝尝鲜。前面有一本地人，三十块钱买了一大袋，我们挑了一小袋，摊主却要一百元。经过一番讨价还价，摊主叽哩咕噜地说了一堆，我们一个字也没听懂。人生地不熟，我们只好忍气吞声地买下，但吃在嘴里、苦在心里。

二十多年后，我再到南宁，这里已经发生了翻天覆地的变化，处处鲜花盛开，路面干干净净。晚上我特地到"三街两巷"转了转，街上人来人往，摩肩接踵，风味小吃店一家接着一家，土特产摊位一个连着一个，听到的是普通话，闻到的是烟火味，感受到的是快乐与祥和。

第二天上午，冰雪运动体验活动开幕。南宁是亚热带季风气候，冬季温和少雨，极少下雪，更难享受冰雪运动。近百名盲人朋友非常兴奋，久久舍不得离开冰雪运动馆，午餐时大家还高兴地谈论着各自的体会。这个时候，我突然想到，他们里面，有没有我们泰州坡子街的盲人朗读者呢？

去年11月，为迎接亚运会和亚残运会，我代表中国盲协参加了中国残联在浙江省杭州市举办的残疾人体育健身周开幕式。下午，在返回泰兴的路上，我收到了浙江省两位坡子街盲人朗读者灵慧和清风给我发来的微信，他们说："封主席，上午听了你的讲话，可高兴了。现在在哪儿呢？我们来找你。"我叹了口气，无奈地给他们回了微信，告诉他们我已离开杭州。由于看不见，我们盲人头撞破了也不知道对方是谁，类似这样相逢不相识的情况，那是经常发生啊。

为了不让杭州遗憾再次演变为南宁遗憾，我拿出手机，找到了南宁市的坡子街盲人朗读者梁素菊，她已经在坡子街笔会微信公众号上发表了四篇朗读作品。

我问："我在南宁，你在忙什么？"

梁素菊秒回："封主席，你好。你是来我们广西调研的吗？我刚从冰雪运动馆出来，正准备吃饭。"

我闻言大喜，从座位上站了起来，立刻问道："你现在哪里呢？"我说完便拨通了她的微信语音电话。

"封主席好！"一个柔和的声音传进了我的耳朵。

"你声音大一点，我听着声音来找你。"

"好的！"听筒里的声音立即大了很多，"我在这里，从餐厅进来一直向里走，大概三点钟方向……"我把手机贴近耳边，离开座位，向右走了十多步后，在距我不远的第四张餐桌旁，我听到了手机与现实中同时传来梁素菊的声音："我这里有两个人，陈燕也在。"

就这样，我与广西的两位坡子街盲人朗读者，在南宁市的餐厅里见面了。梁素菊身高一米六左右，头发盘于脑后，洒脱利落；陈燕嗓音清脆，娇小玲珑。我们三人先是六只手紧紧握在一起，再而又紧紧拥抱。我开心地说："大家还以为我们是一家三口人久别团圆呢。"

下午和晚上的调研结束后，梁素菊和陈燕又邀约了另外两位盲友，请我品尝南宁的风味小吃，体验南宁人的夜生活。我们喝着茉莉花茶，交流着各自的情况。通过交谈，我得知梁素菊自幼家庭贫困，但她一直勤奋好学，在政府及社会的帮助下，她于 2006 年考取了长春大学，成为广西壮族自治区的第一位盲人本科大学生。毕业后，她和一位家在河北的大学同学结了婚，现两人都在南宁市福利中医院从事医疗推拿工作。她非常喜欢朗读，虽然工作繁忙且育有两子，但她经常挤出时间参加全民阅读活动。她还在一个全国性的盲人自助微信群里担任管理员，每月组织捐款，资助困难家庭的视障学生完成学业，从而传递爱心。

夜深了，我们步行返回宾馆。马路上车来车往，路灯雪亮，路边的椰子树挺拔伟岸。我们边走边聊，意犹未尽。盲杖在车灯的照耀下，闪闪发光。

第三天上午，我登上了返回江苏的飞机。我将在南宁巧遇梁素菊的事发在了中国盲人朗读者集结地微信群里，立刻引来了一片热议。大家都在问："封主席，你啥时候能来我们这里，与我们来一次不期而遇啊？"

"今年世界读书日期间，我们在泰州举办一场坡子街盲人朗读者感受泰州活动如何？品泰州早茶、赏泰州美景、会泰州文友……"

一石激起千层浪，朗读者纷纷在群里发言："封主席，我们能来泰州吗？那是我们向往的祥泰之州啊！"

2023 年 3 月 30 日

清明印象

"清明时节雨纷纷,路上行人欲断魂。"一到清明节,我们就会很自然地想到这句古诗。是的,清明节是一个祭奠祖先、缅怀先烈的日子,是中华民族传统中的一个重要节日。在这个日子里,虽然不一定都是绵雨纷纷,但世人的情绪大多是忧忧的,远远地,穿越了时空,在已知的和未知的隧道里游荡。

我上学时,清明节是与祭扫革命先烈联系在一起的。泰兴是革命老区,全市的革命烈士有八千多名,烈士墓遍布于全市各地。小学时,我们祭扫的是李金生烈士,中学时祭扫的是郭干烈士。清明节当天,不管天气如何,全校师生都会排成长队,来到学校附近的烈士墓前,听一听烈士家人讲述烈士的英勇事迹,回到学校后再写一篇关于向革命先烈学习的作文。小学一年级起,我就非常羡慕手举大队红旗、走在队伍最前面的那名同学。这份羡慕,这份崇拜,一直持续到了我上五年级。当我手举着那面大队红旗走在队伍最前列时,我昂首挺胸,大步向前,感觉无限光荣。只是后来我的双臂疼痛了半个多月,但这样的机会在我的人生经历中也仅仅有这样一次。

我工作后的前十五年里,清明节是与殡葬改革联系在一起的。大学毕业后,我到了泰兴市民政局工作,殡葬改革是民政工作的内容之一。二十世纪九十年代后,虽然火葬已经被人们所认可接受,但二次土葬现象非常普遍。遗体火化后,将骨灰装入棺材再次下葬,是入土为安这一传统习俗的延续,浪费钱财,浪费土地。虽然一次次地、一年年地平坟还田,但每到清明节前，坟头还是一座座地被垒起来，清明节当天更是家家磕头、坟坟冒烟。作为一名民政工作者，尽管我不从事具体的殡葬改革工作，但经常被抽调，或到农村宣传殡葬改革，或到乡镇督查平坟还田、骨灰集中存放室建设等工作，或参与公安、工商等部门的联合执法组突击检查并销毁一批棺材等殡葬用品。我曾经写了一篇文章，题目是《入土为安何时休》，现在已经记不清刊登在了何年何月何日的《扬州日报》上。

这几年，父亲和爷爷相继过世。按照本地的风俗，亲人过世后，三年内，每年的清明节，家人都要到墓前祭奠。生老病死，这是自然规律。我人到中年，迎接新人送别老人，也是自然现象。可每当见证着一个鲜活的生命化成一把骨灰时，内心还是非常无奈、非常痛苦。每次站在亲人的墓前，感觉和他们相处的日子就犹如在昨天，我就更加有了珍惜生者、珍惜生命的感悟。国家将清明节列入法定假日后，我的家族里一些在外地工作和定居的，也都会在清明节期间回老家扫墓。于是，清明节除了祭奠扫墓外，又成了一个族人会聚的日子。大家坐在一起，谈谈共同的祖先，说说家族的变迁，议议各自的发展。血浓于水，亲情的力量是无法抗拒的，竞争的生活无情地将大家分离，根的情结必将代代相传。

今年的清明节，我更多地感受到了国家的声音。党中央在全党开展了党的群众路线教育实践活动，各级各地的党员干部纷纷走进了烈士陵园，重温入党誓词，学习先烈精神，以更好地为人民服务。抗美援朝时壮烈牺牲、暂时落葬于韩国的中国人民志愿军四百八十三名烈士的遗骸，六十四年后的今天由韩国正式移交给了我国，我国举行了隆重的安葬仪式，魂兮归来，悲兮壮兮。南京举行公祭活动，纪念南京大屠杀中被日本侵略者残酷杀害的三十万死难者，前世之事，后世之鉴，不忘国耻，强我中华。

清明节，是一个我们回忆故者、回忆历史的节日。没有先辈们的辛勤劳作，家就不可能繁衍生息；没有先烈们的前仆后继，国家就不可能繁荣强大。清明节正逢春暖花开。我们的祖先将清明节确定在这个季节里，也许是悲壮时希望美好，也许是美好时警醒悲壮。我们无法穿越时空去领会祖先的真正意图，但是我们可以用现在去为未来创造历史。清明节，是传统的，也是现代的。清明节，是个人的，也是国家的。清明节，是中国的，也是世界的。

2014 年 4 月 5 日写于泰兴家里

封盲笔路

三进杨根思连

今年是中国人民志愿军抗美援朝出国作战七十周年，11月29日是特级英雄杨根思烈士牺牲七十周年纪念日。

杨根思是抗美援朝战场上的特级英雄，用血与火谱写了一曲壮丽的生命赞歌。1952年5月，志愿军总部将杨根思烈士生前所在的连队命名为"杨根思连"。我曾经三次走进英雄部队杨根思连。

我第一次走进杨根思连，是1995年7月。那时，我任职泰兴市民政局双拥办秘书。在我的提议及努力下，1994年泰兴镇中心小学试点成立江苏省第一所少年军校，这一做法很快在全市推广。为进一步拓展少年军校活动内容，1995年7月我们举办了泰兴市少年军校夏令营。在讨论活动地点时，身在英雄家乡的我们都不约而同地想到了杨根思，想到了杨根思连。与二十军政治部联系并征得同意后，我、泰兴镇王吉成和孙昊、中心小学张家驹和李飞等带领三十一名小朋友，从常州火车站出发，次日上午抵达河南省开封市。

到了部队后，我们作为来自英雄家乡的亲人，受到了热情的接待。杨根思连全连官兵分列大路两侧，用锣鼓、用掌声，将我们迎进了营房。最为兴奋的是三十一位小朋友，他们一个个睁大了眼睛，好奇地打量着这里的一切。十五天里，小朋友们与杨根思连的战士们，同在一个操场训练，同在一个食堂吃饭，同唱连歌《我们的连长杨根思》。早晨，大家迎着朝阳在操场上练习队列；傍晚，大家围坐在树荫下听连长和指导员讲着连队的战斗故事；晚上，大家在战士双岗的保护下，美美地进入梦乡。

最难忘的是全团官兵的八一纳凉晚会。7月31日晚上，全团一千多名官兵，会聚在团部大礼堂。军人的拉歌、军体拳表演，彰显了军人的英雄本色。而我们少年军校小军人的舞蹈、小合唱、书法等表演，则充分展现了英雄家乡学英雄、做英雄的责任担当。师徐政委和师政治部张主任、团宋政委和马团长等领导观看了晚会，他们提供的无籽西瓜，将小朋友们的小肚子撑成了一个个大西瓜。

我第二次走进杨根思连，是1999年9月。那时，我任职市民政局局长助理。为纪念杨根思烈士牺牲五十周年，市民政局在征得上级领导同意后，决定较为全面地修缮杨根思烈士陵园。我、市文联张海秘书长、市文化馆尤负沧老师、市民政局万建华四人，主要负责陈列室英雄事迹的整理及布展工作。为进一步充实、完善史料，我们前往了杨根思连。那天，我们早早地从泰兴出发，在徐州市午餐后又一路向西，于太阳落山时抵达开封市。阳光很好，天气炎热，我们在路边买的几斤梨到了晚上已成了熟梨。

我们非常认真地参观了军史馆、师史馆、杨根思连连史室，查阅了军史、师史等文献资料，获得了一大批新的史料。我们取到了江泽民同志与杨根思连全体官兵的合影，取到了江泽民同志亲笔题词"发扬杨根思精神，建设过硬的连队"的影印件。在与部队的同志讨论杨根思精神是什么时，他们有的说是不怕牺牲、不怕困难，有的说是不计名利、无私奉献，有的说是服从命令、听从指挥……经过与部队政治部同志的多次推敲，我们确定将杨根思在赴朝作战动员大会上说的三句话直接用作杨根思精神：不相信有完不成的任务、不相信有克服不了的困难、不相信有战胜不了的敌人。回来后，我们将杨根思烈士的"三个不相信"精神，制作成小铜字，嵌进了南北两个陈列室之间的过道上。

我第三次走进杨根思连，是2003年8月。那时，我任职市民政局副局长。为进一步加强军地联系、密切军政军民关系，泰兴市委组织代表团到杨根思连开展走访慰问活动。我、市公安局翁海林、市电视台耿渭华、泰兴日报社刘奕、市民政局吕剑几位同志主要负责代表团出发前与部队的联络协调，到部队后的活动安排及宣传报道等工作。写到这里，我必须非常正式地介绍一下翁海林。我第一次走进杨根思连时，他是第十八任连长；我第二次走进杨根思连时，他是团军务股的股长；而第三次去时，他已经转业到了市公安局工作。在部队服役期间，他充分发扬老连长的"三个不相信"精神，将杨根思连建设成了全军的模范连，多次出色地完成了急难险重任务。他个人荣立二等功，被表彰为全军学雷锋标兵。

到了部队后，我才知道，部队虽然经过精简整编，但还是保留了杨根思连，连队的驻地也发生了变化。面对新的营房、新的装备，我耳目一新、精神大振。泰兴代表团抵达后，受到了部队的热烈欢迎。他们走进战士宿舍，了解部队的生活情况；他们登上步兵战车，感受最新部队装备；他们进入训练靶场，体验军人艰辛；他们参观军史馆，共忆烽火岁月。

杨根思，以他的生命，将部队与家乡紧紧地联系到了一起。杨根思，以他的不朽，将历史和时代紧紧地联系到了一起。杨根思，以他的辉煌，将和平与正义紧紧地联系到了一起。

我想今后我应该没有什么机会再走进杨根思连。但作为英雄的家乡人，作为曾经走进过英雄部队的人，我还能走进杨根思烈士陵园，还能传颂杨根思烈士的英雄事迹，还能传承杨根思烈士的"三个不相信"精神。

七十年前，中国人民志愿军奔赴抗美援朝战场，英勇作战、保家卫国。七十年后，山河无恙、家国安宁。当年的战火与硝烟早已散去，伟大的抗美援朝精神跨越时空、历久弥新，照耀中华民族前进的征途。烈士们的功绩彪炳千秋，烈士们的英名万古流芳！2020年11月29日，是杨根思烈士牺牲七十周年的纪念日。我，我们，都要到杨根思烈士陵园祭扫，去缅怀杨根思烈士。

2020年11月12日

收到两箱水蜜桃

午餐时间快到，我关掉电脑，准备前往食堂，手机铃声骤然响起。

"你是封红年吗？"一个陌生的声音传来，"我是邮政物流的，你在网上购买的水蜜桃到了。"

我有点蒙，因为我不会网购，从来不在网上买东西，一定是搞错了。心有所思，我随即说了出来："我没在网上买东西啊。"

"这是你的手机号码吧？"

我答："是啊！"

"你的地址是鼓楼南路×××号吧？"

我答："是啊！"

"那就对了，肯定是你的！我在门口，请你赶紧来拿吧。"快递小哥连发两问后，以肯定句挂了电话。

进入伏天，空气都是热的。我到门口时，快递小哥已经在门前等着了。我立即请他进了大厅，这么热的天，送快递的同志真不容易啊。同事帮我查验了外包装的条码快递单，收件人的姓名、地址、手机号准确无误。发件人姓钱，来自无锡。我飞速且认真地思考了一番，确定且肯定不认识无锡姓钱的发件人。

那是谁呢？我拨通了单子上发件人的手机号码，一番查问后，终于搞清，这位钱姓男士是无锡市一家水果店老板。他查看了购物清单后，告诉我，买了两箱水蜜桃送给我的，是一位姓刘的女士。

无锡刘女士？我又在脑海里快速搜索，难不成遇到了田螺姑娘？忽然，我的脑海中浮现出了一个身影——刘狮姐，狮子会无锡凤凰服务队的刘队长。

一打通刘队长的电话，我先发制人："刘狮姐，做好事不留名啊。"

刘狮姐咯咯笑："你怎么知道是我的？本想给你一个小惊喜。哎！桃子不值钱，物流费着实让我心疼啊。"

破了案，我心里的石头落了地，连声表示感谢。我捧着两箱水蜜桃，走进了食堂。

"今天我请大家吃水蜜桃。"我大声宣布。大家短暂沉默后，用一阵热烈的掌声为突如其来的加餐鼓掌。

"一人一个，"我稍作停顿，"那是不可能的。"大家哈哈大笑。

我继续说："两人一个。"大家看看我手上的箱子，相互交换了眼神，齐声说："也是不可能的。"

食堂师傅接过我手中的箱子，说："三人一个，足够了。"

我们边吃边聊。狮子会是一个以中小企业家为主要成员的社会公益组织。我讲述了狮子会无锡凤凰服务队帮助我们泰兴市残疾人托养中心开展的一些公益活动。

2020年12月，凤凰服务队的三位狮友，实地考察了我市残疾人托养中心，面对面征集了残疾人的微心愿。月底，二十多位狮友冒雪来到托养中心，与残疾人举行跨年联欢，圆梦微心愿，向每位在托残疾人赠送了礼物。

2021年3月24日，凤凰服务队联合其他三支服务队，将我市托养中心的六十多位残疾人接到了无锡鼋头渚公园，让他们走进大自然，欣赏五彩缤纷的樱花。那天，狮友与残疾人一对一漫步在太湖之滨，成为一道最为亮丽的风景。

2021年7月2日，凤凰服务队在江阴市举办百年华诞助残文艺演出及新任队长就职典礼，我市托养中心的残疾人应邀与狮友们同台表演了舞蹈、合唱、诗朗诵等节目。为了感谢、鼓励托养中心的残疾人，凤凰服务队还"别有用心"地设计了抽奖环节。最终，残疾人朋友一个个满载而归、喜笑颜开。

无锡与泰兴，隔着一条长江。是公益，让狮子会凤凰服务队与泰兴托养中心连到了一起。

长江，奔流不息。

公益，永无止境。

无锡水蜜桃，真甜！大家意犹未尽、心满意足地咂吧着嘴。

2021 年 7 月 30 日

封盲笔路

收到赠书《坡子街文萃》后

一

《坡子街文萃》出版后，坡子街的作者开展了向坡子街盲人朗读者的赠书活动。我在中国盲人朗读者集结地微信群里发布了这个消息，有需求、有服务，人手一套，需者告知。一时间群情踊跃，有直截了当发给我地址的，有发来红脸表情说"不好意思"的，有默不作声静待花开的。我说，窃书都不为偷，更何况我们接受的是作者的爱心赠书。我们光荣，我们骄傲。

二

近水楼台先得月，泰兴市的盲人朗读者燕福建是第一位拿到赠书的。我告诉燕福建，这是一本定向赠书，捐赠的作者周旭，是从泰兴走出去的正厅级领导干部。燕福建非常高兴，紧紧地将书抱在胸前，说："我读过他写的《挖鼠洞》，他写得很好。开始我还以为是挖树洞，不理解，读得也不顺。"他转身将书交给一旁的妻子，说："一定要让孩子认真看，对他写作文有帮助。"

三

河南省安阳市的盲人朗读者原丽萍和山西省大同市的盲人朗读者李宏胜收到赠书后，第一时间拍摄了小视频发到了朋友圈里。他们边摸着书，边做着介绍，谈着感受。《泰州晚报》总编翟明在视频号里予以转发。

喜不自禁的李宏胜即兴创作了一首绕口令："打东边儿来了位主编叫翟明，他在《坡子街文萃》上签了名。打西边儿来了位盲人朗读者叫原丽萍，她收到《坡子街文萃》后拍了小视频。东边的翟明要用他签了名的《坡子街文萃》去换原丽萍拍的《坡子街文萃》的小视频，西边的原丽萍要用她拍的《坡子街文萃》的小视频去换翟明在《坡子街文萃》上签的名……"嘿嘿，这绕的！绕到最后，把他自己给绕进去了。热心的作者周春根非常认真地在给李宏胜的赠书上签了名，在众多书本邮寄过程中，不知哪儿出了错，可惜我发给李宏胜的那本赠书上却没有周春根的签名。

四

天津的盲人朗读者张海燕，收到的是我唯一的亲笔签名赠书。张海燕是一位高校老师，在盲人朗读者中是大姐大的存在，也是朗读坡子街文章较多的一位朗读者。她先是嗔怪我："为什么不用毛笔签名呢？"然后她在助视器的帮助下找到了我的签名。"这字写得挺工整，'海燕惠存'还挺文艺。"想当年，我的毛笔和硬笔在书法比赛中得过奖。看今朝，在写盲文的盲人中，我的汉字是写得最好的；在写汉字的盲人中，我的盲文是写得最好的。

五

西藏拉萨市的盲人朗读者班旦久米，是一位藏族盲人朋友。他收到赠书后有点质疑我："这书我也看不到啊，有盲文版的吗？"我说："现在没有，以后可能有。"他又问："有电子版吗？"我说："有，也没有。这本书上的文章，在坡子街笔会微信公众号里都能找到。"他听了非常高兴。我继续说："还有有声版的，是坡子街笔会微信公众号的盲人朗读作品集，喜马拉雅的坡子街盲人朗读栏目上也有。"他兴奋地说："我在拉萨，住在江苏大道上；你在江苏，登录在喜马拉雅上。我与坡子街，特别的情缘！"

六

春节快到了，泰兴市残联将之前订购的二十套《坡子街文萃》作为一份特殊的慰问品赠送给了有需要的残疾人。残疾人是可怜的，有了文化的残疾人是可爱的。都说知识就是力量，知识改变命运，这对于残疾人来说更为重要和现实。文化不一定是真金白银，但肯定是价值和尊严。

七

曲霞镇的肢体残疾人陈宁兰，是一位普普通通的工人，是一位普普通通的家庭妇女。她热爱文学，在坡子街上已经发表了4篇文章。她捧着《坡子街文萃》，满脸喜悦地说："我文化水平低，一定好好拜读，这对提高我的写作水平大有帮助。"我说："你的生活是真实的，你的创作是自由的，非虚构，接地气。期待着你更多更好的文章。"没两天，坡子街发表了她写的《碾米记》。

八

我们到肢体残疾人郭雅凤家拜访时，她正躺在床上，志愿者韩老师为我们开的门。郭雅凤多年前因遭遇交通事故，不幸高位截瘫，仅有一根手指能动。就靠这根手指，她创作并发表了自传体长篇小说《爱是一盏不灭的神灯》。我把《坡子街文萃》放到了她的电脑键盘旁，她说："我关注坡子街好长时间了，每天上午十点半上街，已经成为生活的日常。"我鼓励她说："投稿啊，你写得蛮好的。"她回："想写，不敢写。"我说："有什么不敢的？你长篇都发表了，写点小散文，不就是玩儿吗？"她笑了笑说：

"好，那就试试！"如果哪天郭雅凤投了稿，翟明总编可要严格要求。咱们残疾人，需要的是平等。

九

肢体残疾人姚林芳完成了截肢手术，从泰州人民医院出院回到了家。面对前来看望她的爱心人士，她一次次地表达感谢之情："感谢泰州报社，感谢泰州人民医院，感谢老乐在线，感谢所有关心帮助我的好心人……"我问："《坡子街文萃》，要吗？"她非常认真地说："刘征胜已经赠给我一套了，你还是送给其他有需要的人吧。"我笑着说："那好。一套三本，正好你们兄妹三人轮着看。"姚林芳将于春节后安装假肢，祝福她站起来的生活更精彩。

2022 年 1 月 23 日

封盲笔路

桃符石记

在泰兴市残疾人托养中心大门往里九米处,屹立着一块石头。粗看上去,这块石头很是普通,没有什么特别的。在阳光的照射下,它正面呈青灰色,背面呈金黄色,不高不大,不圆不方,大多数人都会绕石而去,并不会多看它一眼。尽管如此,这块石头还是静静地伫立在那里,默默地注视着从它身边走过的一切,悄悄地见证着这里发生的点滴变化。

2011年初,泰兴市残疾人托养中心的建设进入了最后的扫尾阶段。从大门前的城黄公路看过来,是一条一百五十多米长的水泥大道,门里的情况是一览无遗。我提出建议,在大门内侧立一块石头,以作照壁之用。这个建议得到了大家的一致赞同。

2011年3月29日上午,事先没有通知我们,当时分管残疾人工作的市政府耿元进副市长专程到托养中心,检查建设进度等工作。他是一位非常严谨、很有爱心的领导,我们的托养中心从谋划到运行的每一步,都得到了他的大力支持。接待耿副市长后,由成刚同志驾车,从我们残联主任科员岗位上退休后被返聘负责托养中心工作的李照明同志,省残联安排在我市残联挂职的副理事长徐晔同志,市残联综合组联部主任鲍灵同志和我一行五人前往宜兴市石材市场。

到达宜兴市,我们在一家饭馆吃了简单的午餐之后,联系了宜兴市残联的负责同志。在一位薛副理事长的陪同下,我们于正午时分抵达了这个石材市场。虽是初春,但阳光明媚,气温也达到了28度。这家市场的规模很大,占地几百亩,石头各种各样,高的、长的近百米,矮的、短的不到一米，有的犹如一把利剑直冲天空，有的胖得如一头走不动路的肥猪，懒洋洋地躺在地上呼呼入睡，有的又像一只波斯猫调皮地在草丛中忽隐忽现。

我们一会儿蹲在地上，一会儿爬上石头，一会儿眯眼端详，一会儿用手抚摸。太阳从悬于头顶的位置转移到偏于西方的位置，我们在市场内来回转了三遍，我和李理事长及成刚脱去外套搭在肩头，穿着高跟鞋的徐理事长、鲍主任及陪同的薛理事长也恨不得将鞋脱了挂到脖子上。根据托养中心的实际情况，我们确定了一个原则，这块石头不能太高，不能太长，不能太厚，不能有人工打造的痕迹。我们看了一块又一块，否掉了一块又一块，热情的老板们也被我们消融了热情，一个个脸拉得比身影还要长。

眼看日头偏西，我们决定不再走大道，而是由小路返回停车场。我们边哀叹着这个市场的名不符实，边不经意地随眼扫视着路边的石头。就在一块石头前，我们不约而同地停下了脚步。它圆圆的脑袋，静静地躺在一大堆乱石丛中，四周长满了半人多高的杂草，在夕阳的照射下，它泛出金黄色的光芒。它的高度、长度和厚度，都让我们合意，而最难得的是它泛出的金黄色，也正好与我们托养中心橙红色的主色调相匹配。我们用了十多分钟才找来老板，他可能是奇怪，如此挑剔的我们怎么挑选了这么块石头，神情中带了些不屑。经过一番讨价还价之后，我们讲定了包括运费等在内的价钱，约定了交货时间，双方签订了合同。夕阳洒下了最后的余晖，我们离开了市场，踏上了返回泰兴的路程。

2011年4月15日上午，那位我已经想不出姓啥名啥的老板按约准时将石头用重型卡车送到了我们托养中心。在这十多天里，我们按照石头的大小新建了底座，请来了吊车。托养中心在公路的南边，这块石头金黄色的一面，朝向了北方。安放好后，我的感觉不是很好。一番观察后，我请吊车师傅将这块石头转了个儿，金黄色的一面朝向了南方。如此一调整，那位老板说了话，他说这块石头很不适合放在这里，怎么看怎么难看，考虑到我们是残疾人的托养中心,他就做做好事、献献爱心,也不要我们承担任何费用,他就把这块石头拉回去算了。我们非常奇怪于这位老板的反常举动。细心的李理事长和徐晔理事长等围着石头转了又转、看了又看,最后谢绝了那位老板的好意。那位老板扫兴而归后,李理事长和徐晔理事长等将我拉到了这块石头旁,详细地向我介绍了情况。经我这么不经意的调整,他们发现了这块石头的奇妙之处。从这块石头的北面,离得稍远些看,其整体像一只寿桃;离得稍近些看,这块石头的中央,从不同的角度,能看到七只形态各异的老虎。这块石头的南面,也就是泛金黄色的一面,离得稍远些看就像一尊财神菩萨。我听后也非常兴奋。我说:"这寿桃寓意着我们的残疾人身体健康,我们的残疾人事业蒸蒸日上;这老虎寓意着我们残疾人自强自立自尊自信;这财神寓意着我们残疾人的社会保障和服务体系得到了财力的保证。"我们泰兴方言中,虎与符同音,我说,就把这块石头取名为桃符石吧。鞭炮声声辞旧岁,桃符串串迎新年,桃符是什么样子,我从来没有见过,但桃符肯定就是吉祥避邪的象征。

这块桃符石,确实给我们托养中心带来了好运。2011年6月12日,中国残联党组书记、理事长王新宪亲自为我市托养中心揭牌;2012年5月23日,我市托养中心被中国残联命名为全国首批阳光家园示范机构;2012年10月17日,全国残疾人托养服务能力建设培训班的近百名学员专程从南京来泰兴参观了我市的托养中心;2013年4月24日至28日,全国新一期残疾人托养服务能力建设培训班在泰兴市举办。

我更希望这块桃符石能给广大残疾人带来好运,让大家生活得更加幸福、更有尊严。其实,这块桃符石,就是一块普普通通的石头。它屹立在我们托养中心大门往里的九米处,接受着风雨的洗礼,聆听着小鸟的欢叫,吮吸着花草的芬芳。

2013年4月18日晚完稿

为荣誉而战

他们，没有出现在田径场的赛道上；

他们，没有出现在游泳池的浪花中；

他们，没有出现在篮球馆的球架下……

他们虽然没有取得一块奖牌，但他们却用自己精彩的演出为泰州赢得了荣誉。

2022年9月17日上午，江苏省第十一届残疾人运动会开幕式在泰州医药高新区体育文创中心隆重举行。文艺演出的五个节目给现场和网络数以万计的观众留下了深刻的印象。有人为之动情流泪，有人为之鼓掌叫好，有人为之留言祝贺……

吴 晶

吴晶，这位从泰兴市黄桥镇走向世界的盲人姑娘，用长笛独奏《茉莉花》，再次吹响了她人生的华丽篇章。当接到省残运会开幕式导演组的邀约电话时，她远在欧洲的瑞典。"省残运会在我的家乡举办，我必须要回来！"吴晶毅然放下了确定好的活动安排，于8月20日由瑞典飞回中国，不久，她的身影出现在了节目的排练场上。长笛独奏《茉莉花》拉开了开幕式文艺演出的序幕，悠扬空灵的笛声在体育馆久久回荡，震撼着所有观众的心灵。

燕福建

燕福建，文艺演出五个节目中，他参演了两个，实至名归的"大明星"。他是一位盲人按摩师，在泰兴城区经营着一家盲人按摩店。参加排练和演出，也就意味着他要放下手中的生意。"少赚点钱不要紧，有机会参加这次演出是我用多少钱都买不来的。"盲人朗读节目《追光者、追梦人》要求他抒情平缓，歌伴舞节目《领航》要求他激情高唱，角色转换之快、情绪变化之急，是他面临的最大挑战。他利用一切时间练习，请家人、顾客做听众、做评委，终于做到了收放自如。开幕式文艺演出结束后，他长长地松了一口气，说"我要好好睡一觉"。

叶女贞

叶女贞，一位喜欢说、喜欢唱、喜欢笑的盲人姑娘。浅浅的酒窝里始终洋溢着自信和幸福。排练的前几天，她因病住进了医院。指导老师起初有点担心她不能参加这次演出。谁知，她匆匆结束治疗后就赶赴现场。出院后的表现让指导老师大为吃惊。叶女贞不但能全文背诵《追光者、追梦人》的文本，而且能自如地适应朗读中的所有角色。9月14日起开始彩排，她每天五点多钟起床，由母亲开车将她送到泰兴残联，她再和其他演出人员集中前往高新区体育文创中心，直至晚上十点多才返回家中。"功夫不负有心人"，现场演出时，她的第一句话"你相信光吗？"刚一出口，就像有种无形的力量，将观众引到了沉思的心境，随之就获得了满场热烈的掌声。

沈 海

沈海，泰兴市社会福利工厂的一位残疾职工，从事图文设计工作。2022年9月16日，适逢泰兴市社会福利工厂建厂四十周年，厂领导要求他设计制作厂庆宣传产品。一边是十年一遇的厂庆，一边是他梦寐以求的残运会开幕式舞台，他权衡再三，还是咬咬牙，下了决心："我两个都要参加，两个都要做好。"于是，他白天参加节目排练，晚上回到厂里加班。他参演的节目是情景舞蹈《茉莉花》。他拄着拐杖在舞台上，时而面向观众，时而遥望远眺，本色展示了一位阳光自信的残疾人的风貌。他的同事看到现场直播后自豪地向家人介绍："这就是我们厂里万能的沈海！"

赵 凯

赵凯，二十四岁，泰兴市河失镇残疾人之家专职管理员，一位帅气的残疾青年。2022年，泰兴市残疾人托养工作服务中心公开定向招考一名全额事业编制的残疾人，他是报考者之一。8月22日起，他参加轮椅排舞节目排练。8月27日，事业单位开考。9月2日，笔试成绩揭晓，他是第二名。"考场上我得了第二名，但舞台上我必须是第一名，绝对不能有一丝一毫的差错，绝对不能给自己留遗憾。"赵凯在自己练好每个动作的同时，主动为队友提供指导和帮助。在9月14日第一次彩排的时候，因为场地、配舞等发生了变化，轮椅排舞的动作有了大幅度调整，他和伙伴们互帮互助、勤学苦练，磨坏了两副手套，最终展现出了美轮美奂的轮椅排舞《我依然奔跑在路上》。

陈宁兰

陈宁兰，一位喜欢用文字记录生活的残疾人，已经有多篇文章在《泰州晚报》坡子街上发表。8月19日，轮椅排舞被确定为文艺演出节目，这是最晚确定的一个表演节目。8月22日，首批四十四名肢体残疾人参加初选，从中确定了二十四人，新的面孔、新的曲目、新的轮椅，一切都是零基础。陈宁兰悄悄地记下了每天的排练情况，记下了每个人的变化。8

月 30 日，她创作出了《省残运，我们来了》初稿。与队友们分享后，大家都十分激动与感动，要她等几天将内容再充实后再投稿，要她不写则已、要写必须发表，必须通过这篇文章让广大读者知道大家的喜怒哀乐。9 月 17 日，演出一结束，大家就在坡子街笔会公众号上看到了这篇文章。大家齐声朗读，在灯光照耀下，每个人的眼里都噙着泪光、闪闪发亮。

三个糖宝宝

三个可爱的糖宝宝的稳定发挥让老师紧张的心终于放了下来。情景舞蹈《茉莉花》中有一群不到六周岁的残疾儿童，其中有三位糖宝宝。在每次排练中，小朋友们总会有这样那样的意外状况发生。糖宝宝的认知能力比较低、指令感也稍差，该走动时，他们躺下了；该坐下时，他们跑掉了。老师们只有通过不断地设定小游戏、个训课，让孩子们听懂指令、找准点位、完成既定动作。随着开幕式的日益临近，老师们的心也一天天更为紧张。还有五分钟就要上场了，三个糖宝宝却发起了小脾气，玩起了罢演。老师们又是拿零食，又是拿玩具，好不容易将他们领上了舞台。奇迹在不经意中发生了，追光灯照耀下的小朋友们就像换了个人似的，一招一式、有板有眼地按照老师的指令完成了所有的动作。老师们自豪地说："每个人的潜力都是无限的，我们相信他们今后会更加优秀。"

一群默默奉献的幕后英雄

周璇，泰兴市金蓓蕾舞蹈艺术培训中心负责人。在中心培训课程紧张、比赛任务繁忙的情况下，她毫不犹豫地接下了轮椅排舞的编舞、指导任务。"交给我们，你放心！"周璇和小周、小戴老师一起，一遍遍地示范、手把手地教、不厌其烦地改。周华，泰兴市融媒体中心主播，2018 年 3 月荣获泰州市十佳助残先进个人称号。她指导的盲人朗读节目《我的盲人朋友》参加了今年泰州胡瑗读书节开幕式，初次亮相就感动全场。这次她同样不负众望，她精心指导的盲人朗读节目再次广受赞誉。吕小燕、张淑萍、朱妍、薛文璟、刘青等，既是节目的指导老师，也是残疾人的生活保障员，他们无微不至地关心参演残疾人的吃喝拉撒。周旭东、何连、周陶、季宇等助残志愿者们，反复地检修道具，一次次地将轮椅推上舞台，一次次地把残疾人扶下汽车……一场成功演出的背后一定有一群默默奉献的幕后英雄……

他们，是自强的残疾人，人生因为他们而更加多彩；

他们，是普通大众，社会因为他们而更有温度；

他们，是天上的星星，天空因为他们而更加美丽。

2022 年 9 月 17 日

封盲笔路

我也做了一次寻亲志愿者

2020年11月17日，我在城区鼓楼南路的祥生理发店理发。边理发，我边和周祥生师傅聊天。他知道我老家在蒋华，就说起了他1973年左右在蒋华卫生院工作的一段往事。

那时他才十几岁，被县血防站临时安排到蒋华开展血吸虫防治工作。由于他年龄小，又人生地不熟，生活上得到了同为临时借调的蒋华本地的小同事的照顾。短期的临时工作结束后，他就回到了县城。自此四十多年过去了，他与那位同事再无联系。

现在回想起来，老周师傅还是非常感慨。他希望能找到那位同事，但由于年代久远，他已经记不得那位同事姓啥名啥，只记得他家居住在蒋华桥西边老街的北街上，房子是当时不多的两层小楼，坐西朝东；只记得那位同事的父亲原来是做茶食的，后公私合营而进了蒋华供销社工作。

我想到了老乐，他可是我们泰兴大名鼎鼎的寻人大咖。转念一想，什么事都找老乐，那得把他累死。好人一生平安，累死老乐，咱泰兴人民可不答应。

我又想到了我们残联评残办的李雪梅主任。她的娘家应该距离老周师傅说的那位同事家不远，甚至还有可能是邻居。想到这儿，我马上就电话联系李雪梅，告诉了她相关信息。她表示马上问一问家中的长辈。

11月18日上午一上班，李雪梅主任就告诉我，她很有可能已经准确定位，找到了老周师傅要找的那位同事家，只是他已经没居住在原址了。

我和李雪梅主任正好去虹桥镇办事，于是我们电话联系了老周，他五分钟不到就到了我们残联。

　　车子直奔蒋华老街。北街还在，大样还在，但房子已经变了模样，房主人已是新人。热心且细心的李雪梅主任通过其他人，找到了老周师傅要找的老同事的手机号码。他们随即通话，相谈甚欢，一切陌生而又熟悉，生疏而又亲切。老周的老同事叫李俊良，六十多岁，现在高港的一家企业打工。两人相约，近期见面详聊。

　　志愿服务，帮助他人，快乐自己。看着老周兴奋的样子，我们都感到了快乐。

　　志愿服务，不在乎你付出多少，只在乎你有实际的行动。志愿服务无时不在，志愿服务无所不能，只要我们用心用情。

　　一句话，能温暖人心。一个微笑，能激起无限涟漪。愿我们所有人，都能用一颗真诚的爱心，用一双无私的双手，用我们的微薄之力，去帮助需要帮助的人。

2020 年 11 月 19 日

封言笔路

想有一个家

我从事残疾人工作已经很多年了,再加上自己是残疾人的原因,我自认为已经较为了解残疾人了。但在走近他们后,我才发觉,我对残疾人,还有太多太多的不了解。

走近他们,源于老周发给我的一条微信。

四年前,泰兴市举办全市残疾人飞镖比赛。老周是曲霞镇代表队的一员,参加轮椅组的比赛。他毫不费力地以高出第二名一百多分的绝对实力获得了冠军。之后,他先后代表泰兴参加了泰州市残疾人飞镖赛,又代表泰州参加全省残疾人趣味运动会飞镖项目比赛,都稳稳地获得了冠军。聊天中,我得知老周当过兵,在部队时是射击能手。退伍后,他原在一家建筑公司工作。在一次高空作业时,简易升降机的钢缆突然断裂,他从高空重重摔落。经医院抢救并多次手术治疗,老周虽然捡回了一条命,但腰部以下完全失去了知觉,从此终日与轮椅为伴。老周不甘于命运的安排,在坚持到南京、上海等地康复训练的同时,还在家里开了一个便民超市。今年5月,第三十一次全国助残日期间,老周获得泰兴市残疾人自强模范提名奖。

举行颁奖仪式时,我因出差在外而未能在现场领略自强模范们的奕奕风采。老周领了奖后,给我发了一条微信:"封理啊,感谢你这么多年为我们残疾人所做的一切。可是,我市的残疾人工作到目前还有一项空白啊。"

空白?!我的心被深深地刺了一下。残疾人的情况确实很复杂,正所谓幸福的人总是一样的,不幸的人各有各的不幸。在残疾人的教育、康复、就业、生活保障、文化体育等各个方面,尽管泰兴的服务水平和服务能力还有待进一步提高，尽管广大残疾人的需求多样化、个性化，但还不至于存有空白吧？

老周将我拉进了一个名叫"泰兴伤友"的微信群。进群后，我发现其中的多数人我是认识的。我的到来也没有引起大家的注意。在群里潜水了五天，我一直听他们天南海北地聊、杂七杂八地扯。

从外地回到泰兴的第二天下午，我拜托老周将伤友群里的几位骨干邀请到市残疾人托养中心的苏馨茶吧。中心工作人员提前撤走了茶吧的椅子，几位伤友坐在轮椅上，围在茶桌旁，讲述着各自不幸的故事。

老陈，四十八岁，原是一家船厂的电焊工。一次电焊作业时，他感觉到脚下一滑，就重重地摔到了舱底。

老刘，五十二岁，原先开办了一家高空工程安装公司。一次，他为一家企业安装航吊设备，不慎从四十多米的高空摔下。

老张，四十三岁，原是一位医药代表。一次开车外出，他严重超速出了车祸，从车内飞出去二十多米。

王女士，四十八岁，原在外地打工。一次病毒性感冒，她没有在意，却因此患上了严重的强直性脊柱炎。

……

他们有一个共同的名字——脊髓损伤患者，彼此间称呼为伤友。

"我们这几个，还算是好的，现在基本上是腰部以下失去了知觉。经过专业的康复训练和指导后，我们都能较好地预防褥疮，控制好饮食，处理好大小便。在轮椅上套个车头，我们还能出来转转，做点力所能及的事情。"

"还有一些人，他们就不如我们了。有的胸部以下失去了知觉，最严重的是颈部以下失去知觉。他们从医院回来后，刚开始家人还能好好照顾，可时间一长，就不好说了。再加上他们不懂康复，或者不注重康复，有的人长了褥疮、生了蛆，有的人满身满床都是大小便。别说屋子里臭烘烘，屋外都有一股难闻的味道，连经过他家的行人也得捂着鼻子。他们没有生活质量，没有人格尊严，就这样长期躺在床上等死，成了家人嫌弃、外人不知的'隐形人'。"

"如今，经济和社会发展很快，企业的安全事故、马路上的交通事故是想预防、想控制也减少不了的，像我们这样的人，必然会越来越多。我们群里有了三十多人，全市估计有几百个人。我们虽然已经享受到了国家'两项补贴'等照顾政策，但现在不是讲高质量生活吗？我们不想隐在家里，我们也期望高质量生活啊！"

"现在，北京、上海、南京等地，有一个专门为我们脊髓损伤患者提供服务的机构，叫希望之家。他们经常举办训练营，对我们这样的人进行生活重建和心理重建，我们几个人都去参加了，效果非常好。我们就想，在泰兴能不能也为我们办这样一个希望之家。我们也知道，政府的财政比较紧张，我们也不想给政府增加太多负担。给我们一个希望之家，我们实行自我管理、互助服务，由经过专业训练的老伤友带新伤友，尽可能帮助他们实现生活自理、阳光生活，至少能为家庭减轻一点照料负担。"

一个下午，大多数的时间，都是他们在聊、在议。我感受到了他们的激动、他们的兴奋、他们的期待。

他们一个个坐着轮椅，顺着托养中心内的通道向外驶去。夕阳的余晖，透过路边的香樟树叶，调皮地在地面上眨着眼睛，追逐着、嬉闹着。几只不知名的小鸟，扑棱着翅膀掠过我的头顶，落在香樟树枝上。唧唧喳喳……唧唧……喳喳……群鸟的大合唱给残疾人托养中心增添了无限的生机和活力。

脊髓损伤者想有一个家，有希望吗？

2021年6月15日

写在她们出征前

2021年8月8日，第三十二届奥运会闭幕。中国奥运健儿取得了金牌数和奖牌数第二的优异成绩，充分彰显了奥运精神和中国体育精神，为祖国争了光，为民族争了气，为奥运增了辉，为人生添了彩。

再过十几天，中国残疾人运动员将出征日本东京，参加第七届残疾人奥林匹克运动会。在这批整装待发的运动员中，有两位泰兴的残疾人朋友。

一位是张变，肢体残疾人，乒乓球运动员。她出生于徐州市邳州县，因小儿麻痹症而双下肢残疾。十五岁起，她开始参加乒乓球训练，十九岁参加全国残疾人乒乓球锦标赛，获得她的第一块团体金牌，并正式进入国家队。2004年至今，她参加了海内外各地的残疾人乒乓球锦标赛、公开赛，斩获六十多枚金牌。她还曾获得伦敦、里约两届残奥会单打和团体金牌，以及北京残奥会团体金牌。

一位是钱璪。她2004年出生于泰兴市黄桥镇，因患脑瘫而双下肢残疾。她十一岁开始体育训练，2018年参加江苏省第十届残疾人运动会获得铅球项目第一名，在全国残疾人田径锦标赛中获得铅球项目第三名。2019年她在全国第十届残疾人运动会中获铅球项目冠军。

张变和钱璪，两位同为女性，同为双下肢残疾人。为了备战此次东京残奥会，她们已经封闭训练了两年多。2020年和2021年的春节，她们都是在训练基地度过的。不同的是，张变是身经百战的老运动员，参赛项目是乒乓球；钱璪则是初生牛犊，首次参加残奥会，参赛项目是铅球。

封盲笔路

  她们两人此次出征东京残奥会，我们都很关心她们的比赛成绩。不管是张变，还是钱璪，两人能够参加此次残奥会，都已经非常不易。张变虽然身经百战，但也是百伤缠身。她的三十五岁生日将在东京度过，竞技场上从来没有永久的冠军，更何况这个年龄，显然不是体育的黄金期。这次奥运会，"00后"的中国运动员大放异彩，创造了新的辉煌。我们也期待"00后"的钱璪能成为一匹黑马，也能夺金争银挂铜，但她毕竟缺少参加世界大赛的经验。所以，张变和钱璪两人能入选中国残奥代表团，我们就为她们感到骄傲和自豪了。

  当然，人的欲望是无尽的。我们首先祝贺张变和钱璪，光荣地代表泰兴、代表泰州、代表江苏、代表中国的残疾人，参加第七届残奥会。

  其次，让我们祝愿她们身体健康、平安归来。

  最后，让我们预祝她们顽强拼搏、勇夺胜利、载誉而回。

2021 年 8 月 12 日

写在张变夺冠后

8月29日下午4点，张变从东京残奥会的比赛现场给我发来微信：单打冠军拿到手，三比二才赢。

听到这个结果，我非常高兴。与此同时，中国江苏网、泰州发布、智慧泰兴、泰兴残联等新闻媒体在第一时间纷纷报道了张变夺冠的消息。

28日，张变顺利通过预赛，与队友会师决赛。得知这个消息后，我有点为张变担心。中国乒乓球界有句话："不怕国外对手，就怕国内队友。"为了备战东京残奥会，张变与队友封闭训练了近两年。她们训在一起、吃在一起、住在一起，相互之间已经相当熟悉。可以说，她们中的每一位，都有夺金的实力。

果然，29日下午三点开始的决赛，张变以12：14、5：11连失两局。好在她及时调整了心态与战术，以11：8、13：11、11：7连扳三局，从而以3：2的总比分战胜队友，第三次蝉联了残奥会乒乓球女子单打TT5级冠军。

在雄壮的中华人民共和国国歌声中，在鲜艳的五星红旗下，张变第六次登上了残奥会冠军的领奖台。此时此刻的她，是微笑的，是自豪的，是光荣的。

张变夺得的这块金牌，是她送给自己的礼物。8月29日，适逢张变的三十五岁生日。2016年，张变从里约残奥会获得单打和团体两块金牌，泰兴市委、市政府为她举办了隆重的庆祝大会。那天，是她的三十岁生日。五年之后，就在她三十五岁生日的当天，她再次登上了残奥会冠军的领奖台，以这样独特的方式祝贺了自己的生日。她怎能不激动？怎能不流泪？

张变夺得的这块金牌，是她送给家乡父老的礼物。此次出征东京残奥会的251名中国残疾人运动员中，张变是一名老将。2013年张变从徐州来到泰兴工作后，她说得最多的一句话是"我要尽力为泰兴争光"。这几年，虽然她成了家，生了孩子，但她一直没有放弃乒乓球的训练。里约残奥会后，完全可以激流勇退的她，毅然选择了坚持。她说："我为泰兴做的贡献还不够，泰兴人民对我很热情很真诚，我必须用一块块奖牌来回报他们。"泰兴市残疾人托养中心是张变工作与生活的地方，这里的残疾人朋友知道张变夺冠后，一个个高兴地蹦了起来，不停地呼喊："张变姐姐，真棒！"

张变夺得的这块金牌，是她送给江苏省运动会倒计时一周年的礼物。再有一年，江苏省第二十届运动会将在泰州打响。泰州上下正以昂扬的斗志，全力投入到场馆建设、运动员训练、志愿者招募等各项筹备工作中，力争举办一届精彩、成功的省运会。残疾人体育是全民健身的重要组成部分，张变夺得的这块金牌，必能激发包括残疾人在内的越来越多泰州人民的健身热情。"更快、更高、更强、更团结"的奥运精神，必将在泰州承办的省运会上，得到更全面更充分的体现。

从8月31日起，张变将与队友一起，继续参加团体赛。让我们为张变加油，预祝张变再获佳绩。

2021年8月30日

印象食品

现在的我,一是因为失明而缺少了运动,二是因为饭量较大吃得较多,所以体重一直在稳步增长。我一直想着如何通过控制饮食来减肥,于是,我们饭前茶后的话题,自然而然地就聊到了食物,聊哪些应该多吃、哪些应该少吃、哪些应该不吃。有意思的是,我们说的那些应该多吃的食品如青菜、红薯之类,在我儿时是最为普通但我又最不愿吃的;那些应该少吃和不吃的食物如猪肉、米饭之类,在如今是最为普通、随时都能吃到的,但在我儿时却是奢侈品。于是,即将迈入老年人行列的我,又情不自禁地想起了最难忘的一些食物。

最难忘的一碗米饭

二十世纪七十年代,农村还没有分田到户,那时以生产队为单位,集体农种农收。有一句顺口溜说,队长哨子响,社员田里忙。天黑到天亮,不知忙的啥。年头到年尾,都是穷叮当。我的童年,基本上是在饥饿中度过的。虽然我的爷爷奶奶父亲母亲每天面朝黄土背朝天,起早贪黑甚至深更半夜还在田间劳作,但每个人的肚子都没有填饱的时候。别说大鱼大肉,一年里能有几餐吃上一碗白白的大米饭就是相当不错的人家,都是相当不错的日子。应该是我五六岁的时候,已经记不得具体是哪一年夏天的哪一日的深夜了,我睡得正沉,被爷爷硬生生地从梦乡里摇醒。他站在我的床前,满脸流着汗水,衣服就像刚从水里捞出来似的紧紧地贴在身上。他递给我一碗米饭和一双筷子,说:"快吃,吃好了将碗筷送到谷场去。"

说完他就匆匆走了。我端着米饭，睡意顿时全无，狼吞虎咽，很快就将一碗米饭消灭得干干净净。我咂巴着小嘴，小跑着到了谷场。大人们三三两两地忙着，我玩了一会儿，回家继续睡觉。长大后，听长辈们断断续续地讲起那个年代的故事，我才知道，那时的农村，经常集体务工，偶尔会有集体的伙食作为补贴，如每人三两米煮成饭后再分给大家。而大人们一般是舍不得自己吃的，都会悄悄地送回家给孩子吃。那碗米饭的香味，好像至今还留在我的嘴里，留在我的脑海里。

难忘的一支棒冰

今年 5 月份，我去浙江旅游，在一家小店里发现了市场上绝迹多年的棒冰，装在一个白色的木箱里，一元钱一支。我兴致盎然地给随行的人一人买了一支。孩子们吃了几口后说不好吃，随手扔到了路边的垃圾箱里。其他几位我的同龄人，和我一样吃得津津有味。我想到了四十年前，1976 年唐山大地震后，母亲刚做完结扎手术，家里穷得早已没有了下锅的米，更别说有什么营养品，以至于母亲的体质一天比一天差。于是，母亲带着还不满七岁的我，投奔到了上海的姑奶奶家。虽然姑奶奶家也不宽裕，但每月三十斤粮票的生活是远远胜过农村的。当时，最不需要花钱的是时间，虚弱的母亲牵着我的小手，以姑奶奶家为圆心，慢慢地走遍了周边的大街小巷。不时地，会有推着小车、啪啪地拍着小白箱、叫卖着棒冰的老奶奶，出现在我们的眼前身后；不时地，会有大人小孩们随手从身上掏出钱，买上一两支棒冰，撕去薄薄的一层纸，放到嘴里吮吸着。我眼巴巴地看着从棒冰箱里冒出的<u>丝丝</u>雾气，眼巴巴地看着被扔出去的带着<u>丝丝</u>凉意的棒冰纸和棒冰棍，眼巴巴地看着吃着棒冰、神情舒爽的大人小孩。当时，棒冰两分钱一支，天气不好时只要一分钱一支，可是母亲和我都是囊中空空。一天，天气异常闷热，感觉一场大雨就要倾盆而下，姑奶奶双手捧着一个毛巾小包匆匆赶回家里。她一进家门，就从厨房里拿出两只碗，打开毛巾，将里面的两支棒冰取出，除去包装纸分别放到了碗里。她说："快吃吧，要化了，降价的，一分钱两支。"棒冰软软地侧在碗沿，前端已经融化，碗底有了一点冰水。我双手紧紧地捧着碗，一股凉意从指尖顺着掌心、胳膊，传遍了全身，又转成了一股暖流滋润着我的心田。我轻轻地一提木柄，棒冰散碎地掉了下来，慢慢地融化成了冰水。姑奶奶给我拿了一把小勺，我一点一点地将棒冰舀到了嘴里。母亲嘴里含着木柄，一声不响地将她碗里的冰水全部倒在了我的碗里。屋外的雨哗哗地下着，我用了很长很长的时间才把冰水喝完。镇上那家卖棒冰的小店的店名叫母亲的味道，也许这家店的主人有着和我一样的情结吧。

难忘的一道菜

改革开放十多年后的中国农村发生了翻天覆地的变化，我家和全国绝大多数的家庭一样，生活水平大幅度提高，我们已经不再为温饱而担忧。1990年8月我参加了工作，走出了农村，到了县民政局工作，住在单位的集体宿舍，吃在县政府的集体食堂，有时也会自己动手煮一些简单的饭菜。10月份，我所在的办公室来了一位新同事。他姓陈，是城里人，父母都是拿工资的，家距离单位很近，步行几分钟就到。某一天的中午，我和他为下午的会议准备材料，因过了下班时间还没有到家，小陈的妈妈不放心便找到了单位，我也因加班错过了食堂午饭。在小陈和他妈妈的邀请下，我随他们去了他家。饭菜早就摆在长条形的小餐桌上，四菜一汤，两荤两素。是些什么菜我已经记不清了，但有一道素菜却让我至今难忘。是什么素菜呢？豆腐干炒毛豆。豆腐干被切成了细细的丝状，泛出暗金色的光；毛豆绿绿的，一粒粒地嵌在豆腐干上，整道菜就像绿宝石镶嵌在黄金上制成的精美首饰，静静地躺在白白的瓷盆里，华丽、清秀。我夹了一根豆腐干放到嘴里，软软的，润润的。我又夹了一粒毛豆，脆脆的，滑滑的。我慢慢地咀嚼着，满口清香。小陈的妈妈笑话我吃得太斯文，不停地帮我夹菜，可让我感觉最香的还是那道豆腐干炒毛豆。尽管后来我自己多次到菜市场买了豆腐干和毛豆，但怎么也炒不出那么精美的味道。有一次在和朋友聊天时，我谈到此菜，他帮我分析，还上升到了城乡差别的高度，我想想确实有道理。其实，豆腐干和毛豆，是两样普普通通的食材，价格也不贵，是城里人的家常菜。但对于农村人来说，一般情况下，他们是无须到菜场上去买蔬菜的，基本上是自给自足，自家地里长什么，他们就吃什么。农村虽然长黄豆，但我却从来没有见过豆腐干。一般的农民家庭是舍不得吃毛豆的，毛豆成熟了，晒干就叫黄豆，一部分卖了贴补家用，一部分做成酱豆腌制萝卜咸菜，一部分拿到油坊榨成豆油，还有一部分在春节前磨了做豆腐。黄豆就是农村人的金豆子啊。昨天，就在昨天，我几位南京的朋友到了泰兴，我将他们带到了乡下老家，招待他们的其中两道菜就是屋后菜地里摘下的长得正旺的毛豆，一道是盐水煮带壳的毛豆，另一道就是豆腐干炒毛豆。看着他们吃得津津有味、摇头晃脑的样子，我不禁感慨，现在还有城乡差别吗？

难忘的一锅汤

　　1993年我结了婚成了家，单位给我安排了一间近二十平方米的房子。我在房屋的中间拉上了一道布帘，房间的后半部分是卧室兼书房，前半部分是厨房、餐厅兼客厅。妻子在城区的一家初中教学，上班较早，下班较晚，所以做一日三餐特别是做午餐的任务就落到了我的头上。每到节假日，我们都会骑上自行车回乡下老家，父母总会买些荤菜给我们改善伙食。回城时，我的自行车后架上经常驮着一两个鼓鼓囊囊的蛇皮袋，里面装满了家里种的各个品种的新鲜蔬菜，够我们吃上几天。有时同学或朋友小聚，我们就到菜市场买些肉啊鱼啊，大家一起动手，各展所能，洗的洗，炒的炒。做的虽然都是家常小菜，但热热闹闹、开开心心。一个夏天的中午，天气很热。我懒得做午饭，买了一只大大的西瓜，想和妻子一人半只西瓜应付应付肚子。小贩吹得天花乱坠，说西瓜如何甜如何沙。可我到了家切开一看，却哭笑不得，偌大的一只西瓜，却是生的。看着火辣辣的太阳，我也不愿意再回去找那小贩。我用小勺挖出了一块块西瓜，放到锅里，煮了一大锅西瓜汤。妻子拖着疲惫的身躯下班回到了家，品尝了一小口，什么话都没说，上床午休了。我盛了一碗，喝了一口，除了有点烫之外，还有一股淡淡的水腥味。这生西瓜煮熟了，怎么就成了这味道呢？我摇摇头，苦笑着，强迫自己吃完了一碗西瓜汤。以后，再遇到我们不愿意或没时间做饭的情况，我和妻子就会相约去吃一碗面条，并由此见证了泰兴城区各式面馆的兴盛，如大拇指面馆、春林巷面馆等。再以后，有同学朋友小聚，我们就去饭店，点上几道菜，喝点儿酒，也由此见证了泰兴的各式饭店如雨后春笋般发展，又如大浪淘沙般沉浮。我住的房子越来越大，也有了独立的厨房，可我自失明后，却一餐饭也没有做过。有几次，我劝说儿子进厨房学做饭炒菜，他却回答我说："有什么好学的，想吃啥去饭店不就行了吗？"我盯着他稚嫩的小脸，选择了沉默。去年我们泰兴举办了盲人厨艺比赛，他们做的红烧肉，他们切的土豆丝，让在场的所有人都叹为观止。在写这篇文章的时候，我暗下决心：我必须重新回到厨房。那锅西瓜汤再难喝，却是一锅浓浓的亲情，再好的饭店也是做不出来的。

到了我这个年龄，阅历说不上深，却经历了这个时代，难忘的东西自然很多很多，如还有难忘的一杯酒、难忘的一次野炊等等。人生犹如一阵风，能吹过去又能吹回来；人生犹如一滴滴水，能融合万物又能被万物所吸收。我们每个人或快或慢的人生之路，是与所处的时代紧密相连的。无须对自己的过去评价好与坏、是与非，过去的已经过去，面向前方，踏踏实实地走好每一步吧。

2016 年 7 月 24 日晚于家中

封盲笔路

又到粽子飘香时

这几天，空气中弥漫着粽子的香味，大街上，小巷里，超市的货架上，各家的大锅里，都是粽子。端午节吃粽子，已经成了中华民族的一个习俗，融入了中华儿女的血液。

今天下午，为了让没有回家的残疾人吃上粽子，托养中心组织了一场别开生面的端午节活动。活动邀请了志愿者到中心来，大家一边包粽子，一边观看节目，体育馆内粽叶飘香，笑声、掌声不断。这些志愿者，有退休老干部，有武警官兵，有中小学生。大家与残疾人融为一体，分了几个小组，围坐在大塑料盆旁，会包的能包出有模有样的各式各样的粽子，不会包的装模作样不是弄坏了粽叶就是洒落了一地的糯米。没有谁笑话谁，有的只有善意的微笑，有的只有耐心的帮助。此时此景，我又情不自禁地想到了我儿时过端午节的情景。

我的儿时，是二十世纪的七十年代，国家不富裕，农村更不富裕，到端午节能吃到粽子，是我们孩童们继春节吃红烧肉、元宵节吃汤圆后的第三个期盼。一般地，从端午节前一个月起，奶奶和妈妈就会利用种田的空隙，或到江心洲的芦苇滩，或到小河坎的芦苇丛，采摘鲜嫩宽大的芦苇叶子，五六十片打成一个芦苇叶把子。今天打一把，明天打一把，一把一把地串挂在屋檐下的长竹竿上阴晒。

端午节的前一天，奶奶和妈妈照例起得很早。没有明确的分工，但就像说好了似的，年迈小脚的奶奶坐在小河边洗阴干了的芦苇叶子，然后用水浸泡在铝锅里煮沸，冷却后用剪刀修剪整齐摆放在木桶里；年富力强的妈妈则承担起了淘米等力气活。午饭后，全家人围坐在大木盆边，一起动手包粽子。

那个时候，谁家的媳妇手巧，通过包的粽子就能看出来。手巧的媳妇会用一根铜的或银的穿针完成最后一道工序，用穿针在粽子中间扎一个小孔，将细细的、尖尖的、长长的芦苇叶尖引过来。这样的粽子呈三角形，有棱有角，很是好看。

那个时候，各家的贫困温饱状况，通过粽子也能看出来。不管家境如何，家家户户都会包粽子，穷一点的包的是面或杂交稻米，大多数的人家包的是糯米，生活条件稍好一点的人家会在糯米里加上肉、枣、豆、花生等等。

晚饭后，我们沉沉睡去，奶奶则通宵坐在炉灶旁，边打瞌睡边用文火煮粽子。与粽子一起煮的还有鸭蛋或鸡蛋，这种蛋香味独特，口感甚好。

端午节后，就进入了农忙时节，又是收麦子，又是插秧，大人们每天都很辛苦。奶奶将煮熟的粽子用冷水养在锅里或盆里，我们也就被限了量。大人们田里的活儿多了，或没有时间做饭，或肚子饿了，就会随时捞出一两个粽子填填肚子。

"一！二！三！四！"铿锵有力、整齐划一的声音将我的思绪又拉了回来。武警中队的官兵们正在表演擒拿格斗，赢得了一阵阵热烈的掌声。武警中队距离我们托养中心不太远，与中心军民共建结对子，给了中心很多帮助。看着这群生龙活虎的官兵，我又想到了那年我在部队过端午节的场景。

应该是1998年，当时我在市民政局的双拥办工作，因为工作的需要，我去了特级英雄杨根思烈士生前所在的部队。战士们敲锣打鼓将我迎进军营的第二天，正赶上过端午节，我观摩了一场特殊的比赛。比赛项目有四个：一是包粽子，相同时间内看谁包的粽子又多又好；二是打粽子，将包好的粽子系挂在几百米开外的一根绳索上，相同时间内比谁开枪在不损坏粽子的同时击落的数量多；三是找粽子，将粽子藏在营房的某个地方，相同时间内比谁找到的多；四是吃粽子，相同时间内比谁吃到肚子里的粽子多。这是我第一次也是唯一一次在部队过端午节，这样的部队生活让我至今难以忘怀。

"吃！香！"一位残疾人手里拿着一只刚刚煮熟且已经剥好的粽子送到了我的嘴边。这位残疾人只能说出一个字，更多的时候，就是一个"好"字。我惊异于他的这个主动行为，更感动于他的回报之举。一位曾经到过我们托养中心的志愿者说过这么一段话："这里生活着一个特殊的群体，你同情他们，他们不知道；你嘲笑他们，他们也不知道；只要你爱他们，他们就会深深地信任你、依赖你！"我张开嘴巴，将这个粽子全部吃掉了。这个残疾人一直看着我把粽子吃完，说了一个"好"字，就高高兴兴地继续送粽子去了。

活动结束了，我走出中心体育馆的大门。夕阳西下，小鸟们飞过蓝中带红的天空，纷纷飞回了绿绿的枝头。它们欢乐地鸣叫着，自由地交流着。不远处，白色的栀子花披上了夕阳的余晖，犹如镀上了一层淡淡的金，散发出阵阵香味，彰显出无比的华贵。我目送着志愿者们一个个出了中心，感受着残疾人们简单的快乐。明天就是端午节了，就让这份快乐伴随我们大家度过每一天吧。

2013 年 6 月 11 日晚写于泰兴家中

走进幸运之门

胡瑗，泰州历史文化名人。

胡瑗读书节，泰州全民阅读的一张名片。

我是从新闻主播动听的播报中、从报纸淡淡墨香的文字中得知胡瑗读书节的。都说历年的读书节办得好、高大上，但具体怎么好，究竟如何高大上，我并不知道。我多想身临其境切身感受一下那琅琅书声、诗韵飘香的氛围啊。

幸运之门今年向我敞开了，准确地说，是向盲人朗读者敞开了。

这还得从《泰州晚报》坡子街的盲人朗读栏目说起。在泰州市残联、泰州晚报和泰州市盲人协会的精心策划和共同努力下，2021年5月起，泰州坡子街笔会微信公众号推出了盲人朗读栏目，到年底便吸引了全国三十个省、自治区、直辖市的九十三位盲人朗读者参加，发布朗读作品二百零五篇；坡子街盲人朗读项目得到了中国盲人协会的肯定和推广，被江苏省残联表彰为全省残疾人工作创新创优项目，"泰州坡子街，中国盲人朗读者集结地"的品牌效应初步显现。

为进一步扩大泰州坡子街盲人朗读栏目的社会影响力，今年我们计划于年内举办一场盲人朗读者与坡子街作者的见面会，邀请部分外地的盲人朗读者到泰州来，与作者们交流一次创作与二次创作的体会，分享创作的快乐，提升创作质量。根据《泰州晚报》总编翟明的建议，我们将见面会初定在4月23日前后，一因这是泰州最美的时节，春暖花开、水润鱼肥；二因4月23日是世界读书日，泰州将举办胡瑗读书节，可邀请外地的盲人朗读者参加读书节开幕式，感受泰州的文化，增进对泰州的了解。

我们随即开始了各项筹备工作。中国盲人协会大力支持，想借此契机扩大活动规模，办成一次全国盲人朗读的培训与展示活动；各地的盲人朗读者热情高涨、积极报名，都想与传说中的泰州来一次亲密接触。

于是，大家在群里畅想着、讨论着、准备着，还特意创作了一部情景剧，力争参加胡瑗读书节开幕式的表演。

4月15日，泰州市委宣传部确定了胡瑗读书节开幕式的表演节目，坡子街盲人朗读是其中之一。开幕式总导演童继铭告诉我这个决定后，我不敢相信，这，是多大的信任与偏爱啊。

泰州市残联和盲协将这个任务交给了泰兴市残联和盲协。任务光荣而艰巨，只能且必须高质量完成。幸运之门是开了，三大难关也接踵而至。

一是请哪些盲人朗读者？经过斟酌，我们确定了泰兴城区的三位盲人朋友。燕福建是一位盲人按摩师，已经在坡子街上发表了三篇朗读作品；于凡也是一位盲人按摩师，多次参加过泰兴市残疾人艺术团的演出；周红，自视力出了问题后基本深居简出，但喜欢朗读，有着一定的普通话基础。

二是朗读哪篇作品？坡子街已经发表了千名作者的近三千篇作品，每一位作者都很可亲，每一篇作品都很优秀，到底朗读哪一篇呢？最终，我们确定了泰州市残联理事长栾斌的作品《我的盲人朋友》为朗读作品。作品是残疾人工作者写的残疾人，节目由盲人朗读给大众听，仔细想来，倒别有意趣。

三是请哪位担任指导老师？泰兴喜欢朗读的人很多，每年的朱东润读书节也办得有声有色，但能担任指导老师的人就那么几位。我尝试着联系了几人。最终确定了泰兴市融媒体中心的资深主播周华为指导老师。她曾主持泰兴广播电台的残疾人专题栏目《阳光茶座》多年，对残疾人有着深厚的感情。尽管她诸事缠身，但还是凭着这份特殊的感情，接受了这项特殊的任务。

4月16日至22日，连续七天，在周华老师的指导下，燕福建、周红、于凡三位盲人朋友，一句一句反复地练习，从语音到语调，从登台动作到表情……

4月19日和22日，泰兴市残联理事长陈卫两次举办节目预演，召集全体工作人员听了三人的朗读，给他们提建议，为他们壮胆。

4月22日，由泰州市残联制作的坡子街盲人朗读栏目简介以及《我的盲人朋友》朗读背景视频按时完成。简介由内蒙古呼和浩特市特殊教育学校初三盲生、陕西省延川县的杜怡乐代言。当天，《泰州晚报》、我的泰州、泰州残联微信公众号等平台都发布了盲人朗读节目即将登上胡瑗读书节开幕式的直播预告。

4月23日下午，蓝天白云、风和日丽。在泰州安定书院，胡瑗千年前亲手栽植的银杏树苍劲挺拔，犹如披着绿装的千手观音。两点半，胡瑗读书节开幕式正式开始，市委常委、宣传部部长、市政府副市长刘霞讲话，市委书记朱立凡宣布开幕，七个节目逐一登台。坡子街盲人朗读节目被安排在第四个。轮到我们的节目时，现场先播放了盲人朗读栏目简介，后是燕福建、周红和于凡三人的现场朗读。当他们最后说出"谢谢大家"四个字时，全场响起了热烈的、长久的掌声。

返回泰兴的路上，我们都享受着喜悦和快乐，兴奋地讨论着台上演出的一个个细节。泰州残联理事长栾斌、《泰州晚报》总编翟明等先后打来电话，向大家表示了祝贺和感谢。

我们还没到泰兴，六分二十三秒的现场朗读视频已经从泰州坡子街飞向了千家万户、大江南北。

坡子街盲人朗读者已经相约，待疫情结束后，他们将相聚泰州，实地感受他们心中的坡子街、心中的泰州。

2022年4月24日

封盲笔路

走近大凉山

2023年8月9日到12日，按照中国盲人协会的工作安排，我参加了第十三届全国残疾人健身周四川省凉山彝族自治州盲人健身体育主场活动。

关于大凉山，我的认知是碎片化的，是很有限的。

此次我能有机会走进大凉山，亲密接触大凉山，亲身感受大凉山，内心自然很是激动并且充满着期待。

8月9日，由于飞机航班晚点，我和随行工作人员晚上十一点半抵达四川省凉山彝族自治州西昌市青山机场。在南京禄口机场候机时，我们在网上查阅了相关资料，得知了凉山彝族自治州特别是西昌市的一些基本情况。西昌市总人口近百万，其中百分之三十以上为彝族、藏族、回族等少数民族，去年在全国县域经济综合实力百强县中名列第八十五位。而整个凉山彝族自治州，由于地理、历史等多种原因，一度是我国的深度贫困地区之一。较为典型的是位于大山深处的悬崖村，那个孩子们每天上学必须经过的天梯，让党和国家领导人深深牵挂。

走出青山机场，一股清新凉爽的空气扑面而来，丝丝凉意令人愉悦。我想，此时的泰兴，虽然是深夜，但不开空调，估计也是热得睡不安稳的。坐上车后不一会儿，就到了我们此行目的地——四川凉山彝族自治州西昌市，凉山彝族自治州盲人协会蒋伟主席和先我一步到达的中国盲协宾碧霞老师用当地的烧烤接待了我们。在以后几天，我们几乎餐餐吃烧烤。大街小巷大大小小的饭店餐厅，百分之八十以上是烧烤店，每家都座无虚席。

大凉山的烧烤，可能与彝族的火把节有关。8月10日晚上八点，凉山彝族自治州第八届火把节开幕。我随着人潮涌向了市中心的火把广场。在每一个火堆前，彝族人民身穿节日盛装，举着火把，围着火堆，载歌载舞，热闹非凡。身临其境，我也释放自我，忘乎所以，被身旁一位并不相识的小妹妹拉起手，跟大家一起舞动、一起高歌。火把点燃了天空，与璀璨的星星融为了一体，照亮了我们每个人的笑脸。

生活在新时代的凉山彝族自治州的盲人朋友们，沐浴着党的阳光，彻底摆脱了贫困，走上了共同富裕的道路。8月11日上午，我参加了第十三届全国残疾人健身周凉山彝族自治州盲人体育健身主场活动开幕式；下午，我主持召开了凉山州盲人生活状况座谈会。此后两天，我实地走访了三户盲人家庭，接触并认识了一批凉山彝族自治州的残疾人工作者及盲人朋友。

朱建才，彝族，现任凉山彝族自治州残联党组书记、理事长。他曾担任过县公安局局长、县委副书记等职。这几天彝族火把节，是当地的公共节假日。他主动放弃休息，亲自安排盲人体育健身活动的每一个项目，如跳绳、拍球、拔河等。盲人朋友们充分体验到了体育健身的快乐，人人热情高涨、喜笑颜开。

沙马友古，彝族，肢体残疾，现任中国残联第七届主席团副主席、凉山彝族自治州残联副理事长。他走遍了雷波县四十八个乡镇村寨，为雷波县残疾人脱贫致富作出了突出贡献。此次他更是全程陪我参加了盲人生活状况座谈与走访。他豪迈地说："再高的山，挡不住我们勇往直前的心！"

蒋伟，汉族，视力残疾，现任凉山彝族自治州及西昌市盲协主席。他从学习盲人按摩起步，在按摩店打过工，先后两次创办按摩店，但都失败了。他没有气馁，没有止步，再打工，再创业。目前他经营着三家按摩机构，开办了一家残疾儿童康复中心和一家残疾人托养服务中心，与人合股创办了一家农村实用技术培训学校和一家宾馆，现正计划创办一家以盲人为主体的养老机构。

马思虎，回族，视力残疾，目前经营着一家盲人按摩店。他的夫人和女儿是此次盲人体育健身活动的志愿者。马思虎中途失明，在残联和盲协的动员下，他参加了盲人按摩培训、盲人定向行走培训等。作为一名受益者，他用亲身经历，动员多名盲人朋友走出家门。对于个别盲人，他和妻子甚至将培训送进了家庭。老马说："盲人的心亮堂了，一切就会好起来。"

侯佳，汉族，视力残疾，目前从事盲人按摩工作。开幕式上，他演唱了一曲《你是我的眼》，赢得了热烈的掌声。他喜欢唱歌，已经发行了两张专辑。他的愿望是成为一名专业歌手，而他母亲的愿望是为侯佳开设一个线上直播间，既能发挥他爱唱能唱的特长，又能销售家里种植的优质阳光玫瑰葡萄。葡萄种植是当地大力推广的农业产业化项目，帮助很多农村家庭走上了致富路。正值葡萄采摘时节，我品尝了几颗，确实肉质细腻、又甜又鲜。

大凉山处处皆山。晴天的山，犹如一位健壮的新郎，蓝天白云下显得生机勃勃；雨天的山，则是一位玲珑的新娘，身披缭绕云雾的婚纱，时远时近，若隐若现。我感慨于大自然的鬼斧神工，更感慨于人的无穷智慧与磅礴力量。一方水土养一方人，一方神奇的土地养育的更是一方神奇的人。凉山彝族自治州的人们克服自然条件等不利因素，顽强地生存，顽强地发展，创造了一个又一个人间奇迹。

我这次的大凉山之行，所走过的只是大凉山一隅，所接触的人也是屈指可数。我做不到窥一孔而知全貌，但有一点可以肯定，此次大凉山之行，拓宽了我的眼界，振奋了我的精神。如果给我更多的时间，我会走进大凉山的深处，投入大凉山的怀抱，让彝族同胞的火把激发我的潜能，燃烧我的生命。

前些日子，我从央视的新闻中得知，凉山彝族自治州金阳县因强降雨突发山洪灾害，我的心不由又飞回了凉山，愿一切安好。

2023 年 9 月 5 日

走上盲道

下了楼梯，往右朝东走七十步，再右转朝东南方向走三十步，就出了小区大门。小区大门外，向南走二十米，就走上了人行道上的盲道，这是我晚上散步的路；往北顺着路牙走一百五十米，过红绿灯，到了路北左转朝西，走人行道上的盲道，这是我偶尔步行上班的路。

以前我散步或者偶尔步行上班，都是由家人或同事领着，也不走盲道。让我狠下决心拿上盲杖走上盲道的，是今年12月初江苏省残联举办的金盲杖盲人独立行走师资培训班。培训的老师是北京金盲杖盲人自主活动培训中心的专业老师，如蔡聪、杨清风等，在国内外知名度颇高。参训的盲人学员是来自全省各地的二十多位盲人朋友。经过五天的培训，我从入住的宾馆出发步行去了省残联，乘公交车去了南京郑和宝船遗址公园，坐地铁去了南京博物院。我虽去过南京多次，但独自乘公交、坐地铁，而且还比较顺利地抵达了目的地，这是第一次。所有参加培训的盲人朋友，既激动于自己竟然能独立行走，更坚定了对未来生活的信心。他们回去后，坦然地拿着盲杖，勇敢地走上盲道，每天在微信群里分享各自的快乐。盐城的一位盲友，自己步行上下班，再也不需要年迈的父母接送；镇江的一位盲友，一个人微笑着出现在朋友面前时，朋友激动到泣不成声；常州的一位盲友，敲着盲杖走进教室，首次参加了孩子的家长会，获得了全体家长热烈的掌声。

看着小伙伴们一个个将培训成果转化为实际行动，我为他们高兴的同时，也开始了自己的行动。我的第一个目标是步行上下班。导航告诉我，从家到单位一千五百六十一米，途中有十五个直行通道、四个红绿灯路口。

走上盲道，我切身体验到确实存在盲道损坏、缺失、被占用的现象。这是新闻媒体多次呼吁提高全民文明程度的一个重要方面，也是盲人不愿意走盲道的一大原因。我观察到新路的盲道要比旧路的盲道好走，没有沿街门面房的盲道要比有门面房的盲道好走，晚上走盲道要比白天走盲道好走。

走了几个来回后，我发现占用盲道的现象越来越少了。虽然那些固定的如窨井、大树、电箱等还在，但一些可移动的如小汽车、电瓶车、自行车、晾衣架等少了。从我家出来到小区大门的通道两侧，之前停着多辆电瓶车，现在车主都将车子推进了车库。

更让我感动的是认识和不认识的路人们。每当我站在红绿灯路口，依靠听力判别是红灯还是绿灯时，总会有路人过来扶我过去；每当我找不到盲道，用盲杖左右探路时，也总有路人过来主动问我想去哪里。

于是我思考了一个问题，是因为盲道被占导致盲人不走盲道，还是因为盲人不走盲道导致盲道被占？谁主谁次，抑或是相互作用？

世上本无路，走的人多了，就有了路。世上本无盲道，盲人需要了，就有了盲道。现在有了盲道，却很少有盲人甚至没有盲人去走。盲道是个好东西，但盲人不用，必然会被占用。当我们不能去改变他人、改变环境时，那我们就先改变自己。盲人朋友们，拿上你们的盲杖，勇敢地走上盲道，你们脚下的路必然越走越平坦、越走越顺利。

我的第二个目标是独立乘坐公交。我已经查了导航，大概知道了公交站台的位置。等着我的行动吧。

2021 年 12 月 22 日

东北印象

2024年新年伊始，黑龙江省哈尔滨的冰雪旅游火爆出圈，冰雪大世界开园六十一天，接待各方游客二百七十万人次，尔滨、小土豆、小番茄等充满真情和趣味的称呼溢满各类媒体。而我，竟然成功地与这场热流擦肩而过了。

2023年11月26日，应黑龙江省残联的邀请，我和同事王晶晶、毛伟一起前往交流分享残疾人专门协会工作。下午五点多，我们走出机场，王晶晶深深地吸了一口气说："好像也没有那样冷啊。"

专门做了出行攻略的毛伟缩缩脖子，说："我们南方的空气潮湿，北方的空气干燥，是不一样的冷，等一会儿，你就知道这边冷的滋味了。"

他们两人出发前做了充分的御寒准备，皮棉鞋、羊毛裤、加厚羽绒服、暖宝宝……我对于北方的冷是心中有数的，穿的还是平常穿的衣服，只是将单皮鞋换成了棉皮鞋。可能确实没把北方的冷当回事，到了太平机场我才感觉到脚上的鞋不太合脚，蹲下身一摸，左脚鞋头开了口子，咧着嘴巴，像开心果似的。

前来迎接我们的，是黑龙江省肢体残疾人协会主席齐建强同志。他与我参加过中国残联在延安学院举办的全国残疾人干部培训班，是多年未见的老同学。他在会议名册上看到我的名字后，随即主动要求由他开私家车来机场接我们。

下了机场高速，已经到了晚饭时间，齐主席直接将我们带到了一家他早就预订好的餐厅，请我们吃了地地道道的锅包肉、小鸡炖蘑菇、杀猪菜、大拉皮等东北菜。齐主席在医院药房工作，非常了解扬子江药业、泰州医药城。途中和席间，他与我们聊天时所提及的内容，很多超过了我的认知范围，这让我惭愧不已。

我们的黑龙江之行，可谓是来去匆匆，第一天去，第二天全天会议交流，第三天上午就踏上返程的路了。我问王晶晶和毛伟："大老远跑这边来，如此辛苦，你们不感到有点遗憾吗？"

王晶晶拢拢额前的头发，微笑着说："不遗憾啊。我们除了学习了东北的先进经验外，还沉浸式体验到了东北的冷和东北人的暖。"

毛伟憨憨地说："确实有点遗憾，没能打包带点锅包肉回去。"

王晶晶和毛伟是第一次到黑龙江，东北的冰雪、东北的美食、东北人的豪爽，给他们留下了深刻的印象，这也激起了我关于东北的美好回忆。

在大连市，我第一次接触到了盲人板铃球。我觉得这是一个非常适合盲人的群众性体育健身项目，随即复制到了泰兴，并迅速推广到了江苏全省。在2023年12月福建省三明市全国第二届盲人板铃球交流赛上，我们江苏盲人代表队大放异彩，取得了学生组和成人组两个团体冠军。

在沈阳市，我怀着无比崇敬的心情，参观了抗美援朝烈士陵园。在特级英雄杨根思烈士墓前，我深深地三鞠躬，献上了一枝菊花。作为杨根思烈士的家乡人，我为泰兴出了这样一位英雄感到自豪，更为我们生活在新时代感到幸福与骄傲。我还参观了位于沈阳市的全国首家盲人养老院，参与了盲人养老问题的专项调研。从防盲治盲，到教育、就业，再到文化、养老等，我国的盲人全过程、全生命周期的保障制度及关爱服务体系建设日益完善与健全。

在长春市，我带领由泰兴市残联负责训练的江苏省聋人足球队参加比赛，首次取得了全国第八名。与此同时，同样由泰兴市残联承训的江苏省脑瘫足球队，在延吉市的赛场上也传来捷报，取得了全国第六名的好成绩。一个县级市，承训的两支省队，都以前八的成绩取得全国残疾人运动会的入场券，这在江苏省乃至在全国残疾人体育史上，都是很少见的。在全国第八届残疾人运动会上，江苏省脑瘫足球队更是成了一匹黑马，出人意料地取得了冠军，为江苏在金牌和奖牌榜上位列全国第一名作出了积极贡献。

更为难得的，在我父亲病故后不久，我与妻子带着年迈的母亲和年幼的儿子，到东北进行了一次深度旅游。我们从扬泰机场出发，先后游览了沈阳的大帅府、鞍山的玉佛、本溪的水洞、长白山天池、牡丹江的镜泊湖、哈尔滨的太阳岛、黑河的五大连池，最后到达了我岳父岳母的家。

是的，我的妻子是东北人，我的岳父岳母及其儿子、儿媳等常年生活在黑龙江。作为老一辈的农垦人，我的岳父和岳母对东北的黑土地充满了感情，因为他们那一代人的艰苦奋斗与无私奉献，北大荒变成了北大仓。

我第一次在东北过冬天，是1993年的春节。对于零下三十多度的天气和妻子经常提到的严厉的岳父，我心怀忐忑，更有一股莫名的期待。岳母提前给我织了一件加厚的高领毛线衣。我特地到当时产销两旺的蒋华镇大不同皮鞋厂定制了一双高筒皮靴。带着大包小包的行李，我和妻子从泰兴乘坐长途汽车，到了南京浦口火车站，没有买到坐票，我们在火车上站了四十四个小时到达齐齐哈尔，又赶紧买票转车前往嫩江县，下火车后再换乘汽车到建边农场。最后三个多小时的车程，兴奋冲淡了疲劳，我一直好奇地望着车窗外，到处白皑皑的一片，除偶尔经过一两个村庄或一两部车辆外，几乎看不到一个行人，甚至听不到一声鸟叫。

到了岳父岳母家里，我立即被浓浓的暖意包围。火炉里的木炭燃烧得正旺，红红地喷着热气，通过暖气片将室内的温度提高到了二十多度，与室外俨然两个世界。我脱去了皮靴，换上了单衣单裤。岳母亲手包的水饺腾腾地吐着热气和香味，我狼吞虎咽般一口气吃了三十多个。

第二天我八点多起床，十点多吃了早饭。在妻子的引领下，我们踩着嘎吱嘎吱的积雪，去看了她工作了两年多的农场中学，到场部市场尝了冰糖葫芦和雪糕，三点多回来吃了午饭。我利用所学知识，自作聪明地认为这边因为日照时间短，所以一日三餐的时间要比我们那里晚。可直到晚上九点多，锅不动瓢不响，我的肚子早就饿得咕噜咕噜叫，眼看家人们陆续休息了，我悄悄地问妻子："你们不吃晚饭吗？"妻子没忍住"扑哧"笑出了声，去厨房给我拿了一只烤猪蹄和两根大红肠。于是，从第三天起，岳母按照南方时间，实行了一日三餐。

返回时，由于携带的物品太多，还在放寒假的内弟将我和妻子送到了齐齐哈尔。买好火车票后，利用发车前的几个小时，他带我们游玩了齐齐哈尔市龙沙公园。公园里的冰雕自然天成、鬼斧神工。内弟从一个冰滑梯上一滑而下，神情自如，动作潇洒。我看这冰滑梯坡长不过二十米，坡度不过二十度，感觉并不危险，于是也有样学样，从坡顶滑下，没等我吸口气，滑了还不到五米即重重滑倒，翻转着身体滚落坡底，乐得妻子和内弟两人笑弯了腰。我不能想象，在今年哈尔滨冰雪大世界内的五百多米长的冰滑梯上，有多少游客享受到了我那样的尴尬与快乐。

"如果你们晚几天去哈尔滨，就正好能赶上今年东北的冰雪嘉年华了。"同事们不无惋惜地对我们说。

我淡淡一笑说："一年四季的东北大地，风景各有不同。最好的是咱东北人，热情、实诚。"

2023 年 11 月 28 日

把我自己说给你听

"今天我把我自己说给你听,说一个真实的我,说一个喜欢文学的我。我包的馄饨真材实料,我说的也是真情实感……"听了常玫瑰的开场白,我悬着的一颗心终于踏踏实实地落了下来。甚至在常玫瑰讲述的中途,我还溜出了现场,接受了记者的采访。

今年,江苏省残联决定在全民阅读日期间举办全省盲人有声朗读培训班,参加人员为全省各地喜欢文学创作和有声朗读并拥有一定基础的盲人。在与泰州市残联协商后,省残联确定此次培训班由省盲协和泰州市残联承办,地点放在天德湖宾馆。我是省盲协主席和泰州市残联挂职副理事长,可谓一手托两家,负责培训班的具体工作。三月底,我拿到了参训人员名单。四十二位学员中大部分都是"实力派",在市级以上的朗读或征文比赛中获过奖。镇江市的唐晓萍是去年全国盲人广播剧剧本大赛的一等奖获得者,徐州的乔晓正是省作家协会会员,泰州市的高梓涵曾获南京市中学生演讲比赛第一名,盐城市的王丹是小有名气的配音网红……培训班能否成功?学员们能不能学到东西?老师是关键。泰州市历史悠久,文化底蕴深厚,有专业、有水平、有爱心的老师很多。在泰州市残联党组书记、理事长栾斌的帮助下,我请到了泰州市文联主席庞余亮,他是鲁迅文学奖获得者。在泰州市朗诵协会名誉主席童继铭的帮助下,我请到了泰州市朗读领域的大咖薛悠璐、陈玥、宁海、鞠蕾、刘春霞,在咱们泰州地区,有很多人是听着他们的声音长大、枕着他们的声音入眠的。

可是,我总是感觉缺了什么。就像一剂良药,药材有了,且都是良材，可就缺一个药引子。我思来想去，想到了常玫瑰，原因有三。

第一，同样的命运，能够拉近彼此之间的距离。常玫瑰虽不是盲人，但她中考意外失利，失去了继续学习并跳出农门的机会。之后，为了生计，她不得不远走他乡，幼小的女儿成了早期农村的留守儿童。她与先天失明以及中途致盲的盲人，在命运上是相同的，一样坎坷、一样多舛、一样抗争、一样奋斗，都是一棵没有花香、没有树高的小草。

第二，同样的爱好，能够引起思想上的共鸣。常玫瑰一手包馄饨、一手写文章，将自己、将顾客写进了一篇篇墨香。同样，我们的盲人学员双手按摩除病痛，双耳聆听天下事，在文字和声音的世界里实现着自身的价值。眼睛是心灵的窗户，而文学是心灵的奠基石。文学不分国界、不分男女、不分贫富、不分残健，人人都能喜欢，人人都能追求，人人都能拥有。

第三，同样的坚持，能够燃旺大家创作的热情。兴趣是最好的老师，热情是最强的动力。常玫瑰不管在什么情况下，都没有放弃写作，没有放弃读书，特别是这几年她利用开店的闲暇，创作了几十万字，发表了五十多篇散文。此次培训班学员中的严三媛是全国自强模范、无锡市好轻松盲人按摩中心董事长，每天清晨她都早早起床练声，始终保持着圆润甜美的声音。热情需要我们坚持，在成功时不要忘记自我，在逆境中不要退缩。我们盲人学员与常玫瑰的良性互动，必能抱团取暖，彼此认同，相互感动与鼓舞，迸发出新的火花。

我先后三次去过常玫瑰的馄饨店，凭着我在现实中和从其文字里对常玫瑰的了解，我认为她肯定会答应我的邀请，围绕如何写下接地气述真情的散文给我们上一堂课。我征求常玫瑰的伯乐翟明的意见，他给了我肯定的答复。

药引子有了，可我还是感到力度有点不够，还需要加点料。

春节前，我从微信群中得知高港区正在为常玫瑰量体裁衣式打造一家新的馄饨店和读书空间。4月2日上午，我打电话给常玫瑰，她告诉我她正在新店。我心中大喜，以为新店已启用，这专有的读书空间不正是旱天逢甘霖吗？我立即兴冲冲地与同事陈璐、毛伟一起驱车前往。我们到达时，高港区委宣传部栾勇副部长正在督查装修工程。原来还在装修，我一下子觉得希望落空了。可紧接着听说新店将在4月16日开张，我的心随即又热了起来。我们的培训班是4月15日至19日在泰州天德湖宾馆举办，我能不能就在常玫瑰的馄饨店里安排一场现场教学呢？我向栾部长和常玫瑰谈了我的想法，他们爽快地表态：没问题！

4月8日至12日，我去山东省泰安市参加了中国盲协第八届委员会第二次全体会议。其间，阿里文娱公司公益项目负责人陈艳玲向我们介绍了无障碍剧场，喜马拉雅公司总裁助理徐莉荣和我们谈了人工智能对于盲人有声创业的影响，浙江省嘉兴市鑫畅电子科技有限公司金捷发布了最新盲用辅具——语音提示器。这些内容和江苏的培训很契合，在我的诚恳邀请下，他们三位都愉快地答应出席我们的培训班。

4月15日上午，全省十三个市的四十二位盲人学员和十三位陪护人员，泰兴市春风助残志愿者协会的四位志愿者准时报到，无一请假，无一缺席。下午，简单的开班动员仪式过后，老师们按计划开始一一授课。

4月17日下午两点多，学员们正在上课，我悄悄去了常玫瑰的馄饨店。路口的音箱里播放着常玫瑰朗读的自己的散文，店门两侧排列着整齐的花篮，餐桌上还飘来阵阵玫瑰的清香。虽然过了饭点，依然还有客人慕名前来品尝网红馄饨，常玫瑰忙个不停。我楼上楼下转了三圈，不由得担忧起来。16日刚开张，二楼的读书空间尚未启用，还没做开荒保洁，一层薄薄的灰尘还在。我们的盲人学员大多从事按摩工作，已经养成了良好的卫生习惯，对于灰尘，他们的手摸得出来，鼻子闻得出来。一楼四张餐桌最多同时容纳二十人就餐，操作间里仅有一台电磁炉。而明天我们将来六十几人，常玫瑰又要讲课，又要包馄饨，她一个人怎么应付得过来？

4月18日清晨五点半，我们十几名盲友相约在天德湖畔跑步，金黄色的阳光给湖面披上了一层薄纱，桃花的花瓣在风中荡漾，像儿童天籁的笑声，像少女轻盈的脚步，像一只只小手在我们后背上轻柔地挠着痒痒。在清脆的鸟鸣声中，我们轻松地绕湖跑了两圈，共6.6公里。回到房间，我冲了个澡，顿感神清气爽。上午九点二十分，当我带着培训班的全体学员和工作人员抵达常玫瑰的馄饨店后，我所有的担忧全部烟消云散。

首先，我没有想到的是高港区委宣传部的志愿服务团队来了。张洁是泰州市医药高新区党工委委员、高港区委常委、区委宣传统战部部长，她在散文《我的"小店"梦》里，真实全面地介绍了常玫瑰新店的由来。在她的动员和组织下，高港区委宣传部的同志们变成了卫生保洁员，将店内店外、楼上楼下清扫得干干净净、一尘不染。她们还成了引导员，搀扶着盲人学员下车、上下楼；成了服务员，送茶送水送馄饨，一个个忙得不亦乐乎。

其次，我没有想到的是坡子街的文友来了。原本有另外的接待任务的翟明，早早地到了店里细细地查看一番后，再三叮嘱常玫瑰讲课时需要注意的细节；陈铭在常玫瑰讲课时，一直站在她的旁边。当常玫瑰讲完，而我又在接受记者采访时，他主动拿起话筒，主持了常玫瑰与盲人的互动环节；王兰、高山、王依晨、刘艳、李彦瑶等文友，有的包馄饨、有的迎送顾客、有的洗碗……大家犹如一家人，忙得开开心心。

最后，我没有想到的是常玫瑰的眼泪来了。准确地说，我想到了常玫瑰会流泪，但没想到她流了这么多的泪；我想到了我们的盲人学员会流泪，但没有想到他们竟然流了那么多的泪；我想到了现场教学会取得好的效果，但没有想到效果如此之好。常玫瑰讲得动情，大家听得情动。当乔晓正提出想摸一摸常玫瑰的手时，常玫瑰大大方方地主动拉过乔晓正的手，两人双手紧握进而拥抱，全场掌声雷动，大家都热泪盈眶。在返回的车上，大家发自内心地感慨，今天品尝常玫瑰的馄饨，以朴实为皮、以真情为馅、以热泪为水，味道特别，终生难忘。唯一感到遗憾的是，来自镇江市的盲人张红霞想在现场为常玫瑰唱一首歌，可举了几次手，都没有得到机会。

4月19日，下午培训班圆满结束，交汇点新闻以"适逢读书好时光"为题进行了宣传报道。回到家的盲人们依然沉浸在兴奋和喜悦之中，回味着、表达着……

4月20日，张红霞将她专门为常玫瑰演唱的《心中的玫瑰》录了音，通过微信发给了我，我随即转发给了常玫瑰。

"在我心灵的深处，开着一朵玫瑰……在我忧伤的时候，是你给我安慰，在我欢乐的时候，你使我生活充满光辉……我心中的玫瑰，但愿你天长地久，永远永远把我伴随……"

封盲笔路

出发

2024年，泰兴的梅雨说来就来，一来就来得猛烈，来个没完没了。江水涨了，河水涨了，农田里的水满了，路上的水塘多了，青蛙更欢了，菜市场的鱼降价了。

6月30日是我前往鲁迅文学院全国残疾人作家研修班报到的日子。早晨六点多，连续下了十多天的雨没有一丝一毫停的意思，噼噼啪啪地打在窗户上，洒在路面上，哗哗地吐着白沫涌向排水口。鸟儿们，知名的，不知名的，不清楚躲到了何处，没有一只鸣叫，没有一只低飞。

妻子在我起床前准备好了早餐，较平常丰盛了很多。她坐在我的对面，默默地看着我就餐。对于我的这次远行，她委实放心不下。十二天，这是我失明后外出时间最长的一次，而且不带陪护。虽说朱智勇老师与我同行同学，可他是一位肢体残疾人，并不了解与知晓我的生活习惯。我途中上厕所怎么办？我到了学校吃饭怎么办？我找不到教室怎么办？我总是麻烦朱老师影响他学习怎么办？……

鲁迅文学院，别说我是一名刚刚写作的新人，即使在文坛功成名就的知名作家心目中，都是一个神圣的殿堂，有着无穷的吸引力。这次中国残联和鲁迅文学院举办全国残疾人作家研修班，在全国范围内选拔四十名学员，我能成为其中一员，可谓幸运至极。我喜欢文学，但从来没有奢望做一名作家。我上学时老师不让看课外书，家庭困难买不起书，每次写作文都很痛苦。工作后有钱买书了，我却很少静下心来读书，写得较多的是格式化的公文，最怕写的是调研报告。失明后我一度放弃了阅读，直至电脑和手机读屏软件的出现。这几年，我听了很多书，也尝试着写了一些散文和微小说。幸运的是，竟然接二连三地发表了四十多篇。于是我鼓励我的盲人朋友们，多多地听书、勇敢地朗读、大胆地写作，这样至少可以让自己的生活更丰富更充实。五天前，也就是6月25日，幸运之神再次叩响了我的希望之门。当我点开手机上鲁迅文学院发给我的电子版的入学通知书时，自认为不再年轻、早已波澜不惊的小心脏竟然怦怦地跳得我热血上涌、满脸通红。

我把这个好消息告诉妻子后，原以为同样毕业于中文系的她会和我一样高兴、激动。可是，现实是她比我更冷静、更理智。她诧异地问我："你放得下工作？"

我自豪地回答："当然！残联今非昔比，我在与不在一个样，一点儿也不会影响正常工作。再说，我是去学习，这也是工作。"

她放低声音问道："谁陪你去？"

"我是去学习，不是去开会。"我脱口而出，"十二天呢，谁能去陪我这么长时间？"

"你一个人？"她毫不掩饰她的疑问。

我满不在乎："当然不是，还有黄桥的朱智勇老师，你认识的，那位写了两部长篇小说的朱老师。"

她沉默了一会儿，问："一定要去？"

"一定！"我高声喊出了杨根思烈士的豪言壮语，"不相信有克服不了的困难！"

妻子不再说什么，默默地一次又一次地冒雨采购回了一次性内衣内裤、便携的洗漱品等生活用品，肉脯、花生、瓜子等零食，苹果、桃子等水果，行李箱装满了，又装满了一个双肩包。

然而，今天早上醒来，躺在床上的我顿感不妙，头有点晕，应该是发热了。一定是前天晚上趁短暂的雨停，我和妻子外出散步，返回的途中下起了雨，到家时已全身淋湿的缘故。我没敢告诉妻子，但细心的她还是发现了端倪，先是用手摸前额，后是用体温计测腋下体温。三十八度，不算高。于是，妻子又往我鼓鼓囊囊的双肩包中塞进了一包药。

我将儿子卧室的门打开了一条缝，一股空调的冷气，混杂着臭袜子味，从门缝里窜了出来。儿子睡觉一向较为警醒，开门声把他吵醒了，他迷迷糊糊地问我："几点啦？你还没走？"

我打了个电话给住在乡下老屋的母亲："妈，房子漏雨吗？"

正在吃早饭的母亲淡淡地说："不漏，好着呢。"

时间到了，我背起双肩包，一手拉着行李箱，一手拿着盲杖，与朱智勇老师一同踏上了我们的行程。在北上的高铁上，手机传来播报：北京，晴，最高气温三十四度，最低气温二十二度。

2024 年 6 月 30 日晚写于鲁迅文学院

特殊双选会

2024 年 5 月，在江苏省社会助残项目大赛上，经过预赛、复赛、路演决赛等激烈比拼，泰兴市盲协的追光跑团项目从三百多个项目中脱颖而出，夺得了一等奖。跑团团长何连立马发布喜报，一时间微信群内群情振奋。大家热烈祝贺，此后跑步的积极性更高了、主动性更强了、参与人数更多了。

初夏 6 月，泰兴香榭湖里的荷花虽然才露出了尖尖角，但空气中已经弥漫着荷花特有的芬芳，沁人心脾。环湖一圈三公里，跑上几圈，大汗淋漓、爽快至极。

一次晨跑时，领我跑步的志愿者季海豹一路沉默不语，与往日谈笑风生的他判若两人，让我很不适应。在我的一再追问下，他吞吞吐吐地说："你们追光跑团现在牛得很，过河拆桥啦。"

季海豹是市公安局刑侦大队队长、市警马跑团团长。2022 年底，泰兴市残联在向广大残疾人征求来年工作建议时，有部分盲人提出了跑步健身的想法。市残联和市盲协对此高度重视，将此列为了 2023 年重点实事和创新项目，可进展却卡在"谁来领跑"这个问题上。

疫情结束后，全民健身意识增强，马拉松火热出圈，泰兴市涌现出了一批健身跑团和奔赴各地参加马拉松比赛的跑友。何连是泰兴市春风助残志愿者协会的会长，特别热心于助盲公益事业。他在接到为盲人落实领跑志愿者的任务后，迅速联系了泰兴大大小小的跑团，寻求他们的合作与帮助。可是，一谈到盲人，他们犯难了。他们最担心的就是安全，一旦出了安全事故，那就是大麻烦，多一事不如少一事。做点好事不要紧，要紧的是怕把好事办成了坏事。

只有季海豹和警马跑团，出于公安干警的思想觉悟和责任担当，经过几次沟通对接和审慎考虑，答应了何连的请求。2023年5月全国助残日期间，泰兴市盲人协会追光跑团宣告成立，首批参加跑团的盲人有二十人，四十位警马跑团的跑友成为领跑志愿者。

从此，泰兴的香榭湖、龙河湾，黄桥镇的琴湖，虹桥镇的长江生态廊道等，经常出现一支特殊的队伍。盲人与领跑志愿者，用一根短短的领跑绳相牵，高呼着"追光跑团，勇往直前"的口号，精神抖擞，热情奔跑。

经过一段时间的磨合及锻炼后，盲人们不断突破自己，创造新的跑步纪录，里程从几百米、一公里、三公里、五公里，逐步提升到了十公里、十五公里、二十公里、四十公里。他们的身影也出现在镇江、盐城、无锡、扬州等地的马拉松赛道上，成为一道靓丽的风景。特别是2023年10月15日的泰州市首届半程马拉松比赛，适逢国际盲人节，泰兴市追光跑团组织了十六名盲人和四十八名领跑志愿者参赛，所有人全部成功完赛，其中六名盲人跑进了两小时以内，吸引了众多媒体竞相宣传报道。

跑步，让盲人朋友走出了家门，在强身健体的同时，也拓宽了他们的生活圈、社交圈，他们的精神面貌发生了根本变化。同时，跑步也让领跑志愿者增进了对盲人的了解与理解，改变了一些对于盲人的传统的、片面的甚至是错误的认知。他们相互感动、彼此认同，是残健融合的生动实践和成功案例。

然而，追光跑团与警马跑团的良好合作才进行了一年，怎么就"过河拆桥"了呢？

从季海豹嘴里得不到答案，我便将何连请到了我的办公室。何连快人快语，道出了原委。

追光跑团的盲人跑者和警马志愿者成为赛场上的风景、媒体上的明星，大放异彩。市盲协推出的"你领我跑步、我为你按摩"的双向奔赴也广受青睐。这不仅引起了社会的关注好评，也引来了其他跑团的羡慕和嫉妒。于是，有的跑团和跑者直接与盲人，特别是成绩较好的盲人联系，带着他们跑步，带着他们参赛。有的盲人为了图方便、讲面子，就脱离了追光跑团，加入了其他跑团。

我们平时在香榭湖开展晨跑训练，现在想想，确实人数较以往少了些。我还以为春季是盲人按摩的高峰期，他们晚上出工多了，累了，早上自然要好好休息，毕竟按摩是他们的主业，还有，进入夏季，天气热了，也不利于晨跑。没想到，问题竟然出在这里。

"好事啊，从没人要到主动抢，盲人成了香饽饽了，这说明你的工作很有成效啊。"我高兴地说。

何连皱着眉、苦着脸说："领导啊，你别讽刺我了。你帮我出个主意，如何解决这个问题呢？"

"我说的是实话。"我分析给何连听，"一方面，这解决了就近接送盲人、就近开展例跑的难题。这个问题，困扰我大半年了。另一方面，参与的跑团和志愿者多了，就能帮助更多的盲人走出来，这也解决了警马跑团志愿者人员不足，但想参与的盲人越来越多的现实矛盾，多好啊！"

"当然喽，"我话头一转，"这也带来了很大的安全隐患，我们盲协不能不管不问，必须采取措施予以应对和引导。"

我请何连召集季海豹等相关跑团负责人开了个非常民主的会议，大家统一了思想，进而在十天时间内迅速落实了四项措施。

第一项措施是以自愿报名和所在跑团推荐相结合的方式，对领跑志愿者进行培训。培训的内容包括导盲随行技巧、领跑要领、拉伸训练方法、心肺复苏步骤要点等。共培训二百六十六人，为其中一百八十二名考核合格者颁发了领跑志愿者证。

第二项措施是以自愿报名的方式，对想要参加跑步的盲人进行体检。跑步虽有千般好，但并不是对所有人都适合，盲目参与，不仅不能强身健体，反而还会给身体造成伤害。经过体检，一百二十八名报名者中，有些有基础疾病，有些心脏不太好，市盲协出面劝退了六十二名不适宜跑步的盲人。

第三项措施是举办双选会，配对盲人和领跑志愿者。盲人看不见道路，跑步时的方向、变道、提速等完全由领跑志愿者来掌握。双方日常并肩奔跑、一同训练，默契度尤为重要。而且一位盲人跑步至少需要两三名志愿者时刻陪同。既要有人通过陪跑绳牵引盲人，在前带路，指引方向，也需要有人在后方、侧方跟跑确保盲人的安全。因此，我们确定了志愿者配比不低于一比二，不高于一比三。程序是由盲人逐一登台亮相，介绍自己及家庭的基本情况，由志愿者认领。原则是就近就便、双方自愿、服从大局。盲人居住地或工作地附近的领跑志愿者及所在跑团常态化带着盲人晨跑或晚跑；优先参加市追光跑团统一组织并集体报名的各级各类活动、比赛；自愿参加其他马拉松比赛的，接受相关荣誉的同时也要自担风险。过程中，既出现了几个领跑志愿者、跑团竞相争抢同一名盲人的可喜情况，也出现了个别盲人被晾在台上无人认领或一人认领的冷清情形，更出现了双方不太认可的尴尬场景。好在，经过双向选择以及跑团统筹，四十五名盲人与一百一十八名领跑志愿者现场速配成功并签订协议，明确了双方的权利与义务。

第四项措施是为配对牵手的盲人和领跑志愿者，办理了意外伤害保险，每人每年二百六十元的标准，由市平安保险公司捐款。

盛夏的清晨，追光跑团绕跑香榭湖。大片荷花在水中静谧绽放，碧波荡漾，荷叶田田。季海豹一会儿跑到队伍前调控着配速，一会跑到队尾鼓劲加油。我问他:"这四项措施的落地结果,你满意吗?"他憨厚地笑了,黝黑的脸庞,炯炯有神的眼睛,健壮的身躯,典型的公安干警可敬可爱的形象。

  7月1日,为庆祝党的生日,泰兴市虹桥镇和相邻的靖江市新桥镇,在长江生态廊道举办了半程马拉松比赛。泰兴市追光跑团和警马跑团动员并组织了二十六名盲人及六十名领跑志愿者参赛,参赛人员全部胜利完赛,创下了追光跑团成立以来参赛人数最多、成绩最好的新记录。

2024 年 7 月 15 日

封盲笔路

挑战

2024年10月20日，一个注定被铭记的日子。清晨的第一缕阳光还未完全洒向大地，空气中弥漫着丝丝凉意，整个泰州城仿佛还沉浸在甜美的睡梦中。然而，对于众多热爱跑步的人来说，这一天是充满激情与挑战的一天。

扬子江龙凤堂2024泰州马拉松暨大运河马拉松系列赛（泰州站）即将鸣枪起跑。上午七时三十分，清脆的枪声划破了宁静的天空，成千上万的跑者如潮水般涌出起跑线，他们怀揣着梦想与热情，踏上了这场充满挑战的征程。

在这庞大的跑者队伍中，有一群特殊的身影格外引人注目。他们是来自泰兴市的盲人跑者，虽然他们的世界被黑暗笼罩，但他们心中的那团火焰却从未熄灭。八时三十分，我与另外八位盲人朋友，在泰兴市警马跑团领跑志愿者的引领下，完成了四公里欢乐跑。这看似不长的距离，对于我们来说，却是一次充满意义的挑战。当我们领取奖牌并在奖牌上刻上姓名的那一刻，心中的喜悦与自豪难以言表。一路拍照打卡，有说有笑地来到半马终点处，寻得空位坐下休息。此时，较往年迟开的桂花，散发出的特有的浓郁香味，弥漫在整座泰州古城。那丝丝凉意，在温煦阳光的照耀下渐渐消散，阳光闪耀、嬉闹、追逐着，热情地为每个人披上一层透明晶亮的白纱。

"2小时9分"，盲人印飞、领跑志愿者钱振元和季春华三人组合完成了半马比赛，兴高采烈地来到休息区。

就在我们沉浸在喜悦中时,一个令人牵挂的消息传来。钱振元一见到我,便告诉我:"燕福建跑到十三公里时跌倒了!"我的心猛地一跳,从座位上站起身,紧张地问道:"受伤了吗?"钱振元看出我的紧张,轻描淡写地安慰我:"没事,应该没有大问题,跑马拉松哪有不跌倒的。"

"你们是在说燕福建吧?"完成半马赛程、担任此次泰兴市追光跑团旗手的警马跑团资深跑者奚根林接过话茬,"他膝盖擦破了点皮,不影响跑步。我领他跑了一会儿,刚才又看他跑了一会儿,已经快三十公里了,我看他状态还不错。"

听到这个消息,我的心稍稍平静了一些。但燕福建的妻子程海燕刚完成半马比赛,听到大家在议论燕福建,她很不放心:"我在前十公里时,与他一起跑了一段,他们速度快,我跟不上。他怎么啦?"

奚根林大声说:"没事,你就等着他安全完赛的好消息吧!"

燕福建与程海燕夫妻俩在泰兴城区经营着一家盲人按摩店。他们的生活虽然平凡,却充满了爱与温暖。燕福建热爱生活、充满活力,不但拥有精湛的按摩技艺,还特别喜爱文化体育活动。他多次参加各级各类朗读、歌咏演出,用自己的声音和热情感染着身边的每一个人。去年,他在参加泰州半马比赛的欢乐跑之后,给自己设定了一个目标:"明年我要跑半马。"然而,当今年泰州马拉松比赛开始报名时,他得知有全马、半马和欢乐跑三个项目,便毫不犹豫地报了全马。

这个决定让很多人都感到惊讶。他的妻子程海燕不相信,他的盲人跑友不相信,领跑志愿者们也不相信。毕竟在平时的例跑中,燕福建的最高纪录也就是二十公里。现在他竟然要跑全马,他是脑子疯了吗?

但熟悉燕福建脾气的程海燕选择了支持。他们将原来每周一到两次的例跑,自我加压调整为每周三到四次;将原先每次例跑十多公里,提高到二十公里左右。按摩店的生意红火,每天晚上他们都要忙到十点多。可一旦确定了晨跑，他们凌晨三点多就会早早地出现在泰兴香榭湖边，等待和陪跑员一起一步一步地向前迈进。

喜爱燕福建的领跑志愿者们也选择了支持。泰兴警马跑团的奚根林、钱振元、季春华、封美、叶萍、陈军、何连等，虽然他们不可能固定人员领跑，但只要燕福建确定时间，他们就会安排好领跑志愿者。虽然有的领跑者不能全程领跑，但他们通过接力方式，确保一直有人陪护在燕福建身边。黄桥片区的领跑员殷培生、王全明、郁小其、王红娟、叶勇等也用实际行动鼓励燕福建勇敢地朝目标冲刺。

信任燕福建的盲人跑友们同样选择了支持。叶军、顾伟、张东、张朝阳、周红、宋春涛、丁三儿、陈小红等盲人，都是泰兴追光跑团的成员。他们跑不了全马，更不能领跑，但他们的鼓励、他们的接力陪跑，也给了燕福建无穷的力量。更为可贵的是，南京市高淳区盲协主席孔令泉，他已经参加过多次全马比赛，在听说燕福建将首次挑战全马后，他放弃了其他赛事，主动报名参加泰马。"我不是为了成绩，我是来给燕福建增强信心的。在全马的赛场上，我们盲人不是孤独的跑者。"

正式比赛的日子日益临近，燕福建跑步的里程越来越远，警马跑团季海豹团长的压力却越来越大。谁来担任燕福建比赛时的领跑志愿者呢？他结合燕福建的实际情况，在心中确定了领跑者需要具备的条件："步频一百八，步幅七十五，配速七分半。"

身为跑团团长，季海豹十分了解每一位成员，他们中的大多数人能轻松跑完半马，但如果领着燕福建跑全马，即使勉强跑下来，也会把自己跑伤；他们中有人两次以上全马完赛，但配速较快，如果由他们领跑，会把燕福建跑崩。季海豹经过一番数据分析与比对后，锁定了两名领跑人选。一是他的马拉松师傅、泰兴市医保局副局长陈海明，二是他的跑友、河南省郑州市的任丽娜。经过电话沟通和情况介绍后，陈海明和任丽娜团队愉快地答应了季海豹。

10月19日早晨，一堂别开生面的现场教学课拉开帷幕。教室是丹桂飘香的泰兴香榭湖畔，老师是季海豹、钱振元等具有丰富领跑经验的领跑志愿者，学生是接受领跑任务的陈海明和任丽娜等，"教具"是燕福建、程海燕等盲人。在这个特殊的课堂上，大家认真地学习着领跑的技巧和注意事项，为第二天的比赛做着最后的准备。

10月20日清晨5时30分，满载着二十名盲人和四十三名领跑志愿者的两辆大巴车准时从泰兴出发。大家如同参加盛大宴会一般，一路上兴致盎然，欢声笑语。抵达泰州体育公园后，大家顺利通过安检，又分组进入了各自的起跑区域。

比赛开始后，燕福建在陈海明和任丽娜等领跑志愿者的带领下，一步一步地向前奔跑。他们的步伐坚定而有力，仿佛在向世界宣告着他们的勇气和决心。一路上，膝盖的擦伤、身体的疲惫、心理的压力，都没有阻挡他们前进的脚步。

当燕福建结束比赛时，程海燕为他献上一束鲜花，大家为他热烈鼓掌祝贺。"五小时十分。"这个成绩不仅仅是一个数字，更是燕福建人生中的一次重大突破。他用自己的行动证明了，即使在黑暗中，也能追逐梦想，创造属于自己的辉煌。对于燕福建来说，这不仅仅是一次体育赛事，更是一次对自我的挑战和超越。这是燕福建个人的成功，也是众多领跑志愿者和盲人跑者共同的成功。大家用自己的行动诠释了团结、友爱、互助的精神。

"警马跑团，使命在肩，担当有我。""追光跑团，勇往直前。"朝霞彤彤、微风习习、湖水依依，我们高呼着口号，精神抖擞地开始了新一轮的晨跑。我们相信，在未来的日子里，我们会继续奔跑，继续挑战，继续创造属于我们自己的辉煌。

封盲笔路

永久的精神家园
——游杨根思烈士陵园有感

朋友,你会失眠吗?夜深人静、月光柔柔,可躺在床上辗转反侧、久不能寐,你想什么都不想,可是脑中又充满各种各样的想法。

你有烦恼吗?总有不想上班的日子,总有不想做的事情,总有不想面对的人,我们被种种不满所包围,深陷形形色色的烦恼中不能自拔。

你焦虑过吗?看着别人工作轻轻松松,自己却在痛苦地加班加点;看着别人赚得个盆满钵满,自己却是囊中羞涩;看着别人开怀大笑,自己却是愁容满面。为什么如此努力,却是成绩平平?为什么如此辛苦,却得不到回报?为什么别人比自己好、比自己强?……

当你遇到这些情况时,请随我去参观杨根思烈士陵园吧!这是一个让你静心养性的地方。

杨根思烈士是中国人民志愿军第一位特等功臣和特级英雄,他用生命和鲜血铸就了"三个不相信"精神。他的家乡江苏省泰兴市2003年跻身于全国综合实力百强县第四十六名,他生前所在连队于2024年5月27日被中宣部授予"时代楷模"称号。

杨根思烈士陵园位于江苏省泰兴市根思乡,始建于1951年,1978年、2000年、2010年扩建整修。整座陵园占地近六十亩,由我国建筑大师杨廷宝主持设计,三面环水,水系呈月形,园内道路纵横清晰,呈日形,蕴含着杨根思烈士与日月同在、彪炳千秋之意!

亲爱的朋友,请跟我来。避开潮涌的人群,进入大门,沿着东西向的中轴线,一口气走到陵园的最深处。

1950年11月29日,在中国人民志愿军入朝作战的第二次长津湖战役中,时任连长的杨根思奉命带领一个排,坚守1071高地东南小高岭。在连续击退了美军八次进攻后,仅剩下杨根思和两名战士。他命令两名战士撤退,毅然抱起最后一个炸药包,冲向了第九次进攻的敌人。他用生命完成了人在阵地在的誓言,为围歼美军陆战第一师、为第二次战役的最终胜利作出了不可磨灭的贡献。1951年,志愿军总部为杨根思追记特等功并追授特级英雄荣誉称号,杨根思生前所在连队被命名为杨根思连。1953年,朝鲜授予杨根思烈士朝鲜民主主义人民共和国英雄称号和金星奖章、一级国际勋章。

杨根思牺牲的消息传到泰兴后,家乡人民万分悲痛,在他家草房的后面捐资新建了杨根思烈士祠,利用开挖护林河的泥土在烈士祠后,按照小高岭形状,堆起了一座土山。坡顶栽种了松柏,坡下修建了杨根思烈士衣冠冢。

朋友,现在请正视面前的衣冠冢吧。杨根思烈士在战场上粉身碎骨,他没有遗体,没有遗物,只有三处纪念墓碑。烈士墓碑保存在丹东抗美援朝纪念馆,墓迁至沈阳抗美援朝烈士陵园。他的家乡只有个衣冠冢。我们抬头看看土山上高大肃穆的松柏,看看坡面上用黄杨木拼写的"气壮山河"四个大字,再想想空无一物的方基圆顶墓穴……朋友,此时此刻你作何感想?我们是不是不满意于现有职位,总想着晋升、晋升再晋升?我们是不是不满足于目前的收入,总想着赚钱、赚钱再赚钱?我们拥有了一定的物质,却感觉什么都没有。杨根思什么都没有,却给我们留下了太多太多。

不管你想到了什么,都随我往回走吧。走走回头路,我们能更好地走向未来。在陵园的中心位置,建有一尊高大的杨根思烈士雕塑。他双目圆睁、怒视前方,左手握拳、右手紧抱炸药包,脚踩钢盔,威风凛凛,勇不可当。雕塑东面五米多处的金山石竖碑上,刻着彭德怀司令员的题词:中国人民的优秀儿子,国际主义的伟大战士,志愿军的模范指挥员。雕塑西侧四十多米处有一块陈毅元帅亲笔书写的"杨根思烈士碑"的卧碑。一位革命烈士,两位开国元帅为其题词是很罕见的。

朋友,现在就让我们站在杨根思烈士的雕塑下,低头三鞠躬吧。杨根思赴朝作战前已经是英雄代表,出席了 1950 年 9 月在北京中南海怀仁堂召开的第一届全国英模代表大会。杨根思的生命永远定格在了二十八岁那惊天动地的瞬间。想一想现在的我们,有多少人躺在功劳簿上,大谈特谈"想当年";有多少人拜倒在糖衣炮弹下,纸醉金迷,腐化堕落;有多少人躺平,贪图安逸,不思进取……此时此刻,我们的内心是不是感受到了自己的渺小?

游人如梭,举手如林。不时举办的少先队员入队仪式、共青团员入团仪式、共产党党员入党仪式,充满了神圣的仪式感,铿锵有力宣誓的声音在陵园久久回荡。小鸟飞过低空,停在枝头,悠闲地看着一群又一群陌生而又熟悉的游客。朋友,请随我走出杨根思烈士陵园的大门吧!记住:出门后我们一定要回头凝望。这座大门简洁而生动、细致而丰富,门柱上记载着杨根思烈士在朝鲜牺牲的日期,浮雕是金星奖章。从敞开的大门望去,英雄杨根思的雕像静静伫立,望着这片他深爱着的土地。参观完陵园,缅怀了烈士功绩,追寻了先辈的热血足迹,朋友,你一定不再失眠、不再烦恼、不再焦虑。人生短暂,我们要走的路太多,我们要想的东西更多。走多了、走累了,我们不妨停下脚步,好好想一想,重拾心情再出发。也可以想好了、成熟了,然后开始我们的行程,还可以边走边想,走走想想,想想走走。

如果你在泰兴,一定要去杨根思烈士陵园参观,去缅怀杨根思烈士。如果你在外地,也请你走进家附近的烈士陵园吧。为了中华民族的解放事业,为了社会主义现代化国家的建设事业,有无数先烈流血牺牲。我们党和国家建设了数以千计的革命烈士陵园,这是我们永久的精神家园。

我的远方

一天,我收到一份快递,是我在鲁迅文学院全国残疾人作家研修班学习时的同组同学——山东省青岛市的刘仕春寄来的。迫不及待地打开,米黄色的宣纸上"行稳致远"四个行云流水的毛笔字展现在我的面前。我的脑海里仿佛浮现出了刘仕春同学的模样:她微微低头,口衔毛笔,随着头部的轻轻摆动,笔尖在纸面上欢快地跳着舞步,一个个字像智慧的小精灵,调皮地朝我眨着眼睛。

刘仕春原籍四川资阳,因家庭贫困,十七岁时辍学外出打工,不幸意外失去双臂,但她顽强地与命运抗争,克服种种困难,用口咬笔练习书画,并重返高三课堂考上了大学。如今,她是全国唯一的女性口书书画家、国家一级运动员、国家二级心理咨询师,任职于青岛黄海学院心理健康中心,帮助数以万计的青年学生走出了心理阴影。

"行稳致远",刘仕春同学不愧是心理方面的专家,她送给我的这四个字,可谓心思缜密、言约旨远。我1990年7月参加工作,至今已经工作三十四年。随着年龄不断增长,退休日益临近,一个"稳"字,对于现在的我显得尤其重要和现实。稳,不仅是我在工作期间履好职、尽好责的保证,而且是我生活安康、家庭幸福的保证。稳是稳定,信仰上要坚定,目标上要咬定,思路上要谋定,行动上要笃定,走好走实每一步,一步一个脚印,砥砺前行;稳是稳重,不浮躁,不浮夸,不信口开河,不夸夸其谈,任何时候、任何情况下要谨言慎行、诚信自律,做一个拿得起、放得下的人;稳是稳健,不三心二意,不随心所欲,不朝令夕改,把每一件事情做好，把每一天过好，每日三省吾身，善作善成。行稳，不是墨守成规，不是举步不前，更不是躺平和不作为。

感谢刘仕春同学给我的寄语，她用作家纯朴厚重的文字，用心理咨询师的一双慧眼，用口书书画家独特的技能，用运动员一对隐形的翅膀，给予了我走向远方正确的方向和无穷的力量。

无独有偶，我还珍藏着两幅书法作品，且非常巧合的是，其中都有一个"远"字。

2004年12月，泰兴市残联机构单列，我由市民政局副局长调任市残联理事长。单列初期的泰兴市残联，除有八个人之外，缺工作经费，无社会影响，甚至连最基本的办公用品都难以配备到位。如何尽快打开工作局面，如何不辜负上级领导的信任和广大残疾人的期盼？就在我想方设法之际，时任泰兴市工商局副局长、中国书法家协会会员幸平闻听我的情况后，精心写了一幅字——"任重道远"，装裱好后亲自送到了我办公室。本擅长于小楷的幸平，非常难得地写了大字。他说："残疾人是小人物，他们的困难都是一些鸡毛蒜皮的小事。你们残联把小人物的小事情坚持不懈地做好了，广大残疾人就融入了社会主义的大家庭，就是人道主义的大事业。"

2005年央视春晚，中国残疾人艺术团表演的舞蹈《千手观音》轰动全国。借此影响，我们在春节后面向泰兴市级机关的党员同志发出了关于开展"千手助残"活动的倡议。利用筹得的捐款，5月15日第十五次全国助残日当天，我们在鼓楼广场向一百名困难家庭的双下肢残疾人捐赠了轮椅。由此，泰兴市残疾人事业驶上了健康发展的快车道。二十年来，泰兴陆续实施了残疾儿童免费抢救性康复训练救助、重度无业残疾人生活救助和护理补贴、残疾人创业扶持补贴、高中及高等教育阶段残疾学生教育补贴等一系列助残政策；相继建成了市残疾人康复中心、市残疾人托养中心、市残疾人辅助器具服务中心和三十三家乡镇（街道）残疾人之家；先后被表彰为全国残疾人工作先进市、全国残疾人抽样调查工作先进市、全国残疾人康复工作先进市、全国残疾人体育工作先进市、全国残疾人扶贫开发工作先进市等，涌现出了残奥冠军张变、全国劳动模范丁雪其、轮椅上的信访干部白国龙等一大批自强自立的优秀残疾人典型。

2013年4月，民革中央画院理事、书画家、篆刻家欧锦钺先生，在时任江苏省残联宣文处段立新处长和康复处徐晔主任等的陪同下，来泰兴采风写生。在参观了市残疾人托养中心，听了在托残疾人的故事后，欧先生心潮澎湃，欣然提笔，即兴创作，一气呵成，送给我四字篆书"志存高远"。此时的泰兴市残疾人托养中心被确定为首批全国"阳光家园"示范机构，参与了国家残疾人托养服务标准的研究与制定，承办了全国残疾人托养服务培训班和江苏省残疾人托养服务机构实习式培训班，每周都有全国各地的同行前来考察交流。欧先生"志存高远"这四个字时时刻刻提醒我，不要满足于现状，不要止步于当前，不要骄傲懈怠，要立足于更高的起点，用更高的标准、更严的要求，勇于探索，敢于创新，努力为残疾人谋取更多的福利。

2018年起，我兼任中国盲人协会副主席。在我的大力推动和积极组织下，全国盲人板铃球裁判员和教练员培训班和第一届、第二届全国盲人板铃球公开赛成功举办，江苏省连续举办了三届全国"阿炳杯"盲人器乐独奏大赛，开展了全国盲人有声主播培训，开设了盲人朗读微信公众号，进一步拓宽了盲人就业的路径，丰富了盲人的精神文化生活。多年来，泰兴市的残疾人工作不但得到了市委、市政府和各部门单位的高度重视，实现了普惠性、基础性、兜底性保障，还得到了社会各界的大力支持，成立了市残疾人福利基金会，组建了市助残志愿者协会，培育了一批助残社会组织，市盲人协会"追光跑团"项目在江苏省公益助残项目大赛上获得一等奖，另有"一路有你"关爱残疾大学生服务项目获得二等奖。扶残助残成为新时代文明实践的一道美丽风景线，理解、尊重、关心残疾人在泰兴蔚然成风。

  2004年到2024年的二十年，是泰兴市残疾人事业快速发展的二十年，是我个人激情燃烧的二十年。任重道远，志存高远，行稳致远，构成了我这二十年一幅完整的走向远方图。我的远方，有与我一起奋斗奉献的残疾人工作者，有与我休戚与共的广大残疾人兄弟姐妹，有脚下这片踏实的热土。

写在"明珠朗读"揭牌仪式后

2024年5月19日,第三十四次全国助残日,"全国首个朗读者集结地——明珠朗读"在泰州市医药高新区(高港区)明珠街道揭牌成立。明珠街道党工委书记徐思达主持揭牌仪式,泰州市残联党组书记、理事长栾斌,高港区政协主席薛永忠,医药高新区党工委委员、高港区委常委、宣传统战部部长张洁等领导致辞祝贺,高港区、海陵区、姜堰区、泰兴市三十位盲人朋友共同见证了这个特殊时刻。

身临其境感受着领导的热情洋溢,聆听着朗读者的声情并茂,铭记着盲人朋友的群情振奋,我的耳畔响起了一首歌:"我准备了好久一直没有对你说,跨越时间的你和我却在沉默……"

佩服心灵感应的强大,全国各地喜欢朗读的盲人朋友们纷纷给我发来微信:"明珠盲人朗读终于成立了,祝贺祝贺!"

2021年5月,泰州坡子街笔会公众号推出了盲人朗读栏目,吸引了全国三十一个省、自治区、直辖市的一百多位盲人朋友,泰州由此成为中国盲人朗读者集结地。2023年10月,盲人朗读栏目拓展成为诵读大赛,参与对象由盲人扩展到学生、教师、工人、公务员等等。面对盲人朋友们在朗读方面日益增多的需求,我们能不能打造一个专门的阵地呢?

坡子街盲人朗读已经聚集了全国一百多位盲人朗读者,其中有十六人于2023年4月23日亲临泰州,他们对泰州有着美好的印象,产生了深厚的感情。为了稳住这支好不容易建成的队伍,我积极协调、主动联系。一是争取到了《仁美文艺》的支持,这是中国残联旗下专门为全国残疾人文学爱好者打造的微信公众号，每周二、周五发表一至两篇作品，其中的散文同时推出朗读版，起初的朗读者为健全人或肢体残疾人。我联系到了具体负责的蒋毅华老师，她在听了几篇我推荐的盲人朗读作品后，答应了我的请求。她不时会发一两篇文章给我，这些文章由盲人朋友朗读后发表在《仁美文艺》上，得到了广泛好评。二是举办了江苏省盲人有声朗读培训班。2024年4月15日至19日，江苏省残联在泰州天德湖宾馆举办全省盲人有声朗读培训班，四十二位盲人朋友参加了培训。他们在聆听了庞余亮、薛悠璐、陈玥、宁海、鞠蕾等名师的授课后，还实地参观了常玫瑰的馄饨店，现场与常玫瑰交流互动。此情此景被央视等多家媒体宣传报道。三是动员盲人朗读者参加全国比赛。2023年4月，阿里文娱公益、优酷无障碍剧场面向全国视障朋友开展了"寻找最酷的声音——视障者朗读展示评选活动"。5月19日下午，阿里文娱在北京以线上线下相结合的方式举办了颁奖仪式。我们中国盲人朗读者集结地的盲人朋友占到了获奖人员半数以上，意想不到的是，我还获得了组织奖。四是推荐盲人朗读节目参加相关演出。2024年4月23日，高港区盲人女孩高梓涵参加"凝望那片海"全民阅读分享活动，被聘为"新高区全民阅读特约朗读者"，泰州市副市长、医药高新区党工委书记、高港区委书记叶冬华亲自向她颁发证书。4月27日，中宣部、国家文旅部、中国残联在苏州市举办了全国残疾人文化周启动仪式，盲人燕福建、周红朗读了盲人余仁翠创作的诗歌《你的声音》。在各地世界读书日和全国助残日的活动中，都活跃着我们的盲人朗读者的身影。

在我手机上，中国盲人朗读者集结地微信群一直处于热聊状态，大家的交流、分享、期望都在或明或暗地提醒我抓紧时间为家人们建造一个温暖稳定的"家"。这个家建在哪里，怎么建呢？正当我犯难之时，高港区政协、明珠街道抛来了"橄榄枝"。近年来，高港区政协正以"书香政协·诗书高港"为目标致力于打造文化新高地，为新高区加快实现"近悦远来"美好愿景积极贡献政协的智慧和力量，欢迎中国盲人朗读者集结地落户高港。当我听到"明珠"两个字后，眼睛不由一亮，我们盲人不就希望重见光明吗？不就梦想拥有一对"明珠"吗？

在泰州市残联和高港区残联的大力支持下，高新区社会事业局批复同意成立高港区明珠盲人朗读发展中心。

在薛主席的亲自协调下，明珠街道春风社区为我们解决了办公用房，按照直播间的标准进行了装修，配备了电脑等设备。

在明珠街道党工委会议上，大家一致同意："支持明珠盲人朗读，办好明珠盲人朗读。"

在泰州市政府叶冬华副市长的亲自关心下，明珠街道增加了一个公益性岗位，具体负责明珠朗读的相关工作。5月22日，明珠朗读公众号正式上线，首篇推出了高梓涵朗读的冯智洋创作的《造路是个文化活儿》。

刚揭牌的明珠朗读还处于起步阶段，犹如朱自清在《春》中所写：像刚落地的娃娃，从头到脚都是新的，它生长着。娃娃般的明珠朗读面临着很多困难和挑战，人工智能技术的日臻完善，有声朗读会不会被人工智能取代？我们的朗读作品除了音频外，能不能制作成小视频，能不能编排成有声广播剧？我们这支队伍如何巩固、发展、壮大？……

薛永忠主席说："区政协将广聚政协全员之力，广汇社会各界之智，更好地营造关心关爱残障群体的良好氛围，让更多的盲人朋友汲取奋斗的动力，争当'书香社会'的实践者、推动者、宣传者、引领者，为我区加快实现'近悦远来'美好愿景贡献力量，真正让'近者悦'没有空白、没有盲点，让'远者来'无远弗届、虽远必达、再远也来！"

张洁部长和盲人朗读者高梓涵都毕业于南京中医药大学，张部长拥抱着小师妹动情地说："你是一个与命运较劲的女孩，希望你通过朗诵文学作品，打开一扇观察世界的窗户。"

我国首位视障播音硕士董丽娜无暇抽身前来泰州参加揭牌仪式，她特地发来视频表达祝福："希望这里成为朗读爱好者的精神家园，祝明珠朗读越办越好。"她还表示，有机会一定要来泰州朗读《春江花月夜》。

"我准备了好久一直没有对你说，跨越时间的你和我却在沉默，怎么说爱，过往后才能看到未来，双向奔赴才是爱的告白……"社会的认可是明珠朗读生存和发展的基础，我衷心希望明珠朗读始终保持"赶考"的心态，全国的盲人朗读爱好者要以主人翁的姿态，社会各界要以关心博爱的情怀共同努力，群策群力，促进盲人朗读的茁壮成长。

明珠朗读，未来可期！

一块铜匾

2024年10月15日上午,第三届"阿炳杯"全国盲人器乐独奏大赛在江苏省南京市保利大剧院圆满落幕。此次大赛历经三个月,先后有三百多名选手参与预赛,四十位选手晋级复赛,最终十二位选手闯入决赛。

10月15日晚上七点半,"看见明天"公益音乐会在江苏省南京市保利大剧院金色大厅隆重举行。盲人朋友们精彩演绎了合唱、独唱、器乐合奏等十二个节目。本次音乐会通过优酷、中国残联公众号、江苏省残联公众号等网络平台直播,向数百万观众展现了盲人朋友热爱生活、奋发向上、追逐梦想的精神风貌。

这两项活动的成功举办,离不开中国狮子联会江苏代表处的精心组织、广泛动员以及用心用情的服务。他们为盲人朋友们提供了周到细致的接送站、场内场外引导、上下舞台等志愿服务,他们犹如一束束温暖的阳光,照亮了盲人朋友们前行的道路。15日七点二十五,在公益音乐会正式开始前,中国残联理事、中国盲人协会主席李庆忠专门向中国狮子联会江苏代表处主任欧建清赠送了一块铜匾,以表达感激之情。

在接送盲人朋友的过程中,南京狮友们展现出了极大的耐心和热情。他们提前与盲人朋友沟通行程安排,确保能在第一时间提供帮助。无论是在机场还是高铁站,狮友们都早早等候,用温暖的双手迎接盲人朋友的到来。他们将盲人朋友送上专车,细心安排座位,确保盲人朋友们旅途舒适安全。

复赛期间,狮友们送上的手工向日葵,不仅是一份礼物,更是一份鼓励和祝福。这束向日葵如阳光般温暖着盲人朋友们的心灵，让他们在紧张的比赛之余感受到了关爱和支持。盲人朋友们将这份特殊的礼物带回家与家人和朋友分享，传递着温暖和感动。

在比赛现场，狮友们尽心尽力为盲人朋友们服务。他们帮忙搬运乐器，提供必要帮助，让盲人朋友顺利参赛。比赛过程中，狮友们不断鼓励盲人朋友，让他们不要紧张，正常发挥。比赛结束后，狮友们及时将盲人朋友送回座位，并向他们表示祝贺，让他们感受到成功的喜悦。

中国狮子联会还为盲人朋友们准备了爱心礼物——一床被子。这份礼物虽简单，却充满温暖和关爱，让盲人朋友们感受到了社会的关怀，在寒冷的季节里倍感温暖。

盲人朋友们对狮友们的感谢和表扬，一致反映到了中国盲人协会。"该用何种方式表达我们盲人朋友的感激之情呢？"经过中国盲人协会主席办公会议讨论，我们从写感谢信、送锦旗、送铜匾三种方式中选择了送铜匾。

中国盲协文学委员会委员、著名楹联家、来自无锡市的盲人蒋东永在接到撰写铜匾内容的任务后，迅速了解狮友们为盲人朋友的服务情况，认真思考后一气呵成，创作出了铜匾内容："狮友助盲乐，明天任我飞。"这短短十个字，蕴含着深刻的意义和无尽的感激之情。

铜匾上的"狮友助盲乐"，生动地展现了狮友们无私奉献的精神。他们以正己助人的理念为指引，在帮助盲人的过程中收获快乐。这种快乐不仅是个人情感的满足，更是对社会责任的担当与践行。同时，"乐"也体现在音乐方面。狮友们积极助力盲人参与器乐独奏比赛及公益音乐会，为他们搭建起展示才华的舞台，让盲人朋友们在音乐的世界里找到自信与快乐。

"明天任我飞"则充满了对未来的憧憬与希望。"看见明天"音乐会是盲人朋友们展示自我、追求梦想的重要平台，代表着盲人朋友们对美好生活的向往。"美好的明天"是所有盲人朋友的共同期盼。这里的"我"既可以是狮友，也可以是盲人。对于狮友们来说，他们通过自己的努力，为盲人朋友们创造了更好的生活条件，让他们在未来的日子里自由翱翔。对于盲人朋友们而言，他们在狮友的帮助下，勇敢地追求自己的梦想，相信自己的明天会更加辉煌。

铜匾作为一种载体，承载着狮友与盲人之间深厚的情谊和共同的梦想。它不仅仅是一块简单的金属牌匾，更是一座连接爱心与希望的桥梁，是狮友与盲人之间友谊的见证，更是社会正能量的传递者。

9月18日至21日，中国盲协在江阴市成功召开了文学委员会代表会议，获得了无锡狮友的倾情助力。此次"阿炳杯"全国盲人器乐独奏大赛和"看见明天"公益音乐会，再次得到了南京狮友的鼎力支持。经过两次成功探索，江苏省盲协进一步增强了对狮子会的认识，增进了狮友与盲人之间的理解，更坚定了深度合作的信心和勇气。相信，在中国狮子联会江苏代表处的大力支持和广大狮友的爱心奉献下，江苏省盲协及各地盲协的活动将更加丰富多彩，盲人的生活将更加精彩灿烂。

封盲笔路

再吹创新冲锋号

2024年4月9日至11日，中国盲协第八届委员会第二次全体会议、中途失明者自助互助康复服务省级师资培训班、省级盲协主席信息化培训班在山东省泰安市举办。短短三天，参加一个会议、举办两个培训班，对于参会参训的同志来说，真是日程满满、内容多多。大家的一致反映是收获颇丰，学到了很多实实在在的东西，对于提高工作能力并更好地开展当地盲协工作有着实质性的借鉴与帮助。我失明二十多年，从事盲协工作整整二十年。这三天，我感受最深的就是两个字：创新。

中国盲协是由全国盲人（含低视力者）和与盲人工作有关的社会组织、企事业单位及个人自愿结成的全国性、联合性、非营利性社会团体，在创新公益助盲项目设计与实施方面，起到了积极的引领作用。"看见明天"是中国盲协为庆祝国际盲人节而举行的音乐会，已经连续举办了几年。为了进一步扩大品牌影响力，2023年，中国盲协与中国盲文图书馆联手，充分借助腾讯、抖音等网络平台推广音乐会，不但提高了盲人演出的质量，更吸引了近百万人在线观看，走出了一条"互联网+"的助盲服务新路径。2023年4月中国盲协召开的盲人多元化就业研讨会，也通过抖音平台进行了直播，小米、滴滴出行、喜马拉雅等科技公司的老总纷纷登台，向盲人朋友们推介了主播客服、数字标注、无障碍检测等新业态、新路径。

在中国盲协、中国盲文图书馆的示范带动下，全国各地的盲协因地制宜，创新实施了一批助盲项目。去年，全国各省、自治区、直辖市残联及盲协换届，近一半的省级盲协主席换上了新面孔。这些新鲜血液的加入,为盲协工作增添了活力。浙江省盲协主席朱亮牵头开展了彩虹绳公益活动,用一根小小的领跑绳将盲人与志愿者紧紧地联系在一起,全省一万多人参与其中。过去我们只能在电视上、在比赛中看到领跑员带着盲人跑步的场景,如今在浙江各地随处可见。群众性盲人体育健身活动的兴起,不但让广大盲人走出家门融入了大自然,更带动了社会了解盲人、尊重盲人的社会风尚,形成了残健之间"平等、融合、共享"的良性互动局面。陕西省盲协主席柏华倡议并牵头举办了首场中国西部地区盲童网络春晚,十万多人在线观看,一百四十多家媒体竞相宣传报道。众多盲童家长看到了孩子的另一面,强化了家庭教育的思想认同与行动自觉。广东省盲协主席杨建华倡议举办了盲人沙滩趣味运动会,运动会开设了沙滩排球、沙滩足球等项目,让盲人朋友们享受到了运动的乐趣与快乐。

作为此次"一会两班"的承办方,山东省盲协在创新方面更是发挥了表率和示范作用。4月11日下午,山东省盲协与中国建设银行山东分行签订了战略合作协议,实施善建光明慈善信托助盲服务项目。山东的中国建设银行总行及各地支行将在服务网点无障碍改造、盲人就业创业支持、助盲志愿服务等方面为盲人提供全方位服务。我在现场见证了签约的全过程,情不自禁地为中国盲协副主席、山东省盲协主席汤建泉点了一个大大的赞。盲协的力量是有限的,盲协主席的能力是有限的,只有充分调动社会各界的积极性,在盲人与社会之间搭建一座沟通联系的桥梁,盲人的许多个性化问题才能得到有效解决。

盲协主席如何创新,我在这三天的"一会两班"上也找到了答案。

首先,盲协主席要掌握新的理念。关于中途失明者自助互助康复服务,中国教育科学院研究院的彭霞光教授、北京市声波残障服务中心的杨清风、四川省善行盲人融合训练中心的边伟等老师,都反复强调"以盲助盲"的理念。在这一点上,我是受益者,是实践者,也是最为坚决的支持者。

2021年10月，江苏省盲协邀请杨清风的金盲杖团队在南京举办了江苏省第二期盲人定向行走师资培训班。我作为学员之一，首次在陌生的环境中，依靠盲杖和导航，乘坐公交和地铁，独立往返六十多公里，这让我兴奋不已。回到泰兴后，我拿起盲杖走上了盲道，常态化地乘坐公交车上下班。经过一段时间后，我惊喜地发现，我经常走的那段路，占用盲道的现象越来越少。在我的影响下，泰兴的盲道上出现了更多的盲人。

12月，在文明城市创建省级评价中，江苏省残联以公开打分的方式评价各地无障碍环境建设情况，泰兴的得分位居全省第二名。今年3月，江苏媒体对全省十三个市的盲道建设及管理情况进行了暗访并进行了连续报道，他们采访的对象全部是参加定向行走培训的盲人学员，由盲人自己评说当地的盲道情况，引发了社会的广泛关注。

8月，我到四川凉山参加中国残联举办的全国残疾人健身周盲人现场活动，遇到了一位名叫马思虎的盲人。他是四川定向行走的初期参训学员。他饱含深情地告诉我，善行盲人融合训练中心拯救了他，拯救了他的家庭。如今，他在西昌市开了一家盲人按摩店。每周，他的妻子或女儿都开车带着他深入大山深处，对盲人进行一对一的个性化指导，将他所学到的知识与技能传授给更多的盲人，从而有效提高了他们的生活质量。

中途失明者的自助互助康复服务项目，涉及盲人的生活、就业、心理等方方面面，由盲人对盲人实行一对一、多对一、一对多的实战化的训练，具有健全人不可替代的特殊作用。在各地"光明之家"项目的建设及运行中，我们盲协主席都要力争成为老师，像杨清风和边伟一样，拿起话筒能讲，拿上盲杖能走。

其次，盲协主席要善用新的科技。科技改变生活，科技提升能力，科技为我们盲人打开了通往光明的窗户。一方面，我们要努力让包括自己在内的广大盲人朋友知道新科技、学习新科技、运用新科技。十多年来，中国盲文图书馆和中国盲协每年都要举办几次信息化培训班。每次培训，也都有一批科技公司前来发布或推荐一批新的助盲产品，从读屏软件到听书机，从电脑到智能手机等等。我们不应只是自己大开眼界，而应通过我们的使用心得，在盲用辅具的开发与应用上，为科研机构提供力所能及的帮助，更应通过我们的大力宣传，让更多的盲人朋友知道这些盲用产品，让大家都用起来。如在各地实施的残疾人辅具补贴和残疾人家庭无障碍改造工作中，有很多盲人反映盲用产品还停留在收音机、普通盲杖等传统产品上。我们盲协主席要主动向残联推荐，将新产品如阅读器、导盲帽、语音提醒器等及时增添列入当地辅具集中采购目录，让科技成果惠及更多基层盲人家庭。滴滴出行的无障碍服务非常方便盲人独立出行，成功解决了盲人在出发地找不到车、到目的地找不到门的一米难题。这样的 App，滴滴公司要大力宣传，我们盲协更要大力宣传。

再次，我们盲协主席要善于运用新科技，提高工作效率，更好更快更多地服务广大盲人。传统的服务方式如组织盲人听电影，需要选择影片、招募讲电影的志愿者、确定观影地点、组织观影人员等等，耗费大量的人力、物力和财力。现在，优酷推出了无障碍剧场，已经上线了八千多部无障碍版本的影视剧。我们盲协主席要做的工作便是向盲人朋友推广这个剧场，那样盲人朋友们就能不受时空限制，随时随地上线选择"观看"自己喜欢的影视剧。又如我们要召开会议，只要不涉及保密问题，都可以借助网络进行，从而避免盲人的来回之苦。这几年，全国及各地的盲人网络春晚，效果都相当不错。

最后，盲协主席要具备新的使命担当。原广东省盲协副主席陈阳在授课中重申了盲协主席对于一个地区盲协工作的重要性和现实性。我们既然被盲人朋友们推上了盲协主席的工作岗位，就要履职尽责，在奉献的同时，更要有担当。

担当作为的前提条件，是来自思想上的政治觉悟，来自对岗位的敬畏和职业的尊荣，来自内在自发的动力。首要的是加强协会党建工作。盲协作为社会组织，是党的工作和残疾人工作的重要阵地，是党的基层组织建设的重要领域。要自觉坚持和加强党的全面领导，承担起团结带领本类别残疾人听党话、感党恩、跟党走的政治任务，把盲人朋友紧紧团结在党的周围。利用召开会议、举办活动等契机，认真学习宣传习近平新时代中国特色社会主义思想和习近平总书记关于残疾人事业发展的重要论述、重要指示批示精神，不断提高政治判断力、政治领悟力、政治执行力。不仅要关注本类别残疾人衣食无忧、出行便捷等权益保障维护问题，也要增强权益维护的预见性和主动性，增强风险隐患意识，及时有效地帮助盲人兄弟姐妹疏导心理、消除歧视，让他们更有自信、更有尊严地工作生活。

根本是加强自身建设。事业成败，关键在人。我们盲协主席，大多数是兼职，有着各自的本职工作。虽然是兼职做着协会工作，不领报酬补贴，没有行政级别，但始终要牢记全心全意为本类别残疾人服务的初心使命，勤奋工作、甘于奉献。既然我们选择了这项工作，就要心甘情愿地去做；既然我们承担了相应的职责，就要认真负责地去履行。

2012年，中国盲协在山东泰安市成立了全国盲人阅读推广委员会，发布了旨在倡导盲人多读书、读好书的泰山宣言，创新启动了盲人无障碍阅读的新模式。十二年后的今天，还是在山东泰安，中国盲协再次吹响了创新的冲锋号。我们要在习近平新时代中国特色社会主义思想的指导下，紧紧围绕中国残联确定的工作大局和工作重点，以广大盲人日益增多的需求为导向，开拓创新，务求实效，奋力进取，努力做到共同富裕道路上盲人不掉队，为促进我国残疾人事业高质量发展作出积极贡献。

盲人板铃球
—— 一个盲人越来越喜欢的新型体育项目

2023年12月8日至11日，第二届全国盲人板铃球交流赛在福建省三明市举办。这次交流赛由中国盲人协会、中国残疾人体育运动管理中心、福建省残疾人联合会主办，福建省盲人协会和福建省三明市残疾人联合会承办。与2019年在辽宁省大连市举办的第一届全国交流赛相比，第二届有了长足的发展。

2017年10月，通过江苏省残联宣文处工作人员钱黄文的介绍，我认识了北京联合大学体育学院冯希杰教授和国际盲人体育联合会亚洲委员会涂晓堃主席。在聊到适合盲人体育健身的项目较少时，冯教授和涂主席向我推荐了盲人板铃球。这个项目是由加拿大的一位盲人于二十世纪七十年代发明的，结合了盲人乒乓球、盲人门球、台球、气悬球等多个项目的优势，既有竞技性又有娱乐性，非常适合盲人。2016年涂主席在意大利考察时发现了这个项目，不久我国第一张盲人板铃球桌落户辽宁省大连市盲聋学校，同时在该校挂牌成立了亚洲板铃球项目推广中心。

听了冯教授和涂主席的介绍，我对盲人板铃球产生了浓厚的兴趣，但也有了一个疑问，既然板铃球是非常适合盲人的运动，可为什么四十多年后才传入我国且普及速度不快呢？

涂主席好像看出了我的心思，跟我解释说，板铃球虽然易学上手快，但对球桌的技术要求高，国内尚无厂家生产，这在很大程度上影响了项目的推广与普及。为了解决这个问题，他在浙江和福建联系了两个厂家，正在加强技术攻关，估计年内就能生产出成品。

  2017年12月13日至15日，江苏省盲协组织所辖十三个市的盲协主席，在浙江省嘉兴市考察学习智能盲用辅具的开发与应用工作。我联系了涂晓堃主席，他从杭州市运来了一张刚刚出厂的板铃球桌，安排了黄静静老师现场讲解。大家体验后，感觉非常好，甚至晚饭没有吃好就放下碗筷，兴致勃勃地又戴上手套拿起了球拍。

  2018年8月23日至26日，第八届"残疾人健身周"全国盲人板铃球培训及体验活动在江苏省泰兴市举办，来自八个省的盲校和特殊学校的体育教师、四个省的盲协骨干以及泰州市本地的盲人朋友两百多人参加了活动。我主持了开幕式，中国残联理事、中国盲协主席李庆忠讲话，冯希杰教授和涂晓堃主席分别授课。为检验培训效果，经过现场教学后，学员们分为三组开展了友谊赛。此后，南昌、广州、潍坊等地盲校采购了球桌，开始了训练。泰兴市则将为此次培训而采购的三张球桌安置在城区的东、南、北三个社区活动中心，由盲人们就近使用，盲人板铃球就这样由盲校走进了社区。

  2018年9月4日，江苏省常州市盲协何静洁主席带领五十多位盲人朋友来泰兴调研，在参观了新四军黄桥战役纪念馆后，他们分成三个小组体验了盲人板铃球。先学一步的泰兴市的盲人朋友分享了心得体会，大家一起切磋交流。回去后，常州市盲协即向市残联提出了采购板铃球桌的请示并获批准，常州就此成为继南京、泰兴之后，江苏省第三个推广盲人板铃球项目的城市。之后，扬州市、无锡的宜兴市、苏州的张家港市等地盲协也纷纷开展了盲人板铃球项目。

  2019年4月1日至3日，中国盲协七届二次全委会暨专题培训班在上海诺宝中心召开。我在会上介绍了江苏省推广盲人板铃球的相关情况，引发了与会者的浓厚兴趣。各省、自治区、直辖市盲协因地制宜，在各地积极开展了盲人板铃球项目的推广活动。

2019年7月23日至24日，泰州市残联在泰兴市举办了盲人板铃球邀请赛，常州、宜兴、张家港和泰兴盲协四支代表队的二十七名运动员参赛。其中，男子十四名、女子十三名。四支代表队的口号特别有意思，常州队是"常州常州、常胜不输"，宜兴队是"宜兴宜兴、团结一心"，张家港队是"阳光阳光、永远阳光"，泰兴队是"泰兴泰兴，比赛第二，友谊第一"。经过两天的比赛，常州队的张亮获得男子单打冠军，张家港队的陆亚芳获得女子单打冠军。

2019年10月31日至11月3日，由中国盲协和中国残疾人体育运动管理中心主办的全国首届盲人板铃球交流赛在辽宁省大连市盲聋学校举办。我主持了开幕式，中国残联理事、中国盲协主席李庆忠致辞讲话，全国二十一个省、自治区、直辖市或组队参赛，或派人观摩，共一百一十人参加，比赛设立男子单打、女子单打和混合团体三个小项。大连市盲聋学校队独占鳌头，获得三个项目的第一名。我们江苏省组织了五支队伍参赛，南京盲校的闫浩然同学获得男子单打第三名，常州市盲协何静洁获女子单打第三名，宜兴市盲协获团体第三名。通过此次比赛，江苏各代表队收获很大，沉浸式体会到了球技的魅力与乐趣。

2020年6月5日，广东省茂名市盲协主席王俊等一行七人到了泰兴。两地盲人相互交流、相互学习，茂名市盲协主要介绍了盲人跑团项目，泰兴市盲协主要介绍了盲人板铃球项目。体育健身拉近了两地的距离，增进了两地的往来与友谊。

2020年9月8日，无锡市盲协主席严三媛带领三十六位盲人朋友到泰兴市残疾人托养中心参观调研。他们不光体验了盲人板铃球，还与泰兴市残疾人艺术团一起，为托养中心的在托残疾人及泰州市残疾人专职委员培训班的学员，分别举行了两场公益文艺演出。

2020年9月22日至24日，江苏省盲协在泰兴市举办了全省盲人板铃球培训班暨友谊赛，十三个省辖市近百人参加。这是全国第一家省级范围的盲人板铃球培训及推广活动。郝国华、冯希杰、涂晓堃、毛伟民等亲自授课，甚至手把手培训盲人。为充分用足来之不易的培训及比赛时间，两天内，六位国家一级裁判员、三十六位盲人运动员，比赛一百三十九场，以训促赛、以赛代训，产生了较好的效果。

2022年9月5日至20日，江苏省第十一届残疾人运动会在泰州市举办，盲人板铃球在全国首次被列为群众性比赛项目，设立了男子单打、女子单打和混合团体三个小项。全省十个市的四十名盲人运动员组队参赛，毛伟民担任裁判长。最终，南京队获得三个项目的冠军，泰州、常州、扬州、苏州、无锡等队各有所获。

第二届全国盲人板铃球交流赛是在盲人板铃球标准及竞赛规则指导下进行的，分组更为科学，规则更为精确。江苏省也正因为扎实有效的推广，在此次比赛上大放光芒。南京市盲校代表队获盲校学生组团体第一名，男子单打获第一名和第二名，女子单打获第一名和第三名。泰州市盲协代表队获社会成人组团体第一名和女子单打第一名。常州市盲协代表队获社会成人组团体第三名和女子第三名。宜兴和张家港市盲协代表队也都取得了不错的成绩。

盲人板铃球是一项新型的运动项目，在当前盲人朋友日益追求高品质生活的新时代，必将有越来越多的机构和盲人参与进来，也必将得到越来越快、越来越好的发展。相信不久的将来，中国残联和国家体育总局会举办全国盲人板铃球锦标赛，盲人板铃球也能进入全国残疾人运动会、亚洲残疾人运动会和残疾人奥林匹克运动会。我更为期待的是，盲人板铃球能进入全国各地的特殊教育学校，进入盲人相对集中的社区和盲人按摩机构。

菜花黄了

四月的早晨，苏中大地沉浸在一片安祥和谐之中，红彤彤的太阳刚从东方升起，树枝绿芽上的小水珠闪着亮光，不时滴落到地面。路边的小草在晨风中扭动着腰身，黄黄的油菜花环抱着小村庄，庄户里几处炊烟在空中袅袅升起。

张玉芳家住在村里的最东头。她刚打开院墙门，七八只母鸡就从院里扑腾着翅膀跑了出来，欢快地窜到路边的油菜地里，惹得油菜花儿快活地抖动起来，散发出阵阵花香。玉芳走到门前的路口，抬头看了看悬挂在两根电线杆之间的横幅，随口念道："积极支持第二次全国残疾人抽样调查。"她乐呵呵地回到大门口，发现院墙上贴着的一幅宣传画的一只角被风吹了起来。她走上前，用手按了按画背面有粘贴胶的地方，将宣传画牢牢地贴回墙上，快步回到屋里。

昨天，村委会李主任再次提醒张玉芳，市第二次全国残疾人抽样调查队今天就要到村里来了，要她无论如何都要在家等着。一个多月前，张玉芳就从电视上得知国家要进行这项调查，而最让她高兴的是她家也正好在调查小区内。

张玉芳是一个不幸的女人，这几年，厄运接连降临这个家庭。五年前，公公和婆婆在两个月里先后中风，导致四肢瘫痪；三年前丈夫因交通事故失去了双腿；去年，唯一的儿子因学习压力过大，患上了精神分裂症。家里的重担落在了张玉芳一个人肩上，她辛辛苦苦地操持家务，四十五岁头发就花白了大半，脸上的皱纹更使她显得苍老。就在她倍感无助之际，去年五月，市残联给她家赠送了一辆三轮和一辆四轮轮椅；从今年一月起，她每月可以领取政府发放的二百元低保金；镇医院的医生每月到家中来给她儿子免费看病送药。现在虽然日子过得很清贫，但一家人在一起也算是衣食无忧。张玉芳是个重情重义的人，当知道市第二次全国残疾人抽样调查队的队员要到她家的时候，她就计划着借这个机会好好地感谢一下政府和残联的领导同志。

丈夫和儿子已经起床。今天张玉芳要求全家人都穿上新衣服，像过年一样迎接调查队的队员。她先将丈夫扶上轮椅，推到院子里活动身体，随后吩咐儿子将屋里屋外打扫一遍，再把桌子椅子擦洗后摆放整齐。接着她快步走进里屋，给公公、婆婆穿好衣服，洗漱整洁，喂他们吃完早饭，用轮椅将婆婆送到屋檐下的躺椅上，再将公公推到院内。春天的早晨还有几分凉意，张玉芳拿来两床小棉被给公婆盖上。院墙外的油菜花在晨光里显得格外鲜艳，几只小蜜蜂在花丛中飞舞着，给这个普通的农家增添了一份喜庆的气息。

"这花真漂亮，农村的空气真新鲜，"两名年轻的姑娘和一名中年男子有说有笑地走了过来。"这就是张玉芳家。"中年男子是村委会李主任，他边走边介绍，笑呵呵地把两名姑娘引进院内。

两位姑娘中，身高稍高些的叫刘玲，稍矮些的叫张辉，她们都是市第二次全国残疾人抽样调查队的队员。她们参加了省统一组织的业务培训，加上二十多天抽调工作的实践，已经练就了一双火眼金睛。"你们好啊，"姑娘们微笑着大声和老人们打着招呼。

"你们来啦，快到屋里来坐一坐！"张玉芳热情地将两位队员迎进屋里。"我们是第二次全国残疾人抽样调查队的队员，"她们没有坐，而是做起了自我介绍。刘玲递给张玉芳一只精美的茶杯："这是给你家的小纪念品，请你积极配合我们的调查工作。"

张玉芳双手捧着茶杯,激动地说:"谢谢!谢谢!配合,配合,我们全家配合!"

"我们早就知道了你家的事,你真不容易啊,"张辉坐下,从工具包里拿出了一叠表格。

一句话说得张玉芳热泪盈眶,但她很快镇静下来,抹去了眼泪,坐在了刘玲旁边。

刘玲是负责询问的,她按程序一个人一个人地逐项询问。张辉是负责填表的,她仔细地做着记录。张玉芳的儿子端来了热茶,忙活着将爷爷和爸爸推到了屋里。屋檐下的奶奶见大家都进了屋,急得嚷嚷起来:"我也要进去!"大伙儿笑道:"不会忘记你的,你放心吧!"大家围坐在方桌旁,不大的屋子里显得有点拥挤,但气氛十分宽松。小蜜蜂和淡淡的花香也飞进了屋里。

"你家有四位疑似残疾人,这是他们的检查单。因为他们行动不太方便,下午一点钟,我们安排医生到你家里来,请你全家人都在家等候。"刘玲边说边将四张检查单递给了张玉芳。

"不要再麻烦医生来了,下午我将他们送到医生那儿去检查好了。"张玉芳接过检查单,"你们太辛苦了,调查得这么细致认真,谢谢你们,不是残联,不是政府,我全家还不知是什么样子噢!谢谢你们,谢谢!"

调查工作结束,刘玲、张辉和李主任站了起来往外走。张辉边走边叮嘱着张玉芳:"谢谢你们全家对我们调查工作的支持和配合。再见,下午一点钟,请你们全家人在家里等医生。"

张玉芳看着三人离开的背影,突然想起了什么,急忙走到后屋端出了一大碗鸡蛋追出了院门外,对三位工作人员说:"对不起啊,见到你们我咋就忘了呢!鸡蛋,早上刚煮的鸡蛋,给你们吃的!这是我家养的鸡下的蛋,你们吃一个吧!"

三人停下脚步，刘玲微笑着对张玉芳说："不要客气，我们都吃过早饭了，谢谢你。"

太阳已经爬上树梢，风吹得也大了些，张玉芳端着一碗鸡蛋站在横幅下面。油菜花追着阳光将头抬高了许多，花的香味更浓了，小蜜蜂更多了。

下午一点不到，四名医生在村委会李主任的带领下来到了张玉芳家。他们分别给张玉芳的公公和婆婆检查了四肢、视力及听力，给其丈夫检查了下肢，给其儿子检查了精神状态。又是检查，又是问诊，又是记录，忙碌了一番之后，医生们整理好了检测设备和表格，又向张玉芳讲解了有关康复知识。一名年长的医生从工具包里拿出四把雨伞交给张玉芳："你家有四名疑似残疾人，我们都检查了。这是给他们的纪念品，请收下。"

张玉芳双手捧着四把雨伞，感激地说："上午已经有纪念品了，还有伞，你们真是太好了。"她忙叫儿子去端出鸡蛋请医生吃，可是医生们都非常礼貌地谢绝了。

下午五点多钟，张玉芳正埋头在田里干活。儿子气喘吁吁地跑过来说："妈妈，快回家，家中来人了。"张玉芳放下小锹，和儿子一起回到了家。院里挤满了人，一位五十岁左右、身材微胖的人和她的丈夫手握着手亲切地谈着话。村委会李主任将张玉芳拉到她丈夫旁边介绍道："这是市政府的刘市长，来慰问你家的。"

张玉芳喘着气，呆呆地不知所措，经常从电视上看到的市长，现在就站在面前，她有点不敢相信自己的眼睛，激动的眼泪不由自主地流了下来。

"你是一个坚强的人，是一位了不起的女性，"刘市长腾出一只手握住了张玉芳的手，"你们全家都很坚强，身残志不残，人穷志不短，这很好。你们家的困难，政府不可能不管。今天我们残联的理事长、卫生局的局长、镇党委书记都来看望你们,给你家带来了豆油、米面等慰问品,还有五百元钱。你是家中的顶梁柱,家中四名残疾人全靠你照顾,你要注意身体,不要太劳累,有什么困难就跟我们讲,我们帮你解决。"

这时,夕阳从院墙上斜照进来,院子里暖烘烘的,张玉芳全家泣不成声,多年的苦,多年的累,化成了幸福的泪水。张玉芳接过了慰问品和慰问金,送刘市长等人出了门。她和家人只是机械地重复着"谢谢"二字。门前路边的油菜花在夕阳的余晖中开得更艳,香味更浓了。

天色暗了,母鸡们已经回窝,小蜜蜂早就不见了踪影。满载着调查队队员和医生的中巴车经过张玉芳家院墙外的大路时,她站在路中间,将车拦了下来。她捧着一大束油菜花登上了车,一小束一小束地分发给大家。队员和医生们一个个地说着"谢谢",接过油菜花。车厢里充满了香味,他们顿时感到轻松了许多,一天的疲劳也消失大半。

在一片"再见"声中,中巴车徐徐离开,大家打开窗户,挥动着油菜花。夜色中,一束束油菜花黄得透亮,就像流动的路灯,照耀着前方。

封盲笔路

那年，我们上门给残疾人运动员送奖金

  2005 年，泰兴残联机构单列不久，接到了泰州市残联和省残联的一项任务：组建并训练江苏省脑瘫足球队。面对无队员、无教练、无场地、无经验等诸多实际困难，我们积极协调、多方奔走，终于在 10 月中旬成功组队，并在大生镇中心小学设立基地开始训练。同年 12 月，球队参加在海南省海口市举办的全国脑瘫足球锦标赛，在十二支参赛队伍中获得第十一名。2006 年 6 月，球队参加在黑龙江省哈尔滨市举办的全国脑瘫足球锦标赛暨全国第七届残疾人运动会脑瘫足球预赛，在二十三支参赛队伍中获得第六名。2007 年 6 月，球队参加在云南省昆明市举办的全国第七届残疾人运动会脑瘫足球比赛，获得第四名。按照当时的规定，省残联下拨了 40.8 万元奖金给省脑瘫足球队。这笔资金对于刚刚机构单列的残联来说意义重大。有同志提出，残联为了这支脑瘫足球队参赛，与球队同吃同住同训练，做了很多事、吃了很多苦，应该从这笔奖金中拿出一部分用于残联自身的奖励。经过研究并征得上级残联和本级财政部门同意后，我们确定了"三不、三公开、三见面、三送"的基本原则。

  三不，即泰兴残联不拿一分钱，此奖金全部用于奖励运动员和教练员；残联任何人不收取运动员和教练员任何礼金礼品；残联任何人不吃运动员和教练员请的一餐饭。

  三公开，即公开奖金总额，公开分配原则，公开发放金额。

  三见面，即与运动员所在地残联见面，与运动员家属见面，与运动员和教练员本人见面。

三送，即送运动员到家，送喜报到门，送奖金到手。

我从家里找出了上大学时用过的旧皮箱，会计从银行取出崭新的40.8万元现金，装了整整一箱。省脑瘫足球队十七名队员分布在八个市。市残联主任科员李照明和蒋庆宝、成刚等同志，拎着这只装满现金的箱子，南到苏州、常州，北到徐州、连云港，逐一走访运动员家庭。当他们进入运动员的家门后，家人们捧着喜报和一叠叠现金，特别地激动，特别地自豪，有的要请吃饭，有的要送特产，但都被我们的工作人员婉言谢绝。

这次奖金的发放，对省脑瘫足球队产生了积极的影响。运动员在后续的训练和比赛中精神抖擞、热情高涨，不但更加服从管理，而且自我加压、严格训练。2011年，在浙江省杭州市举办的全国第八届残疾人运动会上，江苏省脑瘫足球队成为一匹黑马，出人意料地夺得了冠军。运动员们走下领奖台后，不约而同地取下金牌挂到了我的脖子上，并无比兴奋地将我高高抬起，抛向天空。省残疾人体训中心工作人员钱黄文抢拍下了这一珍贵瞬间，这张照片成为我的珍藏。

江苏省脑瘫足球队在全国第八届残疾人运动会上获得的冠军奖杯，一直放在泰兴市残联。它是江苏省脑瘫足球队全体运动员和教练员团结拼搏的见证，也是泰兴市残联勤政廉政的见证。它时时刻刻地提醒着我们，廉政是形象，更是力量。那张与运动员合影的照片也在无声地警示着我，坚实的残疾人工作才能给予我强大支撑。

快速发展的残疾人事业，给我们带来了施展才华的机会，也带来了一定的廉政风险。我们每一名基层残疾人工作者，都必须认真学习、深刻领会、严格执行习近平新时代中国特色社会主义思想，从严筑牢思想防线，从微抵御腐败风险，抓早抓小，常鸣警钟，用实际行动、用具体业绩，为党旗添彩，为党员争辉，为残疾人事业做出奉献。

追梦篇

封盲笔路

罡正

泰兴方言中，有一个词，读作"罡正"。大致的意思，是指一个人有一定的文化水平和工作能力，做人做事有自己的原则，基本不求人，较为清高，有点讲究，不贪小便宜，不吹牛拍马，不与一般人为伍。这个罡字，写得对不对，我有点拿不准。

前段时间，儿子小恙从学校请假回来住院治疗。同一个病房的，是一位九十四岁的长者。照顾他的是小他十三岁、今年八十一岁的老伴。

白天忙于工作，我无暇顾及儿子的住院事宜。直到第二天，匆匆吃过晚饭后，我才在妻子的陪同下去了医院。走进病房，儿子已经睡下，正打着小呼。两位老人在看央视的《新闻联播》，电视声音调得很轻。

看完《新闻联播》，老爷爷关掉电视，起身走到床侧，和衣半躺。他一米七左右的身高，较为清瘦，精神矍铄，说话与动作不紧不慢，一点儿也看不出是一位病人。老奶奶眉清目秀，头发纹丝不乱，衣服干净得体。妻子告诉我，这两位老人家，非常恩爱，非常节约。老奶奶全天都在医院里照顾老爷爷，吃的饭是从医院食堂买的，两人合吃一份；老奶奶没有向医院租用小睡椅，晚上两人就挤在一张病床上睡觉。

在闲聊中，我得知，老爷爷姓何，是一位老革命。他早年参加新四军，跟随着叶飞率领的部队，转战大江南北，从苏中打到山东，从沂蒙山区打到厦门海边。解放后，他所在部队驻于福建省福州市。二十世纪七十年代，他转业回到地方，被安排在县供销社工作。

我有点儿诧异："何老啊，您是离休干部，应该住老干部病房，不应

该住普通病房啊。"

老奶奶接过了话:"他说,住老干部病房花费多,住普通病房能给国家节省点钱,也是老党员为国家做点儿贡献。再说了,住老干部病房还要这个证明、那个证明,还要找院长。他说,找人,烦。"

何老嘿嘿笑,不言语。老奶奶继续说:"这老头子,一辈子罡正。在部队罡正,回到地方罡正;年轻时罡正,老了还罡正,一辈子都没出息。"

我说:"何老啊,您这样罡正,不就苦了您和家里人了吗?您看看,老两口,挤一张小床,能睡好吗?"

何老嘿嘿笑了两声:"能睡好,这张床,比我们当年在部队的床好多了。"

老奶奶接过话:"还提当年在部队?我让他去找找老首长,再提个一级、两级的,他就是不去,说老首长又不是不认识我,他想提拔我就提拔我,不想提拔我说明我还要继续努力。结果呢?他那么多老战友,就他级别最低。"

"好啦,好啦,已经很好啦!"何老声音稍大了点,"你咋不想想那么多牺牲的战友呢?"

又过了三天,我再次去医院。何老正好这天下午动了手术,正躺在床上输液,耳旁的手机里轻声播放着《新闻联播》。老奶奶、女儿和女婿在床边照顾。

我与何老打招呼:"何老,听新闻呢?"

"他呀,罡正!《新闻联播》,每天必听。"何老的女儿替她父亲回答。

一回生,二回熟。我与何老一家人的聊天,很轻松,很融洽。

我问:"何老比奶奶大了十三岁,你们当年是怎样认识结婚的?"

何老和老奶奶笑而不答,女儿笑着说:"我老爸啊,罡正了一辈子,就说了一次谎,骗了我妈。"女儿剥了瓣丑橘,放到了何老的嘴里。"那时

169

我妈在福州工作,老爸告诉我妈,他属龙。我妈想自己属蛇,龙比蛇就大一岁,两人又是泰兴老乡,就同意了。"她又将另一瓣丑橘放到了她妈妈嘴里,"结婚后,我妈才知道上当了,我老爸是老龙,比我妈这小蛇整整大了十三岁。"

我们听了哈哈大笑,何老一如既往地嘿嘿笑了两声:"我哪里说谎了?我本来就属龙嘛。"

两天后,儿子痊愈出了院,我后来也未能去医院。我不知道罡正的何老,还有多少罡正的故事。我在感慨何老罡正的同时,也想请教各位读者,罡正的罡,到底应该怎么写,是罡,还是讲、刚、钢、岗、杠、港?

2021 年 4 月 25 日

拜年的变化

我们念念不忘的年是做年豆腐、包包子、打年糕,是跟在敲锣打鼓的小分队后面去烈军属家里送"光荣人家",是挨家挨户地叫人拜年拿水果糖,是在生产队的晒谷场上围着圈儿观看表演,是在阳光下滚铁环、挤麻油、踢毽子……都说现在的年味淡了,不能放鞭炮了,春联无处贴了,春晚不好看了,亲情弱化了,猪肉不香了……

其实,就年味而言,并不是说过去的好、现在的不好,只是不同时期过着不一样的年。就拿拜年来说,我家亲戚之间的拜年也已悄然发生了三次变化。

第一次变化,取消了枣子茶。二十世纪七十年代,每年的正月初二,幼年的我都会随父母去外公外婆家拜年,另外也要去同庄的母亲的叔叔、姑姑家叫人。每到一户,主家都要给客人盛上热乎乎的枣子茶,用蒸笼端上热腾腾的包子、烧饼和打糕。大人们只是象征性地喝几口枣子茶,给小孩子几颗红枣尝尝。大家互相寒暄、互道祝福,差不多半小时后起身告辞。客人走后,主家立即将蒸笼端回锅中,将枣子茶倒回,等待着下一批客人的到来。运气好的话,在正月半后,小孩子可以吃到一碗自己家的已经煮烂的红枣。二十世纪八十年代中后期,不知道是谁提议,也不知道从哪家开始,先是要求各人吃完碗中的红枣喝完茶,后来干脆取消了这个环节。年还是要拜,人还是要叫,话还是要说,但枣子茶换成了茶叶茶,包子、烧饼换成了水果、瓜子等。

第二次变化,取消了小家宴。外公外婆生有三子三女,我母亲是老大。舅舅、姨娘们长大后各自成家，一个大家就有了六个小家。二十世纪九十年代我们正月的拜年，是所有人到每家过一天，大家吃吃喝喝聊聊。再之后，随着我们这一代长大、成家，一个小家又有了两三个小家。每年正月的拜年，不是少了这个，就是少了那个，多多少少有点遗憾。于是，在大舅舅的提议下，2005年春节起，我们不再是零散小家宴，而采用了团拜的形式，正月初二全到舅舅家，正月初三全到姑姑家，每三年轮一次。时间和人员集中，精力和花费上节省，欢聚一堂，更为热闹。俗话说，一代亲，二代表，三代就拉倒。如此变革后，每代人同坐一张桌，各聊各的天，第一代人谈家常谈过去，第二代人谈工作谈子女，第三代人谈爱情谈游戏谈电影，反而增进了三代人的联系与感情。大家笑声不断，其乐融融，非常珍惜相聚的机会，十多年的团拜，几乎不缺一人。

　　第三次变化，取消了拜年礼品。拜年要给长辈带一些礼品，这是礼节，也是孝心。传统的拜年礼品，主要是桃酥和京枣等称为茶食的食品。条件好的家庭，则有董糖、云片糕等。这些，以前长辈们自己是舍不得吃的，藏起来，平日拿一点分给小孩子们饱饱口福。如保管妥善，不多的几包茶食，能吃到炎热的夏天。随着生活水平的提高，拜年的礼品，逐步被烟酒、牛奶、面包等代替。礼品贵重了，品种丰富了，可再也没有了以前的期盼与珍惜。这些礼品，今天去你家，明天到他家，放在家里反而成了摆设与负担。今年春节前，母亲和大舅妈倡议，拜年时不要带礼品。两位重量级的长辈发话，得到了大家的一致点赞。于是今年的团拜，大家的各式车辆后面，没有了大包小包，我们过了一个轻松、节俭的年。

　　年，过了一年又一年。年味，不同的时代有不同的年味，变的是味，不变的是情、是人，是人与人之间的情，是情与情之间的人。

2022年2月9日

尘土飞扬的日子

1985 年到 1988 年,我在口岸中学上了三年高中。我们寄宿生每月放假两天,每次乘坐公共汽车往返。

那天,我和往常一样,拎着装了三十斤大米的蛇皮袋,刚从蒋华开往泰兴的公共汽车上下车,立即买了泰兴开往口岸的车票,走进候车室,在二号门找了空位坐下。

候车室内人来人往、声音嘈杂。有人不时地点头,像小鸡啄米似的打瞌睡;有人不时向检票口张望,满脸焦急地盼着自己的车次;有人不时从包里掏出东西吃两口;有人不时安抚从袋子口探出脑袋的鸡鸭……

我瞄见斜对面坐了一个跟我年龄相仿的女生,她的脚边躺着一个蛇皮袋,双腿并拢的膝盖上放了一只黄色书包。她把书平铺在书包上,正聚精会神地埋头阅读。几缕头发从她的额前垂下来,遮住了她大半张脸。

怎么这么认真呢?好奇心驱使我又多看了她两眼,终于,我从侧面看清了她的脸。原来是她!在候车室都在读书,难怪成绩这么好。

"检票了!"人们纷纷涌向检票口。她理了理头发,不紧不慢地将书收进书包,把书包斜挎在肩上,拎起蛇皮袋刚一起身就被袋子反拽回座位。

我心里不由得暗笑,继而分开人群,来到她面前,蹲下身,将我俩的蛇皮袋袋口绞到一起,用力一甩,将两个袋子一前一后搭在肩上,站起了身。她愣愣地看着我,一言不发,紧跟在我身后挤上了车。

由于人流量较大,从泰兴开往口岸和高港方向的公共汽车是两节的加长车。车厢里挤满了人,能挤上车已经不易,想有个座位更是妄想。我站定后，取下蛇皮袋放到脚边，伸出右手拉过一个吊环。汽车出了车站，晃晃荡荡地顺着江平线一路向西。路况很差，坑坑洼洼的，有些路段还在修，车子过处，尘土飞扬、遮天蔽日。前面汽车扬起的尘土飞进我们的车子，我们车子扬起的尘土又飞进后面的车子，路边骑自行车的、走路的只能歪过头用手掩面，每个人的头发上、脸上、衣服上都是一层土灰。

"咣"的一声，汽车猛然弹起，后面的车厢在惯性的作用下"咚"的一下撞在了前车厢上，整辆汽车忽上忽下忽左忽右，剧烈颠簸，就像大海里的一叶小舟。我的左胳膊突然被谁的手紧紧抓住。我一看，天呐，竟然是她！随着汽车的颠动，乘客们都像醉酒似的前后左右晃。我右手紧紧拉住吊环，双脚紧蹬地面，挺直躯干，她的身体时而紧贴着我的左胳膊，时而跳跃着离开。哇，这是一种什么样的感觉啊？我的左手胳膊僵了，我的身体麻了，我的眼睛不会转了，落进嘴里的灰尘的味道是甜的，闻进鼻里的灰尘的气息是香的，蒙在脸上的灰尘比少女之春的化妆品还要润滑。我的小心脏"怦、怦"地跳着，我的脸在发烫，我感觉我的脸一定红彤彤的好似刚出地平线的朝阳。我不敢看她，她也应该不敢看我。

再远的路总有尽头，我还处于美妙的梦境中时，汽车就进了站。我下了车，回头看看蒙着灰尘的汽车，看看蒙着灰尘的人群中的她，笑了。她拢拢头发，拍拍衣服，看着我，也笑了，露出了白白的整齐的小米牙。

口岸中学距离车站不到五百米，我就好事做到底，又把两个袋子搭在肩上，一口气扛进学校食堂。她距我十多米远，跟在我的身后。胖乎乎的"司务长"收下大米，过了秤，开了两张收据，一张给了我，一张给了她。

第二天早读时，我打开课桌上的英语书，发现了一张写着我名字的食堂收据。收据的背后，是三个娟秀的钢笔字——"谢谢你"。

2022 年 10 月 18 日

吃错药

自从三年前确诊高血压后，服用降压药成为我生活的常态。因为眼睛看不见，为了预防吃错药或忘记吃药，我把相关药品摆放在一个书本大小的塑料盒里，放在餐桌边。老婆也很注意，每次清理餐桌时，这个盒子都保持在原位。

一天晚上，我散步回家，和往常一样，倒了杯水，坐到餐桌旁，顺手去摸降压药，摸到一个小小的药盒躺在塑料盒的旁边。我心中产生一丝疑惑，这个药盒怎么到了外面呢？随即我也没多想，喝了口水，将一粒药扔进嘴里。在温开水的帮助下，药片顺着喉咙流进食管。在吞咽的瞬间，我感觉到了药片的异常，仿佛与平时的不大一样，它的表面有点粗糙。可是为时已晚，药已经咽下去了。

难道吃错药了？我摸摸小药盒，与平时的差不多；我又取出一粒药片摸了摸，圆圆的，大小、厚薄和平时也差不多，但仔细摸来，表面像浮雕一般，而平时服用的降压药的表面是很滑溜的。我又去摸塑料盒，从中也找到了一个小药盒，两相比较，确实差不多。

那我吃下去的到底是什么药呢？我急忙高声喊来正在阳台收衣服的妻子，举着小药盒问她这是什么药。

妻子不以为意地瞄了一眼说："怎么啦？大呼小叫的。高锰酸钾啊，你从哪儿拿的？"

上学时我的化学成绩很差，什么锰钾的，我是一点概念也没有。我放下小药盒，轻描淡写地说："噢，我当成降压药了，吃了一粒。"

封盲笔路

"什么？你吃了一粒！"妻子惊呼起来，"这药有毒啊。"

儿子闻声从房间出来，问明原委，立即紧张起来。原来，晚餐后，他用水溶解了一粒高锰酸钾药片，对鱼缸进行了消毒和清洗处理，随手将药盒放到了塑料盒旁。

妻子端详起药片说明书。儿子打开手机，搜索"高锰酸钾能吃吗"。两人都急切地在找症状和处置方法。腐蚀、刺激、禁止服用等词争相跳出，妻儿越来越紧张。

妻子关切地问我："你胃疼吗，肚子疼吗？"

儿子不安地说："赶紧去医院吧，可能要洗胃。我来打车。"

我被他们娘儿俩的紧张搞得也有点紧张，但嘴上还是故作轻松："去什么医院？我一点反应也没有啊。"确实我是一点反应都没有，头不昏，心跳没加速，血压没升高，口腔、咽喉、胃和肚子更是不疼。我还幽默地笑问儿子："你这高锰酸钾在哪里买的？不会是假药吧？"

儿子苦涩地笑了两声，妻子板着脸说："出了事我看你们还笑不笑。"

儿子一边继续在手机上查，一边报告他的新发现，有一条说"如果误服了小剂量的高锰酸钾，可以多饮水"，可是没有查到多少才为小剂量。但鉴于没有立即出现不适的症状，我们决定先不去医院，在家多多地喝水再说。

妻子负责烧水、倒水，儿子负责"扬开水"，让水快速降温，我负责不停地、大口大口地喝水。

妻子一直在唠叨。她先是数落儿子："你老爸眼睛看不见，你还把这个有毒的东西放在他的药盒旁，你这不是在害他吗？你已经成年了，事事不能只顾自己，要多为他人着想！"说完儿子她又教育我："你这人也是的，感觉到药片不对还往下咽？吐出来不就没这么多事了吗？做什么事都是大大咧咧、马马虎虎！"她的总结陈词就是："你们两个，一个都不让我

省心！"

到了深夜十二点，我喝了一杯又一杯水，一次又一次地走进卫生间，还是一点症状也没有。我说："应该没事，睡觉吧。"

"不行，必须继续观察，"妻子和儿子态度坚决，异口同声。妻子又将面前的杯子加满，命令道："喝！"

我喝水的频率慢了下来，状态良好、未见异常，妻子和儿子紧悬的心也渐渐放了下来，我们说话的氛围也轻松起来。儿子兴高采烈地告诉了我们他直播创收和他钓鱼的一些趣事。妻子也说起柴米油盐。不知不觉，晨起的小鸟已经开始欢快地鸣叫起来。我站起身，打开窗户，深深地吸了两口清新的空气。我们三口之家上一次促膝长谈是什么时候的事了！

2022年11月12日

封盲笔路

灯笼奶奶

到了每年的正月十五，看到大街小巷上孩童们提着的各式各样的灯笼，我就会情不自禁地想到灯笼奶奶。到了残联工作后，这个情结更是与日俱增，竟然会经常想起灯笼奶奶。

灯笼奶奶姓什么、叫什么，我是不知道的。印象中，我打从记事起，就被大人们要求着或学着大人们叫这位奶奶为灯笼奶奶。印象中，这位灯笼奶奶小脚，跛了左腿，走路时不用拐杖，而是用左手撑住左脚的膝盖，一脚高一脚低，身体也就随着一摇一弯。印象中的灯笼奶奶，永远是和蔼的、慈祥的，总是笑嘻嘻的，从来没有发过脾气。灯笼奶奶的脚不好，手却很巧，特别是她有一手制作灯笼的绝活，什么兔子灯、蛤蟆灯，什么六角灯、八角灯，什么灯她都会做，什么灯都做得活灵活现。

每年一进入寒冬腊月，灯笼奶奶就开始了她的灯笼制作。她的家在庄小学的后面。小学放了寒假后，整个学校就成了灯笼的海洋，各种各样的灯笼挂满了教室。放了假的小学成了我们孩童的"禁区"，我们只能透过窗户往里馋馋地看上几眼。

每年的正月初五起，灯笼奶奶就会扛着两根长长的挂满灯笼的竹竿，到街上去卖灯笼。随着灯笼奶奶身体的一摇一弯，灯笼就会发出哗哗的摩擦声，传到我们这些尾随的孩童的耳中，是那样好听，又是那样无奈。就用这些灯笼，灯笼奶奶换回了她全年的油盐酱醋针线布纸。

灯笼奶奶做灯笼，喜欢其他人去看，却从来没有教过别人怎么做。有人问她，她只是微微地笑着，并不作任何回答。我的父亲可能对蛤蟆灯笼

最感兴趣，跟着灯笼奶奶打了几年的下手，才勉勉强强做出了样子。在灯笼奶奶过世后，我的父亲就凭着能做蛤蟆灯笼，每年都能换回我和哥哥两人的学费。灯笼奶奶没有把灯笼的制作手艺传下去，她的一子一女也没有继承这手艺。

每年正月十五的下午，灯笼奶奶就会把我们这些孩童召唤到小学的教室，给我们每人一只灯笼。灯笼奶奶也有着她的原则，灯笼只给两岁到十二岁的孩童。她说，两岁以下的太小不会玩，十二岁以上的大了不能再玩。每年拿到灯笼的孩童们都会十分高兴。正月十五的晚上，不管天气状况如何，孩子们都会提着或拉着灯笼满庄跑，跟在后面的还有汪汪乱叫的狗。这个时候，大人们是不会管我们的，老师也不会布置作业。我们会玩到灯笼里的蜡烛流完了最后一滴泪，才提着或拉着残破不全的灯笼尽兴而归。回到家后，我们从灶房的铝锅里端出一碗还有热气的汤圆，三下五除二填进肚子，不洗手，不洗脚，甚至不脱衣服，爬进被窝，很快就美美地睡去。

灯笼奶奶去世，是我上初二那年的正月十五的晚上。那年，我早已过了玩灯笼的年龄。那年，灯笼奶奶在发完最后一只灯笼后，感觉有点累，没有吃晚饭就上床睡觉了，第二天早上被儿媳发现时早没了气息。那年，灯笼奶奶八十二岁。那年以后，我们庄里的孩童们每年正月十五晚上玩的都是清一色的蛤蟆灯笼。

2013 年 2 月 28 日

封盲笔路

父亲与灯笼

灯笼奶奶去世后的次年腊月，我正上初中三年级，刚放了寒假，父亲就兴冲冲地买回了一大堆制作灯笼的材料，说灯笼奶奶虽然去世了，但这灯笼还要继续做下去，可以赚点钱来贴补家用。看着父亲那"小人发财"的样子，我非常不屑，有点鄙视父亲的农民意识，所以当父亲要求我帮他打下手时，我总以必须抓紧时间完成寒假作业为由躲进昏暗的小房间里。

父亲的灯笼制作室放在了堂屋，理所当然地占领了我以往写作业的地方。当我走出房间吃晚饭时，堂屋的桌上、地下，已经铺满了花花绿绿的纸，白的、绿的、蓝的、黄的，各种各样的形状，长的、方的、三角的、圆的。晚饭时，父亲说起了灯笼奶奶，说她的手是多么地巧，能做出各式各样的灯笼；说她是多么地保守，自己软磨暗窥地经过几年时间才只学会了蛤蟆灯笼；说这门手艺失传了是多么地可惜，孩童们再也玩不到那么好那么多的灯笼了。在声声叹息中，我还是无动于衷，还是不以为然。

父亲制作灯笼并不顺利，毕竟跟着做与自己做是两码事，单个做与批量做更是不一样。于是，堂屋的角落里多了报废了的纸张和铁丝等材料；于是，父亲的言语中增加了对灯笼奶奶的敬佩之意；于是，父亲制作的蛤蟆灯笼逐步增多；于是，我对制作灯笼的兴趣也日益增加。

到了正月初六，该拜年的亲戚家全去了，该做的作业也完成了，我走出昏暗的房间，来到了较为明亮的堂屋，开始跟着父亲制作起灯笼。看起来容易做起来难，以知识分子自居的我，总认为做只灯笼是小菜一碟，不费吹灰之力。可真正动起手来，却完全不是那么一回事儿。裁纸时，必须

严格量好尺寸，大了小了都不行；扎型时，必须拿捏准确，歪了斜了都不行；糊纸时，必须舒展得当，皱了松了都不行；系线时，必须细致小心，长了短了都不行。

接连三天，我不但没有做出一只灯笼，而且浪费了很多纸张和铁丝。每当我懊恼地把废纸揉成一团扔向角落时，父亲总是放下手中的活，默默走到我身边，给我讲解动作要领。父亲很是节约，平日里一分钱恨不得掰成两半花。他看到角落的废纸越来越多，一点儿都没有责怪我，这让我既惶恐又自责。

正月本是休闲放松的日子。可在全庄，每天深夜最后一位熄灯的是父亲。当时的农村没有任何供热设备，即使在屋内，气温也在零度以下；每天凌晨，第一位点起灯火的还是父亲，他给全家人煮好早饭后，就开始了劳动。我起床时，堂屋里又多出了一行活泼可爱的蛤蟆灯笼。父亲每天的睡眠时间不足五个小时，几天下来，眼圈黑了，人也明显地瘦了。可他就像上足了马力的机器，不知疲倦地劳作着。

正月十三到十五，是全家人总动员上街卖灯笼的日子。年迈的爷爷和奶奶也肩扛手提上了街。正月十五的傍晚，是父亲最开心的日子。在打着算盘算清了账，将挣来的二十六元九角五分钱如数交给我家的财务总管爷爷，再将家中挂着的最后一只蛤蟆灯笼送到本庄最后一名孩童手中后，父亲就早早地上床睡觉了。全庄的孩童们提着蛤蟆灯笼在皎洁的月光下玩耍时，传遍全庄的是孩童们的笑声、汪汪的狗吠声，以及父亲美美的呼噜声。

如此的日子，一直延续到了我工作后的第三年。市场上开始时兴形形色色的用塑料做成的灯笼，装上电池后，不但能发出五彩缤纷的光，还能发出惟妙惟肖的声音，孩童们很是喜欢。父亲不无惋惜地说，蛤蟆灯笼恐怕从此也要失传了。

2013 年 3 月 1 日

封盲笔路

东乡、西乡

每天在食堂吃午餐时，我们的话题都离不开东乡、西乡。

东乡人穷，天天啃山芋啃玉米；西乡人富，天天吃鱼吃肉……

东乡人难得吃肉汤泡饭；西乡人天天早上河豚鱼干搭粥……

东乡人天天粗粮，老早就知道了养生之道，长寿的很多；西乡人只知道赚钱，不知道享受……

泰兴人嫁女儿、找女婿，宁往西往南一寸，不往东往北一丈……

东乡、西乡，是泰兴特有的说法。起源于何时？由何人提出？未曾做过专题考证。从传统看，西乡指的是沿江一带，东乡指的是黄桥老区一带；从现在看，大致以江平路为界，江平路以西的为西乡，有虹桥镇、张桥镇的西部、延令街道、济川街道、滨江镇，现高港区的永安洲镇、口岸街道、刁铺街道等；江平路以东的为东乡，有曲霞镇、张桥镇的东部、姚王街道、根思乡、宣堡镇、河失镇、新街镇、广陵镇、珊瑚镇、黄桥镇、元竹镇、分界镇、古溪镇，现高港区许庄街道、胡庄镇等。而进一步细分，西乡又以老江堤为界，以东的称为老岸上，以西的称为洲上；东乡又以如泰运河为界，以南的称为南乡，以北的称为北乡。

东乡穷，是因为泰兴东部地区的水少田少，土壤多为高沙土，适宜生长花生、黄豆、玉米、山芋、芋头等粗粮，产量不高，不能填饱肚子。除黄桥镇建有布厂、肉联厂等国营企业外，乡镇企业发展较慢。缺少就近务工机会的老百姓，脑子活一点的早期做起了贩卖粮食、鸡蛋等的小生意，大部分选择了跟随建筑公司外出打工。

西乡富，是因为泰兴的西部沿江河多田多，水陆交通较为方便；水网密布，水产品较多；土壤为水稻土和黏土，适合生长水稻和小麦。一般情况下，西乡人能吃饱肚子。二十世纪八十年代初，西乡大力发展乡镇企业后兴建了一大批企业，还有学校的校办厂、村里的村办厂、个人办的加工厂等，较为出名的有七圩化工厂、蒋华皮鞋厂、刁铺啤酒厂、蒋华六圩村少女之春日化厂等。这里的老百姓既是工厂里的工人，又是种着承包田的农民。先富起来的，早早地盖了楼房、装了电话。

于是，受历史、区位等多重因素的影响，形成了特有的泰兴东乡和西乡现象。

东乡的老党员多，老干部多，老优抚对象多；西乡的侨胞多，台属多，港澳同胞多。东乡从事建筑的小包工头多；西乡经商办企业的小老板多。东乡养猪、养鸡的专业户多；西乡养鱼、养蟹的专业户多。东乡银杏多；西乡竹子多。东乡人说话卷舌音多；西乡人说话王、黄不分的多。

多年来，根据党和国家的相关政策，泰兴一直重视黄桥老区的扶贫与开发工作。二十世纪九十年代初，实施了农村低产田改造工程。1992年10月，原横巷乡的老百姓第一次吃到了自家种的大米。他们自发地聚到一起，敲锣打鼓向泰兴市委、市政府送来了喜报。

在泰兴，第一条通村公路，是在东乡；第一条硬质渠道，是在东乡；第一个改厕农户，是在东乡；第一个残疾人无障碍家庭，是在东乡。

现今，泰兴东乡与西乡的贫富差别已经不复存在，泰兴人民与全国人民一道，过上了全面小康的好日子，正奋力描绘乡村振兴的新画卷。

我们餐桌上关于东乡与西乡的调侃还将继续，这是泰兴人民挥之不去的印记，这是中华儿女奋斗百年的历史缩影。

2021年7月5日

封盲笔路

二呆子

在我的家乡，往往把家里的老二称为"二呆子"，不管是男还是女，小时候叫二呆子，年龄大了就叫老二呆子。

其实二呆子并不呆。不但不呆，与上面的老大和下面的老三、老四等相比，老二反而更聪明、更调皮。

小时候，我一直没有搞明白，为什么长辈们要将晚辈中的老二叫作二呆子。我反复多次地观察了很多小二呆子和老二呆子，一个个都三头六眼神气活现的，没有一个呆的。我问长辈："为什么叫他们二呆子？"

长辈们笑眯眯地回答我："他们就叫二呆子啊。"末了，他们还慈爱地摸摸我的头说："二呆子。"

我不服气地跑开，去问那些二呆子："他们叫你二呆子你就答应，你真的愿意做呆子吗？"

二呆子们没有一个生气的："他们叫就叫吧，他们叫我呆子我就是呆子啦？"

可是，正如谎言说一千遍就成了真理一样，二呆子叫着叫着，就有二呆子真的做了"呆事"。

大奶奶的二呆子称呼，是从娘家带到婆家的。她勤快、爽快，一天到晚不是在田里忙就是在家里忙。大爷爷被她照顾得干净利落，每天晚上都能就着两个小菜喝上两口小酒；四个儿子被她拉扯长大，一一出宅盖了新楼成了家；她又一家一家地帮着带大了孙子孙女，孙子孙女各自飞出农村，在不同的城市工作安了家。快八十岁时，她经常头痛，到医院检查后

确诊为高血压。她问医生："这病治得好吗？"医生说："无法根治，要正常服药。"从医院回来后，她找出一瓶农药，一口气喝了。她留给大爷爷的最后一句话："我得了治不好的病，不能连累家人啊。"庄人听了都摇头叹息："这二呆子，怎做了这呆事呢？"

还有二叔，他心灵手巧，是一位很能干的木匠。年轻时随建筑公司到国外打了几年工，挣了几十万元。家人要拿这笔钱到城里买房子，并将儿子弄到城里上学。他坚决不肯，而是用这笔钱做本钱，组织本庄及周边村庄的一批木瓦匠，拉起了一个小工程队。看着别人干活不腰疼，个个赚钱都很容易，可到了自己干时却困难重重。转了几转的工程，到他这里时已经利润有限，又接二连三地出了几起工程事故，几年折腾下来，他一分钱没赚不说，反而赔光了老本，还欠下了一屁股债。他不声不响，独自离家，不知所终。讨要工钱的木瓦匠们几年上门无果后，慢慢地失去了指望，互相劝慰道："算了吧，算了，就当得了一场病吧。"可在六年后，二叔回了家，带着一本账册，一一登门结清了工钱，并一再致歉："这六年埋下身子打工，挣够了欠债就赶紧回来。对不起大家，不能算利息给你们了。"众人皆说："你这二呆子，说啥呆话啊？"

到了残联工作后，我接触到了很多智力残疾人，也称之为智力障碍者。他们的智商，远远低于同龄人。他们有思考、有生活，只是他们思考的内容、生活的方式如孩童般善良单纯。随口一句赞美、一个小小的鼓励，他们都会报以真诚的微笑。我无法将精明的二呆子与可爱的智力残疾人画上等号，可包罗万象的社会却把二者紧紧地连在了一起。其中的缘与由，谁能解？二呆子不呆，智力障碍者无碍，这该是多好的景象。

如果把世界上的人及事以聪明和呆子来区分，按照排列组合的原则，可以划分为四类，一是聪明人做了聪明的事，二是聪明的人做了呆事，三是呆子做了聪明的事，四是呆子做了呆事。我不知道二呆子属于哪一类。

有的人做了聪明事，在他人看来却是呆子做了呆事；有的人做的呆事，在他人看来却是聪明人也做不出的聪明事。我佩服民间的智慧与艺术，简单质朴的一声"二呆子"，蕴含着的是中国传统的中庸之道，寄托的是长辈对晚辈的疼爱与希望。在这样氛围中成长的二呆子们，自然地、无形地演绎着一出出难得糊涂、大智若愚的人间大剧。

人在社会，身在职场，我必不可少地会遇到这样那样的烦恼。每当此时，我都会去泰兴市残疾人托养中心转上几圈，因为这里生活着一群简单快乐、无忧无虑的智力障碍者。

2022 年 6 月 13 日

独居的日子

春节后不久,妻携儿有事外出,我一个人独自生活了一个星期。自2002年双目失明后,我独自生活的日子屈指可数。长达七天,更为首次。

母亲很不放心,几次打来电话,问要不要她来。我态度坚决:"你照顾好自己就行,我这里,你放心!"

妻子近于唠叨地一再叮嘱,这个在那里,那个在这里。我很不耐烦地说:"我还能饿死?被尿憋死?放心,放心吧,没问题的。"

从一定程度上来说,我对这次独自生活充满了期待。

他们一出发,我就在屋里来回转了几圈,哼起了齐秦的老歌《原来的我》:"给我一段时间,勇敢地面对寂寞,再一次开始生活……"

独居的第一个早晨,闹钟没能闹醒我,我一觉睡到了自然醒。急匆匆起床、洗漱、赶公交,我按时到了单位,只是没吃早饭。

晚上下班到家,打开门,一股花香扑面而来。我站在门口,吸了吸鼻子,认真地"巡视"了一番。进了屋,我凑近花盆,不同的花散发出不同的香味,有的怒放,有的待放。

晚餐很简单,春节后的冰箱装满了多种食物。微波炉转转,十五分钟搞定晚餐,洗好碗筷。

同事老季按约六点半准时到了我家。他带着我,散步一小时。已经立了春,空气里充满了嫩芽味,清新、诱人。

回到家,冲过澡,沏杯茶,一个多小时的"学习强国",一个多小时的冬奥比赛直播。十点多,上床睡觉。

一个人的日子，无拘无束、自由自在、平淡充实。

第四天晚上下班回到家，浓郁的花香，呛得我有点喘不过气来。在碰翻了两个花盆后，我打开了所有的窗户，通风透气。

散步回到家，我没有开灯，一屁股瘫坐在客厅的沙发上。我隐身于无限的黑暗里，全身被清冷和寂寞包围。不算小的房间里，就我一个人，什么都可以想、什么都可以不想的我，信马由缰、海阔天空，想了很多很多，又好像什么也没有想。接连两个喷嚏，将半梦半醒的我拉回了现实，我不由自主地一阵伤感。"给我一个空间，没有人走过，感觉到自己被冷落……"

我打了电话给老母亲，她正泡着脚听着电视，我叮嘱她："要下雪了，注意保暖，不要受凉。"

我打了电话给妻。她问："啥事？"

我说："没事。"

她笑："你不是说没事就不打电话吗？"

我笑："要下雪了，注意保暖，不要受凉。"

她说："这里不下雪，屋里有暖气，暖和得很！"

放下手机，我找出拖把，将每一寸地面拖得干干净净。冲去一身汗，我一躺下就呼呼大睡了。早晨起床，我感到一阵阵寒意，原来所有的窗户还都开着。

第六天晚上，天气预报说春节前就要下的雪，稀稀落落地随雨飘下。洗澡换下来的衣服，已经有了一小堆。是等妻子回来洗呢，还是我亲自洗？经过一番思想斗争，我把衣服一股脑地扔进了洗衣机。可我怎么摆弄，这台所谓的全自动洗衣机也未开始工作，竟然和我玩起了罢工。又是一番思想斗争，我下定决心，不怕万难，在瑟瑟寒意中，我三下五除二，亲手搓洗后将衣服挂上了晾衣架。

妻子回来后问："谁帮你洗的衣服？"

我说："我亲自动手。"

她笑："骗人！"

儿子帮腔："反正我不信！"

我说："2022年的第一场雪可以作证。"

七天的独居生活，没有我想象中的那么便捷，也没有妻子想象中的那么艰难；没有我想象中的那么简单，也没有妻子想象中的那么复杂。我在失明的状态中，在日常被呵护得无微不至的情况下，偶尔开启独自生活的模式，是体验，是锻炼，是简单的快乐。也许，这就叫日子。

2022 年 2 月 15 日

封盲笔路

二奶奶

说二奶奶老了，我承认。毕竟我都年过五十，二奶奶怎么地也八十几岁了。

说二奶奶残了，我有点不信。那么强悍的二奶奶，骂声能在全庄回荡、狗见了都不敢叫要绕着走的一个人，怎么说残就残了呢？

俗话说，不到八十八，不知瘸和瞎，难道这也在二奶奶身上得到验证了吗？

能骂、会骂、什么都骂，是二奶奶的特长。

1948年5月，时年十八岁的二爷爷与十六岁的二奶奶成婚。好景不长，二爷爷被一路南逃的国民党军队抓了壮丁过了长江，从此杳无音讯。1949年4月，泰兴全境解放后，二奶奶被戴上反动军属的帽子，隔三差五拉去接受教育。挨了骂的二奶奶一声不吭。

1950年1月，春节前，二爷爷穿着一身半旧的解放军军装，挎着一个小包袱，突然回到了家。原来，二爷爷先是到了南京，后随部队逃往杭州，在半路上被解放军活捉了。解放军的一位首长给这批俘虏开了三天会，于是他们就地换了军服加入解放军。在解放上海的一次战斗中，二爷爷受了伤，住了半年医院，伤好后部队就让他复员回家参加社会主义建设了。

弄清原委的二奶奶，押着身穿旧军装的二爷爷，在庄里转了三天，一路走一路诉说遭受的委屈。

生产队长吹着哨子喊社员上工，二奶奶让二爷爷在自留地里干活，自

己用水抹了头发,跑到田边转圈子,一边走一边说:"不是我家老二挨枪子打江山,哪有你们今天种的田?"

大忙时,社员们开夜工抢收抢种。吃小夜饭时,已经睡了一觉的二奶奶穿戴整齐,早先一步,将饭菜打满了二号钵子。"我家老二打仗时吃了多少苦?你们这些没有良心的,现在过好日子有了好吃的,却把我们忘了,你们的良心都被狗吃了啊……"

在二奶奶的骂声中,老实巴交的二爷爷没日没夜地在自家田里干活。分田到户后,二爷爷忙完田里的,又跟在瓦匠后面做了小工。由于长期过度劳累,二爷爷不到六十岁就撒手人寰了。二奶奶边哭边骂:"你这挨千刀的,年轻时扔下我去当兵,现在两眼一闭、脚一蹬,又扔下了我,我是上辈子欠了你的债啊……"

在二奶奶的骂声中,她家养的猪好像停止了生长。农村人都知道,能吃能睡的猪才长膘。也许是二奶奶的骂声分贝太高,影响了猪的休息,她家养的猪整天在猪圈里散步,能吃是能吃,却不长膘。别人家的猪是一年出两圈,可她家的猪养了一年还不到一百斤。"入娘的瘟猪,也知道欺侮人,咋不吃死的,光吃不长,早死早投胎……"

在二奶奶的骂声中,她的两个儿子没上几天学就回了家,两人先后学了瓦匠,先后成了家,先后有了各自的孩子。对婆婆毫无办法的儿媳妇,对自己的老公有的是办法。于是,一个大家,分成了三个小家,各过各的日子。"养儿子,有个什么屁用?有了媳妇忘了娘,儿子全是白眼狼。我真瞎了眼,同意这门亲,找回来两个害人精,我的命怎么这么苦啊……"

单过的二奶奶,日子倒也"逍遥"。她从不种菜,今天到这家拔棵青菜,明天到那家摘根黄瓜。有人找上门,反遭她骂。"吃你家这点东西怎么啦?吃了你家有人少胳膊断腿啦?"其实,农村的老百姓,谁又在乎几棵青菜、几根黄瓜呢?庄人们都睁只眼闭只眼。起初二奶奶还偷偷摸摸,后来也干脆公开化。"你家的菜怎么长得这么好，我不帮着吃掉点，肯定要惹瘟死光的……"

　　近九十岁的二奶奶，有一天突然摔倒了。她挣扎着爬起来，没走几步又摔倒了，再爬起来，再摔倒。庄人将昏迷不醒的二奶奶送到医院，虽然救回了生命，却被诊断为骨质疏松，这次摔倒导致腰部以下多处骨折且无法手术。嘴能说、手能动的二奶奶再也不能走路，整日与床为伴，一日三餐由两个儿子轮流送到床前。"我怎么得了这个死人的病啊，怎么不早点死啊？这死人的日子，就比死人多了口气，活着不如死啊……"

　　听说二奶奶残了，我打了电话给她的大儿子说想回去看看。可她的大儿子说："你没事做啊？她有什么好看的，来找她骂啊？"我还是坚持着回去了。毕竟二奶奶是我的长辈，毕竟我的童年也是在二奶奶的骂声中度过的，但在我的印象里，二奶奶好像从来没有骂过我。

2022 年 1 月 21 日

过年印象

2014年正月十五的月亮，被连绵不断的春雨遮了个严严实实。鞭炮声却是此起彼伏，不时有一道道亮光穿透雨帘，在空中绽开一道道美丽的风景。大人们观看着央视直播的元宵晚会，孩子们提着或拉着各式精巧的灯笼在屋内走来穿去。高灯圆子落灯面，吃过今年盼明年。是的，过了正月十五，也就意味着新年春节过去了，所有的人，不管是大人还是小孩，不管上班的、上学的还是在家的，大家都怀着新的期望，开始了新的征程。

回过头来再看看过年的这十多天，我的生活是喜忧参半。春节，理应是喜的，是快乐的。确实，我喜的是居住在扬州的哥哥嫂嫂侄女，居住在泰兴的我们，于除夕下午全部回到了宋桥老家，吃上了妈妈精心准备的团圆年夜饭。大年初一，我们挨家挨户地拜年，笑看着每家每户每人的变化。初一下午和初五上午，我小学和高中的部分同学分别聚到了一起，大家回忆着当年的趣事，不禁感慨万千。初二和初三，我们家的亲戚全部集中到了舅舅家和姨父家，工作上的，生活上的，大家有啥事都能放开了谈，有啥话都能放开说。

让我忧的是，腊月二十六，我远在黑龙江的岳父突患心肌梗死住进了医院，他们全家的春节是在病房中度过的。可怜天下父母心，为了能让女儿过一个快乐的春节，直至正月初七岳父病愈出院，岳父岳母才允许我将此事告知了他们的女儿——我的老婆。正月初六下午六时许，初五下午才返回扬州的哥哥，在去公司值班的途中，被突如其来的汽车撞了，昏迷中的哥哥在扬州武警医院观察两天后，于正月初八转到了苏北人民医院，立即接受了开颅手术，现在虽然脱离了生命危险，但意识还没有完全清醒，而至今我还没敢将此事告知身患心脏病和高血压的母亲。这个春节，我只能将忧愁深藏在心底，将笑容挂在脸上。

在如此复杂的心情下，我情不自禁地想到了我幼时过年的情景。我幼时过年是无忧无虑的，不需要做太多的寒假作业，不需要读课外书。想读也没有，被父亲藏起来的《水浒传》，早已被我偷偷地看了一遍又一遍。不用操心油盐酱醋，不用操心客来客往，每天餐桌上的一大碗红烧肉总是被我们几个小孩子一抢而空。大年初一我睁开朦胧的双眼，总能在枕头旁发现一整套崭新的衣服，总能穿上母亲熬了多少夜在油灯下千针万线缝制的新棉鞋。我幼时过年是丰富多彩的。那时的冬天是很冷的，我们小孩子可以在厚厚的冰面上滚铁环，可以在土墙边"挤麻油"（一种传统的儿童游戏）。那时没有电视没有春晚，我们尾随着村里的文娱队，一个庄子一个庄子地看表演。那时同一个村子里往往有几户家庭男婚女嫁，我们溜进这家，蹿进那家，从新娘陪嫁的棉被里摸花生摸枣子，跟在大人们后面闹新房乱起哄。

我今年四十五岁了，按照一般的说法，我已经步入中年人的行列了。过了这个年我才明白，到了我们这个年龄，在家庭里是上有老下有小，在单位中也都或多或少地承担着一些事务，无论是家庭责任还是社会责任都是较为沉重的，这就是"中坚力量"。

过了这个年，我才明白，任何事物的发展都是不以人的意志为转移的。打开手机的短信箱，内容全是新年的祝福，什么"马到成功，万事大吉"，什么"身体健康，幸福快乐"等等。可所有的这些，都只能是美好的愿望而已。在这个世界上，每一分每一秒，都在发生着悲欢离合的故事。面对喜，我们不能乐极生悲；面对哀，我们不能纠结其中。快快乐乐

地过好每一天，开开心心地处理一切事务，把我们的内心暴露在阳光下。

　　过了这个年，我才明白，个人的力量永远是有限的。一个人的手臂再长，也只能伸出一米左右。所以，我们要学会与他人分享快乐，这样既快乐自己，也快乐他人。我们要与他人共担困难，肩并肩，心连心，同呼吸，共命运。一个人再大的事，有了爱情、亲情、友情、民族情、爱国情，那就是小事；一个人再小的事，有了爱情、亲情、友情、民族情、爱国情，那就是大事。我们并不是孤独的存在，我们都生活在一个伟大的时代里。

2014 年 2 月 27 日

过元旦随感

一元复始，万象更新，这应该说的就是元旦了。2014年的元旦，因为从"爱你一生"（2013）升华为了"爱你一世"（2014），大街小巷立即热闹了很多，一下子就注满了节日的味道。

日子是个好日子，天气是个好天气。没有了雾霾，没有了阴雨，阳光暖暖地普照着大地。商家们使出了浑身解数，或有奖销售，或打折竞价，或新品惠客。广场上正在举办情歌大赛，熟悉的歌曲，由一位位不熟悉的帅哥靓妹唱了出来，过往的路人或驻足欣赏、拍手称好，或无暇而不屑、匆匆而过。但每个人的脸上都挂着笑容，这边转转，那边看看，步行的，骑车的，坐车的。小鸟们在树梢上快乐地鸣叫，在天空中高兴地舞蹈。路边绿化带里和广场花坛里红的、黄的花儿们也赶过来凑热闹，给元旦这个瑟瑟的冬日增添了几分颜色！

大凡节日，都是与吃紧紧联系在一起的，比如说端午节吃粽子、元宵节吃汤圆、中秋节吃月饼等等。我认真地想了想，又仔细地上网查了查，发现元旦这一天，在吃的方面，竟然没有什么特别的东西。我虽然对此大感不解，但也持赞同的态度。如果能将元旦不讲究吃的做法，再推广沿用到其他节日，在全国范围以内，一个节日，能节省下几亿元几十亿元的金钱。如果能将这笔节省下来的金钱，用到慈善救助上，这功德真是无量了。可能是元旦不久之后就是春节的原因，元旦相对于春节来说，节日的气氛要差得很多。

今年的元旦，是星期三，放假一天。正上初中一年级的儿子，闷在家

里做了一天的作业。外面的鸟在叫，车在跑，他很不耐烦，埋怨说放假还不如上学。是的，不同的年龄，不同的阅历，对元旦的认识是不一样的。

就我而言，上学时是不喜欢元旦的。每年元旦前，班上或年级或学校，都要举办一个班会或晚会，要求大家表演一个节目，五音不全的我就会感到很尴尬。更为糟糕的是，元旦是讲新课与复习迎考的重要时期，元旦到了也就意味着快要期末考试了。没有好的成绩，过年的日子是不大好受的。

工作后我对元旦是期待的。元旦是年之初，在工作周期中也是年之尾。一年结束了，不管过去的一年做了什么，单位都是要发一些奖金和年货的，这对于从农村走出来的我，是很有吸引力的。

随着年龄的增长，现在的我开始有点恐惧元旦了。新年元旦到了，就说明我又长了一岁，岁月无情人沧桑啊。如今的日子，是一天比一天好，一年比一年好，人逢盛世，最大的愿望就是能多活几年。中国梦，我们的民族已经梦想了多少年。现在距离梦想成真的日子越来越近了，我们都想亲身经历啊。

不识元旦真面目，只缘身在祝福中。元旦之前和元旦这一天，我收到了很多祝福的短信。我不完全懂得元旦，但我懂得大家的祝福。元旦是大家的，元旦也应该是快乐的。周而复始的是元旦，万变不离的是更新，就让我们在辞旧迎新中快乐地度过包括元旦在内的每一天吧。

2014 年 1 月 1 日晚

封盲笔路

换糖的奶奶

"哆来咪，咪来哆"，这曲笛声，简单，却久久地回荡在农村的乡间小道上；单调，却伴我们度过了一段难忘的岁月。吹出这笛声的，是一位矮矮胖胖的老奶奶，她花白的头发，满面笑容，说话的嗓音响亮，语速很快，边说边打着手势，看上去很是精明干练。她走路的速度也很快，基本上是声到人到，一阵风迎面扑来，随即一团身躯出现在你的面前，一阵风从身边掠过，这笛声已经远去。这老奶奶，我至今都不知道她的名字，也从来没有见过她的丈夫。听村里的老年人说，她的丈夫解放前被国民党抓了壮丁，至今不知死活。大人们叫她为"换糖的"，我们小孩子就称她为"换糖的奶奶"。

"换糖的"，是我们家乡对小货郎的称呼。他们买回来一种叫糖稀的东西，用面粉混合后熬制，冷却后整理成或圆或方的形状，放在或圆或方的木头托盘里，再在上面蒙上一层塑料纸，以遮挡灰尘。这种糖，拿在手上会黏手，含在嘴里会黏牙，但口感很甜很鲜。在那个缺衣少食的年代，这种糖深受我们小孩子的欢迎。除了这种糖之外，他们还会卖一些针线、纽扣、发夹、铅笔、橡皮等等小百货，放在一个镂空的竹匾内，这些深受农村妇女的欢迎。他们采用兑换的方式，妇女们或小孩子们只要用一些坏雨鞋、坏胶鞋、废铜锈铁之类的废品，就可以向他们换取糖啊、针啊、线啊等等所需要的或吃的、或用的东西。他们把这些废品分类整理后，再卖给县城的废品收购站，从中赚取一定的利润。

换糖的奶奶每天天不亮就出门。她挑着一副担子，担子的一头是一只

空空的竹篮，上面放着糖盘；担子的另一头也是一只空空的竹篮，上面放着装了各类物件的镂空竹匦。这时她的脚步是轻快的。走出一两里路，随着旭日的升起，随着公鸡的最后一阵鸣叫，随着炊烟的腾空，换糖的奶奶就会从上衣口袋里掏出竹笛，不紧不慢地吹出"哆来咪、咪来哆"。这笛声，清脆、欢快，能传出很远很远。有需要的妇女们或者小孩子们，听到这笛声后，就会从家里拿出早已准备好的废品，将换糖的奶奶叫住。

换糖的奶奶停下脚步，把担子放在路边，笑眯眯地与每一个人热情地打着招呼。她先收下废品放进竹篮里，然后根据废品的量和质，在脑子里计算出所要换取物品的数量。她小心翼翼地掀开托盘上的塑料纸，从一侧取出一块铁片和一把小榔头，"当当"两声敲下一块糖。她熟练地打开镂空竹篮中间的小门，准确地从满满的物品中掏出所需要的东西。常常有人和她讨价还价，她就边说着一些家常话，边再敲出窄窄的一小片糖。常常有小孩从家里偷出一些不是废品的东西来换糖吃，她也会敲下一片糖给小孩吃，同时把东西塞回小孩怀里让他赶紧拿回家。

在村里的千年白果树下，在村小学的大门外，她也会放下担子坐等生意。更多的时候，她的脚步一直走在乡间的小道上。换糖的奶奶每天傍晚时分就会回到家里。她挑着两只装满废品的竹篮，脚步实沉实沉的。不管是春夏秋冬，这个时候，换糖的奶奶总是穿着一件单衣，汗水布满了她的额头，湿透了她的单衣。回到家后，换糖的奶奶一点顾不上休息，要么点火做晚饭，要么下地干农活。就靠着这副担子，换糖的奶奶给她的两个儿子分别新建了三间三层楼房让他们结婚单立了门户，给她的一个女儿置办了一套嫁妆让女儿风风光光地嫁到了婆家。

走的路多了，认识的人也就多，换糖的奶奶又兼了一份工作，那就是做媒。方圆十几里内，谁家的儿子多大了、做什么工作，谁家的姑娘多高多胖长啥模样，换糖的奶奶都了然于胸。在她的牵线撮合下，每年都有那么三五对成婚。在定婚和结婚的那两天,换糖的奶奶不再挑着担子一大早出门,她会用鸡蛋清洗头,把头发盘在头顶,在后脑上戴一两枝时令的鲜花,换上平时不穿的不再新但很干净的衣服,笑眯眯地走在嫁妆队伍的领头,笑眯眯地坐在婚宴的主席。

日子越过越好了,换糖的奶奶也老了。她还是每天天不亮就挑着担子出门,可每天傍晚时分回家,她的担子却越来越空、越来越轻了。应该是1998年的春节,换糖的奶奶终于烧掉了那副跟随她二十多年的担子。5月份的一个傍晚,她正埋头喂鸡,不想一头栽到了鸡食盆里,中风瘫痪了。在床上躺了一个多月,她最终离开了人世。

现在我已经记不得吃了换糖的奶奶多少糖,也记不得有多少年没有再吃过那种黏手黏牙的糖了。我回忆的是换糖的奶奶,回味的是那个已经与我们越来越远的却怎样也挥之不去的岁月。

2013 年 5 月 14 日晚

回想我的高考

这一段时间，无论我们走到哪儿，听得最多的，总是关于高考的话题，如今年谁家孩子参加高考了，高考的难度如何，高考期间发生了什么事情，哪家孩子高考成绩好、哪家孩子没有考好了，高考志愿怎么填写了，哪所大学怎么样了等等。听着，听着，我不由自主地回想起了我当年的高考。

我是1988年参加高考的。如果可以分阶段的话，我们那时的高考，现在想来，可以分为以下几个阶段。

第一个阶段，预考。我的高中母校是现在的泰州市口岸中学。当年的泰兴县口岸中学，是那时排名在江苏省泰兴中学之后，与黄桥中学齐名的全县三所重点高中之一。尽管同为县重点，但待遇却是不同的。可能是学生数量太多的原因，泰兴中学的学生百分之百可以参加高考，口岸中学是百分之九十。

预考是五月份的哪一天考的，我已经记不得了。只记得考后几天的一次晚自习，班主任老师一个个找没有通过预考的同学谈话。我们班有七十六人，应该有八位"倒霉蛋"。我并不知道我平时成绩的排名。尽管在预考前的一个月，我开始了高中入学以来最勤奋、最辛苦的学习生活，但对能否通过预考并没有绝对的把握。一人，两人，三人，班主任老师每叫走一人，我内心的忐忑就减少了一分。想想自己读了三年高中，如果连高考的资格都没有，真是无颜回家见父老乡亲了。四人、五人，到了第六人，班主任老师面无表情地走到我的课桌前，拍了拍我的肩膀。我的心一下子沉了下去，脑子里一片空白。

我机械地跟着班主任到了他办公室。他坐下，从桌上的香烟盒里抽出了一根香烟，慢悠悠地划了根火柴点上，慢悠悠地吸，慢悠悠地吐出烟圈。我满脸涨得通红，眼睛紧紧地盯着他晃动着的尖尖的皮鞋头，脑子开始思考是今天晚上就打包行李逃离呢，还是等到明天早上，再或是等啊等，一直混到高考结束。就这样，至少有三分钟，班主任将烟蒂摁到了烟灰缸里，好像是下了好大的决心，开口问我："你这次考得怎么样啊？"我没好气地答："你找我谈话，肯定是不好啦。"班主任老师放下了二郎腿，站了起来说："你这次考得很好，不要骄傲，要继续努力。"我听罢，转身就走。

回到教室的座位上，我的心还没平静下来，十几个小纸团就从不同的方向飞到了我的身上、课桌上，内容大致都是感谢我的奉献云云。我恶狠狠地盯着又先后三次来教室叫人的班主任老师，恨不得一拳将他打倒在地再踩上两脚。我调皮但不捣蛋，我不受老师喜欢但在同学中人缘很好，那时，我一直想不通，班主任老师为什么要和我来这么一出。现在想来，老师也只是和我开了个玩笑，只是当时我们还缺乏有效的沟通而已。时至今日，同学聚会时，有人提及此事，我更多的是表达对老师的感激之情！

第二个阶段，体检。高考前一个多月的某一天，我们高三的全体同学，早早地集中到了大操场，由学校统一包租的大公交车，将我们送往县城体检。体检的地点是县教师进修学校，位于县城东郊，就是现在城区中心的济川路国安大酒店一带了。已经记不得几个同学分成一个小组，也记不得检查了哪些项目，只记得那天体检结束后是在县政府第二招待所吃的午餐，只记得我们班有一位同学查出患有严重的心脏病而不能参加高考，另有几位同学查出色盲而限填志愿。

第三个阶段，填报志愿。高考前二十天左右，我们每天的晚自习上，

班主任将像普通报纸一样的招生通讯分发给我们。我们暂时地放下书本，或认真或轻瞄地看看招生通讯上各类大学的简介。老师不指点，家长不过问，没有往年的录取情况作为参考，没有类似现在模拟考试一样的考试分数作为标尺，没有同学之间的交流，我稀里糊涂地填写了高考志愿。

我来自农村，家长的希望和我自身的动力，是通过高考考上大学，从而脱离农门拥有一个城市户口。本科、大专、中专，我们统统地称之为大学。不知道什么985、211，不知道什么重点大学、热门专业，只要能考上就行。

第四个阶段，毕业留念。这个阶段应该分为两个部分，一部分是拍毕业照片，有两张，一张是全班同学和所有任课老师的集体合影，一张是每个人的一寸小照片。我已经记不清是什么时间拍的集体照了，是在预考前呢还是在预考后，是在体检前呢还是在体检后？对此，我特地到同学微信群里求证。经王波同学考证，确定是在预考前。

毕业留念的第二部分，是同学之间的毕业赠言。这个持续的时间比较长，从拍毕业照开始，到高考前一天结束。我们大多数的同学，都到口岸镇上的新华书店，买了一本皮革封面的毕业纪念册。从高一到高三，我基本上没有与女同学说过话。直至这时，我才在我的纪念册上看到了她们娟秀的字迹，我也在她们的纪念册上留下了我的"墨宝"。同学给我的留言，有的很真诚，如"我会永远记得你"；有的很有趣，如"你的大眼睛明亮又闪烁"；有的很深远，如"你是一个一事无成的万能先生"。这本纪念册，我拿它像宝贝一珍藏着。每每拿出来翻阅，都有一份感慨在心头啊。

第五个阶段，高考。考试的时间是7月7日、8日、9日三天，考试的地点在我们自己的学校。我们文科的考试科目是语文、数学、英语、地理、历史、政治六门。那年的气温很高，热得很。学校采取了两项措施，一是在考场教室里放了冰块；二是同意我们可以自行搬出二十四人一间的大宿舍，晚上住到刚刚建好但还没有交付使用的新宿舍楼，四人一间，没有床，自己带竹席，还回到原宿舍洗漱。

第一场语文考试前，我的准考证不翼而飞，校长特许我进了考场并宽慰我安心考试。开考后半小时，班主任在考场通往厕所的路上帮我找回了准考证，并无声地放到了我的考桌上。这三天，老师给我们的都是灿烂的笑脸，食堂给我们的是香喷喷的饭菜。

我现在的家住在泰兴第三高级中学附近，今年高考期间，校外三三两两地有很多或悠闲、或焦急、或站着、或蹲着的考生家长。而我们那时，是很少有家长送考的，印象里好像邱圣兵同学的父亲用保温杯送了一次西瓜，张友根同学的两位初中同学在学校邻近的车站旅馆开了两间带有电风扇的房间。其他的也许还有，只是我不认识、不知道而已，但肯定不是现在的"一人上考场，全家上战场"。时代不同了，所有人的心态都发生了很大的变化啊。

第六个阶段，等分数。7月9日晚上，没有放歌狂欢，没有挥泪惜别。在教室、宿舍里闲聊之后，我搭乘张友根同学哥哥的一辆小型卡车，于深夜回到了蒋华镇宋桥村的家。天热的原因，和大多数农村人一样，父亲睡在屋檐下的一张小床上。我突然回家，惊醒了熟睡的父母。母亲看到体重不足百斤的我，心疼得直流眼泪，赶紧为我整理好了床铺，让我快快睡觉。

之后的十多天，我每天上午七时到九时在家附近的小河边钓鱼，差不多每天都能钓上十几条小鲫鱼。我用一个多小时，将钓来的鱼清洗干净，由母亲做成午餐的一道美味。每天我都能从屋后的菜地里摘下十几条黄瓜，削皮、去籽、切片、调味，我做的黄瓜凉菜受到了家人的一致好评。十一时半，我骑上父亲的老爷自行车，去镇上的农贸市场将爷爷接回家。爷爷租了一个小摊位，卖粉丝、花生之类的食材，这也成了我家的主

要经济来源。他活到了九十二岁,一辈子不会骑自行车。午饭后,我是不睡午觉的,与庄里的孩子们一起,在小河里游泳、捞河蚌、摸螺蛳。下午六时多,我将屋前空地打扫得干干净净,打些井水洒湿地面,搬出堂屋里的八仙桌和板凳,点燃蚊烟驱走蚊虫。天黑后,一家人摇着蒲扇,拿筷子端碗。邻居们摇着蒲扇走过来,坐在我早为他们准备好的小凳子上,天南海北地聊着家常。

7月27日上午,已经在扬州市工作的哥哥封杰帮我到招生办查到了分数,长途电话打到了村委会。结果远远出乎我的意料,总分竟然过了线。特别是英语,自高一下学期起我就一直没有及格过。高考时第一次采用标准化方式,前面的八十道选择题,我一道也没有看懂,可最后的关键一考,我竟然考出了六十六分。全家人都很高兴,父亲破天荒地买了两张戏票,晚上带我去镇上的农民文化宫看了一场小戏。我记不得剧情了,应该是淮剧。父亲看得津津有味,我却听不懂一句完整的唱词。戏至半场,同学张友根、王波和程琳突然冒了出来。他们下午去了学校,查了各自的分,也帮我带回了分数单。他们先去了我家,再找到了文化宫,当夜我又随他们骑车去了七圩镇张友根家。从他们嘴里,我大致得知了其他同学的分数,全班总体上考得较好,班主任很高兴。也有考得不好的,有半数吧,几人欢喜几人忧啊!

第七个阶段,等录取通知。知道了分数,心中的一块石头落了地。我骑上家中唯一的那辆自行车,在车龙头上挂了一塑料桶用橘子粉冲的饮料,开始了同学大串游。我先是去了考上其他高中的初中同学家,得知他们全军覆灭,内心窃喜,更感伤悲。千军万马过独木桥,胜者几何?后来我去了高中同学家,从七圩镇出发,沿长江江堤一路北行,天星、过船、马甸、永安洲、口岸、许庄、孔桥、根思、燕头、城西,泰兴西部的乡镇,我基本上走了一圈。每到一家,不管考取是否,同学的父母都很热情，用煮鸡蛋来招待我。

8月初起，陆续有同学收到了大学录取通知书，大宴宾朋，放电影祝贺。本一、本二、专一、专二、中专，我由满心期待到满心焦虑。8月底，最后一批中专的录取也结束了，大学新生们都去报到了，我却没有等来那份属于我的录取通知书。哥哥封杰到招生办了解情况后，打回电话说很可能是我填的志愿有问题。

父母没有责怪我，安慰我要我复读一年。我没有再回母校，而是选择了镇上的蒋华中学复读。9月6日，我自己来到蒋华中学，找到校长表达了我复读的想法。校长看到我的分数单后，表示非常替我惋惜，直接将我安排到了应届班随班复读。到了班上，初中的、高中的老同学竟然有好几位，心中的不甘与不悦一扫而空。

十天后的9月16日上午，口岸中学的校长不知道从哪里得到的消息，将电话打到蒋华中学找我，说泰兴有一批定向委培的名额，我的分数达到了，如果想去，就立即到县招生办去办理手续。我压根儿不知道定向委培是什么，放下电话到农贸市场告诉了父亲此事。下午父亲骑车载着我到了县招生办，才搞清楚了原委。上海师范大学当年在安徽等省的招生计划未能完成，将剩余的名额以定向委培的方式转给了江苏。父亲没有丝毫犹豫，让我在协议书上签了字。三天后，我收到了录取通知。我去母校办理了团籍转移手续，去镇派出所办理了户籍转移手续。父母在镇上的布店里买了布料，请回裁缝，为我赶制了两套新衣服和一大一小两条棉被。9月23日，父亲用扁担挑着行李，将我送到了上海师范大学。这是我第一次远离家乡，从此我开始了为期两年的大学专科学习生活，开始了我崭新的人生之旅。

鸡汤长寿面

舅爷爷九十大寿，表叔提前十多天就打来电话说："早点来，中面夜酒。"

"中面夜酒"是我们家乡做生日的传统，意思是午餐吃长寿面，另配几道菜；晚餐亲朋会集，喝酒，吃丰盛的菜肴。

做生日有大生日和小生日之分。大生日包括小孩子的满月、周岁、十岁，青年人的二十岁、三十岁，老年人的六十九岁、七十九岁、八十九岁、九十九岁，即俗称的孩子做十老人做九；其他岁数的生日，就是小生日了。

中面，最好吃的是鸡汤面，鸡是家里养了多年的老母鸡，面是亲戚贺寿送来的手工面。

二十世纪七十年代，农村的生活水平还比较低。除过年外，我们最盼望的就是自己家里或者亲戚家里有人做大生日，既能饱餐一顿，又能疯玩一天，快乐无穷。做大生日当天，家中的长辈早早起床，从鸡窝里捉出确定好的一只或两只老母鸡，开水烫、煺毛、清水漂、切块、下锅……灶火时明时暗，映照着老奶奶通红的笑脸。烧火是个技术活，大火煮沸、小火慢熬、文火煲焖。不要一滴油，不要任何调料，差不多三个小时后，通庄都飘满了浓浓的鸡汤香味。有一位老奶奶，在灶前烧了一天的火，晚上席罢客散，她疑惑地问儿子今天家里是什么事，她儿子告诉她今天是她的九十大寿。这虽是一个笑话，但也说明烧火这活计，确实需要有耐心的老奶奶来承担啊。

鞭炮声响起，是祝寿的亲戚们到了。他们从挑来的担子中取出装满长寿面、寿桃、米糕、粽子、汤圆、活鱼、鲜肉的木盘，一一摆放到堂屋的八仙桌上。二十世纪八十年代中期到二十世纪九十年代中期，祝寿的贺礼中又增加了挂匾、中堂等。给小朋友的贺礼，也是与时俱进，各式童车童装、玩具文具，甚至还有金碗、金勺、金筷子等，花式品种越来越多、档次越来越高。

老母鸡汤下的长寿面，汤清、面韧、味纯，再长的面条也不会折断。我们捧着面碗，无须咀嚼，连吸带喝，面条鸡汤就全部进了肚。大人担心鸡汤烫伤了孩子，笑呵呵地不停地提醒着："慢慢吃，多呢。"可孩子们哪顾得上这些呢？如果能吃到一小块鸡肉，那是要兴奋地来来回回跑几圈，好好炫耀一番的。

我曾在有声书小说中听到这样一段关于陕西关中地区过生日的场景，请亲朋吃的也是鸡汤面条，大家吃完面条后，要将碗中的鸡汤倒回锅中。这让我联想到我们这里春节拜年喝枣子茶的习俗，亲戚一般都是喝几口茶水象征性地吃两三个枣子，小孩子要吃得多一点。尽管主家客气地一再强调要把枣子全部吃掉，可大部分的枣子还是会倒回锅中，用于接待下一批拜年的亲戚。那时我们这里枣子是比较贵的，平时难得吃到，在陕西关中，难道鸡汤比面粉贵吗？

去年8月，我去了趟陕西咸阳。在永寿县，我们品尝到了一种当地的风味特色小吃——岐山臊子面，只吃面条不喝汤。我的一位同行者，一口气吃了九碗。接待我们的朋友介绍了岐山臊子面的来历，解释了我心中的疑惑。陕西关中一带，是我国小麦的主产区，面粉很多，但缺油，所以产生了汤回锅的民俗。大自然的力量，人民群众的智慧，一方水土养育一方人啊。

舅爷爷的生日宴，中面夜酒，都安排在酒店。九十岁高龄的舅爷爷

端坐主位，满面红光、精神矍铄。表叔特意叮嘱酒店用老母鸡汤下了长寿面，他端着一碗，走到舅爷爷面前，用筷子夹起一根面条，高高地举起。舅爷爷仰起头，将以往的岁月一一吃入口中。掌声雷动，满堂喝彩。

小孩子的关注点，不在长寿面，他们围着生日蛋糕，高声唱着："祝你生日快乐……"

我吃着长寿面，看着丰盛的菜肴，思绪飞向了远方。到我九十岁时，如果我还能吃到一碗童年味道的鸡汤长寿面，那该多么幸福美妙啊。

2022 年 12 月 27 日

封盲笔路

家乡的河

我的家乡属于沿江地区，这里的河流交叉密布，有名字的、没名字的，长的、短的、横的、竖的、大的、小的、胖的、瘦的，河河相通，不知其数。在这众多的河流之中，与我关系最密切、给我印象最深的就是老家庄子里的那条河了。这条河也没有名字，是通江港河的一条支流。它呈一个躺倒的6字形，全长三百米左右，河宽十米左右。路环河而成，房沿路而建。这条河静静地躺在全庄的怀抱里，无声无息地奉献着它的所有。

听老人说，这条河本来是一条自东往西的河。后来，庄子里有了一名姓于的大地主，就住在这条河的最西边的南岸，本庄的六百多亩土地全是他家的。他听从了风水先生的建议，说水之尽头即家之尽头，便以老宅为中心，开挖了一条环形的护家河，并在南北岸之间架起了一座木质吊桥，如此，一来畅通了水系，二来保护了全家。果然，于家日益发达，土地越来越多，在上海和南京等地也都有了产业，先后还出了三位举人和五位秀才。在河北岸居住的长工也是越来越多，他们居住的房子全部由于家建造，由西往东，整整齐齐的一排平房。这些长工中，有一位姓封的，就是我的老祖上，挣点钱就向于家买点田，慢慢地也有了几十亩土地。这封家，老兄弟六人，人多力量大，再依靠着土地、依靠着勤劳，逐渐脱离了长工队伍，经于家特许，在河的南岸建起了自己的房屋。慢慢地，封家也建成了一排平房，虽然没有北岸的整齐，但先后也出了两位举人和两位秀才。

解放军渡江前，正在上海的于家大地主带着两个儿子逃到了台湾，扔

下了在老家的老婆和一个还在吃奶的儿子。这个儿子有一天发了高热，没有得到及时治疗，落下了小儿麻痹后遗症。这封家，被定为了富农。两家的土地和房屋等，都分配给了长工等贫下中农。于家祠堂里的祖宗牌位化为了灰烬，祠堂改成了小学。

我背上书包上小学时，吊桥已经被拆除，还是用这吊桥的木料，在两岸之间架起了一座木桥。河并不算宽，走在木桥上，木头发出吱吱嘎嘎的声响，我们几个小男孩在桥面上又是跺脚，又是摇晃，吓得小女孩们不敢迈步。而让我兴趣最大的，不是这小学的教室，不是这嘎吱嘎吱作响的木桥，而是这条默默的河。

这条河，最漂亮的是春天，它是绿的。河岸上的柳树银杏树绿了，芦苇绿了，桃树绿了，蚕豆花开了，数不尽的小蝌蚪漫无目的地寻找着妈妈，刚刚放入水中的鱼苗潜入水底向水面吹出一串串泡泡，三五成群的鸭鹅拨开了一圈圈青波。

这条河，最热闹的是夏天，它是白的。我们会在空中画出一条条美丽的弧线，从木桥上一跃而下，吓得鸭鹅们扑腾着翅膀笨拙地划过水面。我们互相追逐着，鱼儿们有的跳出水面，有的紧贴着我们的身体四处逃窜，有的直接窜入水底不见了踪影。我们顺着芦苇由根部向上摸出一大捧田螺，会用脚夹出一大盆的河蚌。它们或者成为全家人餐桌上的美味，或者卖给城里人，给家里换回点油盐酱醋。

这条河，最忙碌的是秋天，它是黑的。男人们撑起小木船，用一种叫夹笆的劳动工具，伸到河底夹上淤泥倒进船舱，舱满后再用一种叫河扇的劳动工具，将淤泥一扇一扇地扇到河岸上早已挖好的泥塘中，这是来年春耕时的好肥料。女人们会一一捡起掉在河岸上或者掉入水中的银杏，在大缸中用水浸泡一段时间后，用双手扒去银杏壳上腐烂的外皮，用河水洗干净经阳光照晒后，由生产队长卖给乡里的供销社，这是全庄人分红的最大

211

的来源。孩子们将飘落在河岸边的银杏叶集中起来，铺在小学操场黑黑的泥地上，铺厚厚的一层。我们呼吸着空气中淤泥和银杏外皮淡淡的臭味，做着过家家等永远也玩不腻的游戏，这是我们梦想起步的温床。

这条河，最快乐的是冬天，它是红的。抽干了河中的水，捉上来活蹦乱跳的鱼，按人口平分到每个家庭。当天晚上灶火映照着一张张笑脸，家家飘出了诱人的鱼香。一串串鞭炮划破了天空，照亮了河水。全家人围坐在堂屋的餐桌边，盘点着全年的收成，再苦再累再穷，也得用鞭炮点燃来年的希望；各种各样的灯笼，蛤蟆灯、兔子灯、八角灯，各种材质的火把，木头的、竹子的、秸秆的，被孩子们提在手里，被大人们举过头顶，环河流淌，来回往返，不知疲倦，直至深夜。小媳妇们抱着婴儿边看热闹边齐声唱起了家乡小调："正月里来哟是新春，男女老少啊笑开了怀！"

有三种东西是最美好的，一是失去的，二是记忆中的，三是初恋的。我在写这篇家乡的河时，总会有美好的回忆打断我的思路，总会被无情的现实扰乱我的情绪。我沉浸在回忆中，但又不得不回到现实中来。刚刚过去的清明节，我又回到了老家。其实，家乡已经不能再称之为老家了，一切老的痕迹早已荡然无存。老屋拆了，乡亲们在规划区的那条通江港河边建起了楼房，这就是新农村了。环河的老路没了，隆起了一座座土坟，逃往台湾的于家大地主的骨灰也葬在了这里，这就是叶落归根了。河上的老木桥被埋入了土中，成了一座土坝，这就是历史了。只有这条河还在，尽管多年没有清淤，散发出阵阵泥臭味，尽管土坝断了水源，那护家河早已干涸见了底，这就是坚持了。

2013 年 4 月 6 日

家乡的江

一江春水向东流，说的是我们的母亲河——长江。它自源头起，一泻千里，自西向东，汇入大海。其实，长江也不是完全的由西向东，在江苏省境内，有一段改了道，由北往南。我的家乡，就在这由北往南再转弯向东的这个东北湾内。

这一带的江面，我所知道的有两件事被载入了史册。一是 1945 年 10 月新四军渡江北上的中安轮事件。新四军四纵某部和苏南地区部分干部乘坐"中安"号轮船渡江，半夜时分，在距离我家乡龙王庙五里的江面上，轮船沉没。得知消息的家乡父老们驾上小渔船奋起抢救，无奈风大浪急船小，八百多人不幸遇难。家乡父老们含泪一一打捞上了他们的遗体，装入大缸埋葬，后来专门建立了中安轮新四军渡江北上遇难烈士纪念馆。二是 1949 年百万雄师过长江前夕的炮轰英国军舰。这军舰是"紫荆花"号，从上海开来，以阻人民解放军渡江。在多次警告无效后，数百门大炮一起开火，将这艘军舰击沉。

由于长江至此转弯，江水流速变慢，水中又有了这庞然大物，积沙越来越多，时间长了，江中长出了一洲，且面积越来越大。天然地，这江心洲上，长满了芦苇。每年的端午节前，会有一些人或坐小船，或涉水穿江，来采摘芦苇叶子，用来包粽子。由于芦苇丛深，采摘叶子的人只顾摘叶，没有注意到涨潮，每年都有几人或十几人因此溺水而亡。

写到了包粽子，我又想到了家乡的两个传统。一是端午节向江里扔粽子。这个传统由来已久，即使在最为困难的没有米吃的年代，家乡父老也都会在端午节当天，或用竹篮，或用铝锅，装上用芦苇叶子包裹的还没有煮熟的米粽，不约而同地汇聚到江堤上，一起将粽子向江中远远地扔去。慢慢地，这个活动还演变成了一个比赛：比谁扔得远，同一时间内比谁扔得多，比谁家包的粽子外形漂亮且口味好。起初，我以为这个传统是为了纪念屈原。但老人告诉我，纪念屈原，用的是煮熟的粽子，而我们家乡扔的是没有煮熟的粽子，纪念的是伍子胥。可后人们为什么要用生粽子来纪念他，我问老人们，他们不知道。我查阅了历史资料，也没有相关记载。但有一点可以肯定的是，伍子胥一定是为我的家乡的前辈们做了什么好事。

二是父老们死亡后土葬的长坟。一般的坟包，呈圆锥形，而我们家乡的坟包，是长三角的屋檐形，被称为长坟。对此，我作过考证，结果如下：家乡的先辈们靠水吃水，以打鱼为生，小渔船既是他们的生产工具，又是他们的家。虽然他们千辛万苦，可还是不能让全家人吃饱肚子；虽然他们万般小心，可还是有很多人淹死江中。他们最大的追求就是能到陆地上盖上房子，安居乐业，安稳生活。可是太多太多的人没有等到这一天就永远闭上了眼睛。亲人们为了告慰先人，就将土坟的坟包建成了长三角的屋檐形状。现在家乡父老们都已经实现了先人的追求，就是少部分的渔民，也是既有船又有房，过上了"两栖"生活，但这个传统却沿袭了下来，成为一道独特的风景。

写到风景，其实，我的家乡是没有什么风景的。想必是当年刘备走得狼狈，没能喘口气、喝口茶、写个字、留串脚印或洗洗马什么的。想必是家乡的先祖们确实是太穷，地下没能留下什么陪葬，地上未能留下什么建筑，只能用无须花钱的泥土来表表心意，连块石碑也没有。

我曾经设想过，将家乡建设成为长江下游的湿地保护区，或叫芦苇自然保护区，春天可以尝河豚扔粽子，夏天可以戏江水捉螃蟹，秋天可以

钓江鱼摘芦花，冬天可以砍芦苇做灯笼。不过，我的设想，只能是空想而已。我痛心于江边新建的一座座化工厂，我扼腕于长江四鲜的绝迹，我无奈于江心洲里大面积减少的芦苇。不管是什么开发，不管是什么建设，都是不能违背自然、破坏生态的。

其实，家乡的江本身就是一道风景。就说这水，她经受了高山的摔打，像一位慈祥的老奶奶，亲切地哺育着儿女，无私地滋养着大地。她突破了这坝那坝的阻拦，像一位出嫁路上的新娘，轻快地、缓缓地、不舍地，投入新郎大海的怀抱。我的家乡被称为鱼米之乡，鱼靠的是这江水，米靠的还是这江水，你能说这江水不美吗？就说这芦苇，记得2006年我去张家界旅游，在经过一处不到十平方米的芦苇丛时，导游非常自豪地告诉我们，这就是芦苇。我们听后都哈哈大笑，搞得导游不知所以。那江心洲，有一万多亩，长的全是芦苇。在张家界芦苇能成为一景，这江心洲的芦苇不是更能吗？

还记得2012年，我到了山西的平遥古城，在关帝庙的戏台上，正在演出一场戏，说的是一名可怜的孩子，妈妈死得早，继母对他不好，给亲生的儿子穿用棉花做的冬衣，给他穿的冬衣用的却是芦花。后来，这名孩子考取了状元，继母及其儿子流浪乞讨。状元衣锦还乡，不计前嫌，将继母和弟弟接回家一起生活。这出戏的名字好像就叫《芦花》，但我四周的游客们都不知道芦花是什么东西。有这样的文化内涵，有这样的市场潜力，这芦苇不也是一景吗？再说，这芦苇全身都是宝，叶子可以包粽子，芦花可以做鞋子，苇秆可以做席子，可以做篱笆，可以盖房子，可以做成灯笼等手工制品。

就说这江堤。为防止江水内灌，家乡的先辈们不知从何时起，肩挑手挖，沿着江水的走向，建设了江堤。从我记事起，每年的冬天，成千上万的民工带着各类劳动工具，集中到江堤，又是加宽，又是增高。这江堤，就如万里长城,将长江与陆地隔了开来。这江堤,年年修,年年汛期都有险情。每年的夏天,江堤上就会出现一支特殊的队伍,严防死守,一旦发现险情,就会及时采取措施。为了这江堤,不知耗去了多少人力和物力。1998年,政府下了大决心,花了大钱,将泥土江堤建设成了钢筋水泥石头墙。再后来,在江堤的两岸上栽种了果树花草,这江堤就成了四季花廊。这江堤,是家乡父老辛勤奋斗的象征,是开拓创新的象征,这不也是风景吗?

  家乡的江,每天流淌的水都是新的;家乡的人,每天脸上的笑容都是新的;家乡的变化,每天发生的都是新的……

2013 年 4 月 3 日

家乡的渠

我的家乡沿江，河多，渠也多。这些渠，没有灵渠悠久的历史，没有红旗渠伟大的意义，但它犹如遍布人体的血管，成为家乡记忆中不可缺少的情结。渠者，人工开凿的水道也。家乡的土是黏土，非常适合农业，一年两熟，以水稻和小麦为主，夹种大豆、玉米、蚕豆、大麦、荞麦等等。农业离不开水，有水就会有渠，水到渠成嘛。对农业而言，这渠，一能浇灌，将庄稼需要的水，由河里经过抽水机抽到渠里，再分流到农田里；二能排涝，将农田不需要的水，先排到渠里，再直接排入河中。农田与渠相连，渠与河相接。家乡的农业旱涝保丰收，这渠功不可没。我的家乡位于长江下游的北岸，是冲积平原，没有山，没有石头，所以这渠就不用凿了，都由人工开挖而成。在渠与农田之间，有一条短短的窄窄的缺口，叫水坝，水由渠分流到农田，或由农田排入渠中，都由人工控制通过这水坝。

有人的地方就会有矛盾，这恐怕是地球上的普遍现象。家乡一带，把负责农田灌溉的农民称为打水的，一般每个生产队有一人。哪块田里的水多需要排水，哪块田里的水少需要灌水，谁私自打开了水坝或者关上了水坝，都会引发矛盾，小则吵架骂人，大则动手打架。农田承包到户后，这个矛盾更加突出。农忙时节，基本上每天都有吵骂。由于农村供电不是很正常，这打水的就很辛苦，什么时候有电，就得抓紧时间到泵站抽水，很多时候都是半夜起床。天不帮忙，雨下得大了，他们就必须及时排水。不管这打水的多么辛苦，也都不能让家家户户满意。于是这打水的自然就成为被大家骂得最多的人，于是这打水的就成为一个必不可少但又谁也不愿意从事的职业，于是就有了全庄各家每年轮流打水的庄规。矛盾年年有，这农田还是要年年种的。对于当年的我等这些小孩子来说，谁是打水的我们不关心，谁和谁吵架我们也不关心，我们关心的是如何把这渠玩好、玩得开心、玩出水平。现在回想起来，我们的玩可以分为两个时间段，玩法也随时间而变化。

　　第一个时间段是冬春两季。这个时候，农田一般是不需要水灌溉的，渠里没有了水，也就干涸了，渠埂上、渠坡上、渠底里，都是草，冬天的草是枯黄的，春天的草是嫩绿的。上午露水干了后，我们一群孩子牵着各家的三五只羊，来到渠里，找一处草多的地方，将羊拴在一根木桩上。羊就以木桩为圆心，以缰绳为半径，在这圆里自由活动了。而我们这群孩子，则将这渠变成了战壕，玩起了扔泥块、捉俘虏、打鬼子等打仗的游戏。夕阳西下、天色将暗时，各家的大人们会一手牵着咩咩欢叫的羊，一手拎着浑身泥土哼哼唧唧的孩子的耳朵，将我们和羊一起带回家里。

　　第二个时间段是夏秋两季。这两个季节，经常下雨，农田也离不开水，这渠就成了我们的水上游乐场。我们会追逐第一股由抽水机抽上来的河水的水花，一路欢呼着直至渠之尽头；我们会在稍宽一点的渠里游泳戏水；我们会坐在渠埂上和泥巴捏泥人。更多的时候，这渠是养殖场。下了大暴雨或雷阵雨后，农田里的水需要通过渠向外排，我们就会冒着倾盆大雨，来到渠与河的连接处，将水坝打开一个小缺口，渠里的水会从这里排入河中。我们将一只竹篮放在缺口处，渠里的鱼就会随水而下，全部成了我们的篮中之物。我们用小锹挖出十几条蚯蚓，用一根细绳捆好，系在竹竿上，正在渠里寻食的青蛙看到蚯蚓后，就会张开大嘴一口吞下。我们轻轻一提，青蛙就会顺势掉入我们随身携带的蛇皮袋内。我们找到螃蟹在渠坡上藏身的洞穴，随手拔起一团水草塞住洞口，再用泥巴糊好，在洞外插

上一根小树枝做好记号。三四个小时后，我们再来打开洞口，一般都能捉到奄奄一息的螃蟹。晚上，我们点上四周有玻璃罩住的煤油灯，背上鱼篓，拿着用两块竹片做成的夹子，到渠边捉黄鳝。黄鳝也是洞居的，天黑了才出来活动，灯光一照，它就原地不动了。它全身非常光滑，用手是难以捕捉的。那竹夹上有锯齿，只要夹住了，黄鳝是逃不了的。这些鱼啊、青蛙啊、螃蟹啊、黄鳝啊，口味都非常好，大人是舍不得煮给我们吃的，拿到城里都能卖上好价钱。有时，我们也自己动手，把这些鱼啊、蟹啊的杀了洗干净，放在铁锅里就用水炖，不放一点佐料，煮出来的汤白白的、浓浓的，味道非常鲜美，至今想起来还是垂涎欲滴。

在决定写这篇家乡的渠之前，我把这渠的故事讲给了正上小学六年级的儿子听。他听得津津有味，满脸羡慕和向往之色，多次打断我，要求我找机会带他回老家看看玩玩。我告诉他，现在的渠已经不是他老爸童年时代的渠了，为了节约用水，现在的渠都穿上了水泥外套，戴上了水泥帽子，美其名曰硬质渠道。另外，现在的农业，农药化肥用得很多，水污染很是厉害，这些鱼蟹的野外生存空间越来越小，生存环境越来越差，已经很难见到、很难吃到野生的鱼蟹了。尽管如此，前几天清明节期间，我还是带着儿子到家乡的硬质渠道上走了走，到农田里转了转。我多了一份对儿时的回忆，他多了一份对未来的憧憬。是啊，现在的孩子，已经远离了我们当年的生活，但我也不希望我们幼时多见的鱼啊、青蛙啊、螃蟹啊、黄鳝啊等等，以后孩子们只有到动物园或者只有在教科书里才能看到。

再见了，家乡的渠，挥之不去的还是对家乡永远的情结！

家有"海飞丝"（一）

四凤从厂里下班回家。一进庄，就听到了三奶奶的大嗓门。"呆什么呆啊？什么东西都是往自家拿。老不死的！一天到晚害人……"

经过三奶奶家门口，三奶奶一边剥着玉米，一边大声地骂人。四凤和往常一样，放慢了电瓶车的速度，尊敬地叫了声"三奶奶"。三奶奶八十多岁，耳聪目明、手脚利索，整天屋里屋外忙个不停。虽然她儿子的儿子也有了儿子，却是四代不同堂，平时她一个人住在乡下老屋里。

三奶奶头也没抬，将剥下来的苞叶使劲扔到了地上："下班了，赶紧回去吃玉米吧。"

四凤稍一加速，"吱"的一声，就到了家。婆婆坐在堂屋的小凳子上，笑眯眯地剥着玉米。猫咪花花趴在婆婆脚边，下半身埋在苞叶里。旁边的竹篮里，满满的都是玉米。

见此情形，四凤立即明白了三奶奶骂人的原因。此时，她恨不得将一篮子玉米全部甩出门外。可是，看到婆婆幸福满足的样子，四凤只能无奈地摇了摇头。四凤也没了做晚饭的力气，一声不吭，走进卧室，和衣躺下，生了一会闷气，迷迷糊糊地睡着了。

四凤被老公卫兵叫醒时，已经是晚上九点多。卫兵是驾校教练，晚上下班到家后，看到家里黑灯瞎火、冷锅冷灶，看到母亲在剥玉米、老婆在睡觉，心里不由得来了气。然而，面对笑眯眯的母亲，又看到依偎在母亲腿边似睡非睡的猫咪花花，卫兵做了个深呼吸，将心中的怒气强压了下去。

卫兵烧了粞子粥,煮了十来根玉米。母亲吃晚饭时,卫兵打扫了堂屋,将剥好的玉米棒子放进了冰柜,将剥下的苞叶倒进了门外的垃圾桶。母亲吃好后,他伺候母亲洗漱,将母亲卧室的空调温度调到了二十八度,让母亲先睡了。

四凤滋溜滋溜地喝了一碗粞子粥,问卫兵:"怎么办啊?"

卫兵啃着玉米,含混不清地反问:"什么怎么办?"

四凤夺下卫兵手上的玉米:"这玉米,你怎么吃得下的?"

卫兵叹了口气说:"怎么办,怎么办,我能怎么办呢?你不饿吗?吃好了再说吧。"

是啊,卫兵能怎么办呢?父亲死得早,母亲一个人含辛茹苦地把他和姐姐抚养大。姐姐上了几年小学,又学了几年裁缝,一过二十岁就嫁了人;他好歹上到了初中毕业,先做了几年木匠,后帮人开车搞运输。四凤是个好姑娘,不嫌他家穷,不顾家人的反对,嫁给了他。他们的儿子已经大三,家里的日子一天比一天好。可是,去年,不到七十岁的母亲却患上了阿尔茨海默症,姐姐记不住名字,总是说阿什么海飞丝。这病真怪,母亲患病后还做起了"贼",特别喜欢"拿"别人家田里的东西,真的验证了"做贼就从偷菜起"那句古话。开始时,几根小葱、几棵青菜,人家也不当回事。几个月后,品种、数量都越来越多。怎么劝说,母亲都不听,越不让她拿,她拿得越勤。虽然夫妻俩为此和庄人都打了招呼,但大家的意见也越来越大。姐姐将母亲接去小住,母亲的这一病症受到了婆家人的抱怨,姐姐无奈只能将母亲送回,隔三差五地回来看看。姐弟俩也曾合计过送母亲去养老院,可是一想到不能在身边尽孝,心里始终过不去那道坎儿。

卫兵和四凤吃罢晚饭,话题又回到了母亲身上,讨论了半宿。

第二天天不亮,四凤和卫兵早早地起了床。母亲还在睡觉,他们将早饭焖在锅里。四凤拿出冰柜里的玉米，足足四五十根，装了两大方便袋子，放到电瓶车上，急匆匆地出了门。

晚上下班后，四凤、卫兵和姐姐相约在庄口会合。姐姐拎着两箱牛奶，三人一起走进了三奶奶家。

三奶奶正在屋后忙，一见三人来，赶紧将最后一只鸡赶进鸡窝，关好鸡窝门。"哎呀，这玉米，你妈拿走就拿走呗，又不值几个钱。"三奶奶大声说着进了屋，"四凤你也真夯，把玉米送到城里给我家宝宝吃。那么多，他们怎么吃得了啊？"三奶奶又嬉笑着嗔怪四凤。

卫兵端了张椅子请三奶奶坐下，他们三人也各自坐下。"三奶奶，我妈老是给您添麻烦，我们代她向您打招呼。"卫兵诚恳地说。三奶奶打断了卫兵的话："听听你这孩子说的哪里的话，打什么招呼啊？你妈又不是故意的，她是得了这病才这样的，自己也不知道啊。"

"三奶奶，我们想跟您商量个事……"姐姐看三奶奶心情好，插上了话。

"只要三奶奶这把老骨头能做到，你们尽管开口。"三奶奶爽快地说。

四凤挪了挪椅子，靠近三奶奶。"我妈这病，不要住院，不要打针，只要有人看着。三奶奶您看我们三人都要上班，白天没空。专门留一个人在家，又有点那……那啥……所以啊，我们想请您帮帮忙。"

"怎么帮？我能做什么呢？"三奶奶有点急，"不要给三奶奶兜圈子。"

"三奶奶，你看这样行不行？"卫兵也靠近了三奶奶，"早上我把我妈带到您这儿来，午饭您不用做，镇上现在专门有养老的助餐服务，我提前订好，到时间直接送过来。晚上我们下班，再把我妈带回家。"

三奶奶有点犹豫。四凤说："早上我在城里，也和您儿子提了。他说这样也好，您一个人在家，他们也不放心。您只要看着我妈就行，还可以让她帮您干点活儿。另外啊，姐姐说了，一个月再给您三百元辛苦费。"

三奶奶说:"我儿子下午也打电话说了这事。邻里邻居的,谈什么钱啊?再说喽,你们不都订饭了吗?"

姐姐说:"这三百元我出;订饭的钱由卫兵和四凤出。我们做晚辈的,不能让您白白辛苦。"

三奶奶叹了口气说:"你妈妈啊,没福气,得了这个怪病;她又有福气,有你们这样孝顺的子女。不过我丑话说在前头,先弄几天,试试再说。"

姐姐、卫兵、四凤开开心心地回到了家。母亲正坐在堂屋里剥毛豆,猫咪花花在旁边的四个南瓜上跳来跳去。

2021 年 9 月 14 日

家有"海飞丝"（二）

"烫死我啦！救命啊！"一位老奶奶声嘶力竭地喊。

"就烫死你，就不来救你。"一位女人慢声细语回道。

每天晚上七点多钟，朱爷爷家都会上演一出生活小戏。

朱爷爷和朱奶奶都是年过九十的高龄老人，平时与女儿小朱、女婿小季生活在一起。朱爷爷能吃能喝能睡，能看报聊时事，能蹬上三轮车沿一环路转个圈儿，写得一手漂亮的小楷，左邻右舍、亲朋好友家都有他亲笔抄写的《道德经》。朱奶奶能吃能喝能睡，还是个妥妥的"麻将迷"，早上九点就去等档，晚上才回家，赢点输点无所谓，玩的只是心情。女儿小朱、女婿小季退休在家，他们承包了所有的家务活，洗衣做饭、拖地抹桌，从来不要二老动手。

家有二老且身体安好，这是全家人的福气。这样的家庭，普普通通，但很幸福；这样的日子，平平淡淡，但很快乐。可原本平静的生活，在三年前悄然发生了变化。许是朱奶奶上了年纪，许是朱奶奶打麻将用脑过度，她患上了阿尔兹海默症，也就是老年痴呆。开始时是打麻将算错账，总是多要人家的钱；再后来是打麻将结束后忘记了回家的路，总要女儿去将她找回；最后就是没人愿意与她一起打麻将了。朱爷爷介绍这个病时总想说学名，但又说不清到底是"阿什么海飞丝"。

都说打麻将能预防或延缓老年痴呆，况且这是朱奶奶的爱好，于是小季想了个办法，买了张牌桌放在了客厅，家里四人正好凑成一个牌局。牌桌上的事，全由朱奶奶说了算，只要她开心就行。朱奶奶坚持坐在牌桌

东边的位置，说那是她的财位。她说胡了就胡了，她说给多少钱就给多少钱。开心是开心了，可糊涂也是越来越糊涂了，不认识牌了，今天的三条，明天成了七条，后天又成了六万；不认识人了，一会儿喊朱爷爷叫爸爸，一会儿称女儿为姐姐，小季则成了老头子；不认识钱了，却会藏钱，枕头下、被套中、袜子里，没有她想不到的地方。

朱奶奶喜欢打麻将，却不喜欢洗澡。大小便弄到身上，起初她还感到难为情，配合着洗澡、换衣服，后来却坚决不肯洗澡，总说是别人把脏东西弄到了她身上。每次给她洗澡时，她必定大呼小叫，要么说水太烫，要烫死她；要么是女儿打她，要她早死。刚开始邻居们以为是吵架，敲门来劝架，后来习以为常，不再理会。偶尔有一天，朱奶奶不大呼救命，大家还不适应，反而要过来问问是个什么情况。

朱奶奶最开心的是坐上朱爷爷的三轮车出门遛弯，她称之为旅游。每天下午五点左右，她便催促朱爷爷赶紧出发。女儿实在放心不下两位九十多岁的老人，总是骑电瓶车跟在后面。一环路转一圈，一个半小时。到家后，女婿小季已经做好了晚饭。桌上的菜有冷有热，有荤有素，每天换着花样。隔三差五地，小小季一家也回来蹭饭。朱爷爷和朱奶奶每天都要喝上两口，一家人边吃边聊，其乐融融。

二两小酒下肚后的朱奶奶有了一份醉意，更有了一份清醒："哎！咋不早点儿死呢？苦了你们了……"

封盲笔路

看露天电影

晚上出去散步，习习凉风吹去了白天的闷热与浮躁，全身的每个毛孔都舒张开来。路过一个小广场，那里正在放电影，是一部战争题材的大片，屏幕上的敌我双方正在激烈枪战。虽然从此路过的人很多，但留下来或者驻足观看的人并不多，稀稀落落的不到二十人。真的是人老心老的缘故，我又情不自禁地想到了我幼时观看露天电影的情景。

我的幼时，已经进入了二十世纪七十年代，当时我们的国家总体上还处在贫困之中，我们小孩子的文化生活是非常贫乏的。一本小人书被我们传看得面目全非，一张水泥乒乓球桌被我们拍打得坑坑洼洼。当时能看上一场露天电影，就是我们最满足最快乐的一件事了。

方圆几里，哪个庄子放电影，我们都能提前知道，就会请那个庄的同学帮我们早一点抢占一个好一点的位置。那一天，老师很通人情，一般不布置作业，一般都提前放学；那一天，家长很通人情，早早地煮好晚饭，炒一锅黄豆、蚕豆或玉米装进我们的裤子口袋里；那一天，同庄的大人们很通人情，扛着张长板凳，经过谁家门前都会大声吆喝，把我们这些孩子一起带入看电影的人潮。

放电影的地方，大多在庄里的打谷场。在打谷场的边上，竖起了两根粗粗的毛竹竿，挂着一块厚厚的幕布，吊着两只高音喇叭。场子里，黑压压的全是人，有的吸着香烟在聊天，烟头上的小火星和萤火虫一起忽闪忽灭；有的摇着大蒲扇，脸上挂满了汗珠，一会儿坐下，一会儿站起，焦急地四处张望。我们挤进人群，找到同学，一屁股坐上长板凳，大家共享起

了口袋里的炒货。

场子的中央，鹤立着的是高高的放映机。那个时候，农村是没有电的，放电影用的电来自柴油发电机。随着发电机轰轰声起，放映员打着饱嗝，红着脸膛，拎着一卷电影胶片坐上了放映机前高高的凳子上。他先是打开放映机的小灯，小灯很快引来了嗡嗡乱飞的各类蚊虫；他再将胶片挂上放映机，一手呼呼啦啦地倒片，一手驱赶着蚊虫，一束强烈的光柱从放映机射向了银幕，我们将张开的五指插入光柱中，银幕上就会出现各式各样的奇形怪状。喇叭里的声音响起来了，银幕上有了电影厂的标志和名称，乱哄哄的场子一下子安静了下来，所有的人都昂起了头，把目光投向了银幕。

那个时候，放映有可能中途要暂停。同一部电影，如果一个晚上需要在不同的庄上放映，这就要跑片。一旦跑片不及时，电影的放映就得暂停。大家对此习以为常，没有人起哄，没有人离开。

那个时候，有可能看不上一部完整的电影。放电影的时间，一般都是夏天的某个晚上。夏天的雨是很多的，雷阵雨、暴雨，说不准就会倾盆而下。一旦下雨了，放映就必须中止。

那个时候，也有可能空欢喜一场，看不到电影。放映机是会坏的，发电机是会坏的，谁知道它们什么时候坏呢？一旦运气不好，连放映机上的灯光都没有看到，我们就要回家了，我们把这种情况戏称看的电影是"英雄白跑路"。

不管是什么情况，我们回家的时候是开心的。大家讨论着电影里的情节，评论着演员的演技，哼着电影里的主题曲，回家的心是急切的，只顾着说话，注意力就不会放到脚上。有的人掉进了路边的水渠，有的人掉进了屋后的粪坑等等，这些都会成为一段时间里众人的笑料。

我已经回想不起总共看了多少场露天电影，只记得同一部电影我们能连续看上几遍而不弃不厌，还记得所看过的每一部电影，如《上甘岭》《地道战》等的主要情节常出现于梦中，自觉不自觉地影响着我们的人生。从二十世纪九十年代起，这样的露天电影开始越来越少了。庄里哪家出了什么红白喜事，偶尔地会请镇演剧院来放一两场电影。这样赶集似的人山人海地看电影的场面越来越少了，更多的人选择了在家里看电视或上网看视频。就连电影院里的观众也越来越少，只有单位集中组织观影或放映什么国际大片时，电影院才显得有点人气。是电影远离我们的生活了吗？答案肯定不是。可为什么我们在家里或电影院里看电影时就找不到当年看露天电影的那种感觉了呢？答案肯定会有很多，比如人在饥饿时吃什么都香，在成堆的大鱼大肉面前却食之无味。这不是时代发展的错，不是条件改善的错，这所有的都不是错。十六的月亮最圆最亮，但是是最美的吗？

　　散完步返回家里，我极力动员正在看动画片的儿子到小广场去看露天电影。他的视线都没有离开电视屏幕，最后回了我一句："请你尊重我的选择。"选择，对，选择，现在人的选择太多太多了。在众多选择面前没有标准答案。我们要务实不要浮躁，我们要创新不要守旧，我们要进步不要落后，我们要富裕不要贫困啊。

2013年5月26日晚完稿于泰兴家中

老大碗

"老大碗"是一只碗，也是一个人。

说是一只碗，是因为它确确实实是一只碗，只是比一般的碗年代更久、个头更大。从记事起，这只碗就经常出现在我的视野中。但这只碗到底从哪儿来的、存在多久了，我不得而知，也无从考证。我甚至请一位懂古董知识的朋友品鉴，他又是敲，又是称，又是摸，又是听，最后得出结论：这就是个稍大点的普普通通的碗。

说是一个人，是因为使用这只碗的人很传奇，他出生时没有眼珠，眼部是一张从额头延伸下来严严实实的皮。他刚出生不久就被遗弃在了庄西头一个老光棍家门前，老光棍被这样的"怪物"吓了一跳。庄里的老大娘们觉得好歹是条生命，能平安长大或许能和老光棍互相照应，便劝说老光棍留下他。在他两岁那年的夏天，一向水性很好的老光棍在下河游泳时被淹死了。他在老光棍为数不多的遗物中摸到了这只碗，从此便与这只碗形影不离。那时，农村人家尽管经常为缺衣少食犯愁，但谁家都不会少了他一口饭一口粥。到了饭点，他随便往庄里哪家门槛外一站，碗里都会被放点吃的。久而久之，"老大碗"就成了他的名字，他吃着百家饭，穿着百家衣，一天天地长大了。

我与"老大碗"是邻居，从小一起长大。二十世纪七十年代，全中国的农村还处于贫困封闭状态，大人们整日面朝黄土挣取工分，小孩子们光着屁股满庄子玩耍。"老大碗"和我们一起，春天在油菜花中追蜜蜂，夏天下河捉鱼摸虾，秋天上树掏鸟窝，冬天挖树洞找粮食。我们没有因为他失明而歧视他，他也没有因为失明而感到痛苦。我们的童年虽然物质匮乏，但无比快乐。

　　唐山大地震那年，生产队的小学教室临时搬到了我家屋后的大竹园里，我们一起去上学。"老大碗"成了我们班上最特殊的学生，他没有书包课本，学校也不曾向他收取学费。一、二年级唯一的一位老师偶尔也会手把手教他写字。每次上音乐课是"老大碗"最高兴的时候，老师边拉二胡边教我们唱《我们是共产主义接班人》。"老大碗"一开口，我们就起哄说他眼睛看不见，不能做共产主义接班人。"老大碗"不急不恼，敲着碗沿打着拍子，更加大声地唱起了"我不是共产主义接班人"，引得老师同学笑成一团。小学三年级时，生产队的小学撤销了，我们去了距离本村较远的学校上学，"老大碗"自然就辍学了。

　　后来我听说，"老大碗"被村里的一位老奶奶送到邻村的算命先生家里学算命。没过几天，"老大碗"就溜了回来。他说，眼睛看不见已经做不了共产主义的接班人了，如果再学了封建迷信的算命，那他就是共产主义的大罪人，所以宁死也不能学。老奶奶拗不过他，也就不了了之。

　　二十世纪八十年代初，改革开放风雷激荡，农村生活逐渐富裕，街上的自行车、摩托车、拖拉机等不断增多，庄里的土路时常出现深浅不一、大小不等的土坑。"老大碗"走路时发现土坑后，就到路边，用碗装满土，一碗一碗地将坑填平。庄里人问他这是干啥，他回答："摔我哩。"开拖拉机的三叔拉回了大块的石头，"老大碗"就用铁锤将大石头砸成小石子，再用小石子去填土坑。慢慢地，庄子的土路，竟然都成了石子路。

　　二十世纪九十年代中期，农村开始实施最低生活保障制度。"老大碗"不知从哪儿听说了，找了村长多次。村长说："你一没饿着，二没冻着，年纪轻轻的，要低保干啥？""老大碗"又去了镇民政科，民政科还是需要村里往镇上报。几个回合下来，"老大碗"怒从中来，把满肚子的怨气

都撒到了村长身上。他一边高唱着"我不是共产主义接班人",一边摸索着用火点着了村长家的房子。幸亏发现及时,没等县消防队的消防车到,火就被村民们扑灭了。

镇派出所来了人,村长扬言要吓一吓"老大碗",省得他以后再犯浑,但村里人还是将"老大碗"藏了起来。此事没有吓住"老大碗",却震住了村长,他亲自去了镇政府,给"老大碗"办理低保。可真正办手续时,村长才发现"老大碗"既没有户口,也没有名字。"老大碗"特地给我打了电话,要我这个文化人给他起个好听的名字。我稍作思索,说:"你是老光棍收养的,他姓封,你必须姓封。你是吃百家饭、穿百家衣长大的,就叫封百家。""老大碗"很是喜欢这个新名字。"老大碗"不仅如愿有了低保,还有了户口、有了名字。几年后,县民政局全面核查低保,调查到封百家的时候,村里人都说没有这个人。县民政局停发了封百家的低保,还通报批评了镇民政科。工作人员很是憋屈,翻出了原始审批资料,找到了已经退休的老村长查问,才搞清楚封百家就是大名鼎鼎的"老大碗"。为防止乌龙事件再次发生,镇民政科在低保花名册上封百家的名字后备注了"老大碗"三个字。

大学毕业后,我被分配到县政府工作。每次回老家,我都邀请"老大碗"到县城来玩,他都以麻烦为由谢绝了。2002年是我人生的大转折之年。年初我的视力开始下降,5月时眼前白花花的一片,10月时视力急剧下降到了0.05。经县里、省里的几家医院检查,我被确诊为视网膜色素变性。12月31日下午,我下班回到小区,保安告诉我有人在等我,走近才知是"老大碗"。他随我一进家门,就紧紧地抱住我放声大哭,边哭边说:"你咋会看不见了呢?你咋能看不见了呢?"晚上,我们喝了一个通宵的酒,他喝下了满满一老大碗。

组织上考虑到我的特殊情况后,将我作为残疾人领导干部,调整到了县残联工作。工作后我了解到了盲人按摩培训，特地回老家动员"老大碗"参加。起初他怎么也不同意，固执地认为按摩是耍流氓，觉得自己大字不识一个，没有文化，肯定学不会。甚至，他还耍起了无赖，认为反正有低保，饿不死。我苦口婆心做他的思想工作，最后以陪他一起学作为条件，他才勉强答应。

"老大碗"去培训那天，是由我"押"着去的。我履诺陪了他两天，他听到我电话一个接着一个，知道我工作很忙，主动提出不要我陪了，说："这里和我一样的人多呢，我金贵个啥呢？"我回到工作岗位后，他每天都主动给我打电话，兴奋地分享培训班里的人和事，即使后来培训忙起来他也不忘给我报平安，让我甭惦记。培训结束后，他被推荐到县城的一家盲人按摩店打工。"老大碗"非常开心地说："包吃包住，共产主义，好着哩！"

一个月后，"老大碗"拿到了他人生的第一笔工资。他硬是拉着我回了老家，买了三条香烟和一大袋糖果，按照老家办婚事的习俗，给庄里的二十户人家，每户一包香烟、两包糖果。他逢人便说："拿工资哩，谢谢大家哩。"之后，他去了村委会，找到村长说："我拿工资了，不能再拿低保哩。"最后他去了老村长家，给了老村长送了一条香烟，算是为放火的事赔罪。

时光匆匆，一晃到了2010年，"老大碗"打工五年了。一天我接到"老大碗"的电话，他约我到他打工的按摩店附近的一家茶馆喝茶。没等我坐下，他就迫不及待地说："我要结婚了。"我说："结婚要有钱呢。"他从口袋里摸出了一张银行卡，豪气地说："有呢，十几万呢。"我打趣道："你一个人结婚啊？"后听"老大碗"描述得知，"老大碗"的结婚对象是一个外省女人，前夫在建筑工地意外摔死了，她带着六岁的儿子，就在"老大碗"请我喝茶的那家茶馆打工。婚后不久，夫妻俩辞了职，租了间

门面，开了一家盲人按摩店。

开业那天我去祝贺："恭喜恭喜啊，'老大碗'。"他不情愿地将我拉到一边说："不要再叫我'老大碗'了。"我问："那叫你啥？"他说："人家都叫我封老板哩。"成了封老板的"老大碗"，将夫妻店一直经营得不错。五年后，他在县城买下了属于自己的门面房，小日子过得红红火火。

2025年春节前夕，"老大碗"让我陪他回了趟老家。我们直接到了村委会，"老大碗"将一个装了三万元现金的布袋子放到了村支书面前，恳切地说："听说村里要修路，我回家表示点意思。"

成了家、成了封老板的"老大碗"，还是与他的老大碗形影不离。老大碗是他的饭碗，是他的酒杯，是他曾经的名字，是他来时的路。

老大碗，是一只碗，确实很老。老大碗，是一个人，依旧年轻。

封盲笔路

老支书的梦

村子的中央是村小学。村小学的东边是一棵千年白果树。白果树的东边是老支书家的三间小平房。不知何年何月，天上打了个雷，把村子里这棵最大最老的白果树齐刷刷地从中间劈成了两半，但它依然顽强地开花结果，每年都能打下数百斤大大的白果。于是关于这棵白果树的故事就传遍了七乡八里，于是这棵白果树就成了一棵神树，逢年过节前来祭拜的人是络绎不绝。

在村子里，和这棵白果树一样有神话色彩的还有老支书。谈到他，村子里不管是老人还是孩子，都能讲出一串老支书的故事。他没有结婚没有子女，当年他是村里的民兵队长，革了大地主父亲的命，带着乡亲分光了自家的土地，活生生地气死了老父亲。在国民党部队做团长的哥哥带着一帮人赶回家里想给老地主办六十大寿，没料到老父亲早已过世，连坟墓都没找到。老支书的哥哥大怒之下放火烧光了村子，从此音讯全无，传言是跑到了台湾。二十世纪六十年代，老支书办了村猪鬃加工厂，可没几天就被割了资本主义的尾巴，支书从那时成了老支书。"文化大革命"后期，老支书被拉出去批斗，右腿被打断了还一直昂首高呼"共产党万岁""毛主席万岁""我不是叛徒"……

从上小学起，那棵千年白果树就是我们的乐园。下课或者放学后，女生在树下踢毽子跳格子，男生爬上树梢，高喊着"打叛徒"，摘下一颗颗白果扔向树下的老支书。老支书拄着拐杖不躲不让也不发火，只是抬着头说着"小心点、小心点"。说来也怪，尽管我们调皮得让老师们大伤脑筋，

可从来没有人从树上掉下来，以至于后来老师也懒得过问。老支书会在堂屋的桌子上摆上几碗凉开水任我们随时窜进去喝上几口，会把我们玩得忘乎所以后丢在树下的衣服书本等送到教室或家里。尽管老师和父母一次又一次地教育我们说老支书是好人，尽管我们记不清喝了老支书多少碗凉开水，但我们还是像电影里的英雄一样"敌视"着老支书，会抢走他的拐杖挂到树枝上，会把垃圾偷偷倒在他家没有多少面粉的面缸里。

我们彻底改变对老支书的态度是在1980年的秋天，那一年，大大的白果拉弯了树枝，镇里派人在树下搭了一个大大的台子，为老支书召开了平反大会。那时，台子上坐了很多领导，台下站满了七乡八里的群众，我代表学校的少先队员为老支书戴上了鲜艳的红领巾。我非常清楚地看到了老支书眼里晶莹的泪花，非常清晰地听到了老支书哽咽的哭泣声。那年，我们在老师的指导下，用从白果树上锯下来的树枝，为老支书做了一根拐杖。从第二年开始，每年的清明节和八一建军节，老支书都会拄着我们做的拐杖，到附近的几座学校讲革命传统、讲英雄故事。

平反后老支书的生活并未得到太大的改变，他还是过着那种淡淡的不贫不富的日子。我从村小学毕业后，到了离家很远的地方上初中，到了比上初中更远的地方上高中，也就很少见到老支书了。我考上大学时，家里大宴亲朋，老支书被邀请为朝南坐的贵宾。他一手拄着拐杖，一手拍着我的肩膀说："你是我们村里的第一个大学生，你小时候我就看你有出息。到了大学后还要好好学习，要为村里作贡献。"老支书精神矍铄，拄的还是我们当年为他做的拐杖，拐杖被磨得光滑油亮。那天晚上，老支书非常高兴，酒喝得很多，我又一次非常清楚地看到了他眼里晶莹的泪花。我上大学的四年里，每月都能收到老支书寄来的十元钱。我先是惊奇，后来就成了习惯。我知道老支书家并不富裕，作为报答，每次放假回家，我都会隔三差五地到老支书家坐坐，陪他聊聊外面的世界。村里外出打工的人越来越多，许多小孩没人管。老支书就把这些小孩集中起来，请我做了他们的小老师。夏天的傍晚，我们围坐在白果树下，我辅导他们做作业，给他们讲故事，老支书拄着拐杖在一边乐呵呵地听着。

大学毕业后，我到了县城工作，也会常常想起老支书，想为贫困的村里做点儿事情。每次回家，我和老支书都会在白果树下聊上一会儿。每当谈到当年的猪鬃加工厂时，他就会眉飞色舞，挺直身体，拐杖俨然成了摆设。我们虽然先后四次把猪鬃厂又办了起来，可总是好景不长，因这样那样的原因而夭折。老支书说办猪鬃加工厂是他的梦，不办起来死不瞑目。

2003年清明节前发生的一件事彻底打破了村里的平静。我被村支书的电话紧急叫回村里时，大帮人拥在老支书家门前，一位年过八旬的老人拄着单拐站在老支书家门口，老支书家大门紧闭。村支书满头大汗告诉了我情况，原来那位老人是老支书的哥哥，从美国回家探亲。可是老支书说他哥哥当年放火烧了村庄是罪该万死，说要他哥哥到每家每户磕三个响头，赔了烧掉的房子后才能让他进家门。任凭怎么说，两位倔老头一个不肯开门，一个不肯离开。也许是我面子大，也许是两人都感到了疲惫，我不但叫开了老支书的门，还把他哥哥请到屋里坐了下来。

晚上，我和村支书买了两瓶酒，炒了几个菜。大家坐在老支书家堂屋的八仙桌边，两位老人边喝边聊、边聊边哭。从他们断断续续的交流中，我们得知：当年老支书含着泪悄悄地将老父亲和早已过世的母亲合葬到了那棵白果树下，老支书的恋人被国民党捉去砍了头；老支书的哥哥先是到了台湾，退役后做起了生意，后来又带着一家人到美国定了居，现在两个儿子各自经营着一个大公司。年龄大了，老人经常想起老家，经常会被放火烧村的噩梦惊醒，在确信了国家的政策后，不顾家人的反对，只身一人回到了家乡。他原本想回乡看看就走，可没想到弟弟还健在……

一夜无眠，两位老人达成了一个协议，那就是老支书答应哥哥留下不

走回乡定居，老支书的哥哥答应投资办一个猪鬃加工厂。很快，老支书的两个侄子也从美国回到了并不熟悉的故乡；很快，一座投资五百万美元的现代化猪鬃制刷公司就投入了生产；很快，全村家家户户都按照新的规划建起了楼房；很快，我的家乡成了闻名的社会主义新农村。后来，村委会改选，虽然老支书一再推辞，但当时七十八岁高龄的他还是以全票被村民们推选为村委会主任。大年三十的晚上，我到老支书家里陪他们老哥俩喝酒。趁着他高兴多喝了点酒，我终于问出老支书一直坚持办猪鬃加工厂的秘密。他认为，猪鬃加工厂适宜残疾人就业。谁眼睛不好在厂里做什么，谁手不好在厂里做什么，又是谁脚不好在厂里做什么，老支书掰着手指一个个向我介绍。我细心一琢磨，全村的残疾人真的都在厂里上了班。

村子的中央是新建的村小学。村小学的东边是一棵枝繁叶茂的千年白果树。白果树的东边还是老支书家的三间小平房。

封盲笔路

六个粽子

1988年6月17日傍晚，夕阳犹如炭炉里燃烧的煤炭，滋滋地朝东方吐着热气。这股热气翻过了操场西边的围墙，包围了整个操场。操场东侧是校园内的南北大道，两边的法国梧桐张牙舞爪伸展着枝丫，绿绿的、宽宽的树叶上跳跃着金色的霞光。三三两两的女生有的拎着水瓶由北向南地返回宿舍，有的捧着书本由南而北地前往教室，也有的背东面西站在操场旁一边扇着手帕一边看男生打球。

我和另外五名男生，分为两组，挥汗如雨地打着半场。每天晚饭后、晚自习前的一个小时，是我们住校生的黄金一小时，我们往往会用四十分钟打球，用十五分钟冲个冷水澡，顺带洗一下被汗水浸透了的衣服，再用五分钟飞奔向教室。尽管临近高考，但我们并没有太强的紧张感。农村家庭的孩子，能上高中已属不易。至于高考，考上最好，考不上大不了再复读一两年。

凭着身高优势，我跃起，右手将半空中的篮球直接顶进了球框。我抱着球，迅速跑到中场，其他五位球友面对着我，或做抢球、或做接应之姿。我正准备发球的时候，突然瞄见一个女生在篮球架下匆匆丢了个纸团迅速跑开了。

在大家的催促下，我将球随手一抛，径直奔到篮球架后。一个用报纸包裹的纸团静静地躺在地上。我用脚踢了踢，没踢开，不知道里面包着何物。其他五人发现了我的异常，纷纷围拢过来。

我蹲下身，拆开报纸，这是一份学校发给高三学生的招生通讯。里面

包着的是粽子！六个粽子整齐地排成了两列。一抹晚霞穿过我们六人包围圈的缝隙，像照相馆里的强光灯，打在粽子身上，照得粽子金闪闪、亮堂堂，像六个胖墩墩的小矮人神气活现地接受我们的检阅。

"谁送的？"有人问我。我将复杂、疑惑的目光由粽子移向了大道。站在路边看我们打球的女生已经散了，南来北往的人也少了，有几人骑着自行车进了校门，急匆匆地往教室赶。"谁送的"这个问题，是此后多年同学聚会时必不可少的话题。他们五人，有着各自的答案。我故作高深，笑而不语。

"送给谁的？"又有人问。我们六人你看看我，我看看你。在那个学校封闭管理、学生零食极少的年代，六个粽子可谓是奢侈品了。我们不能确定是送给谁的，索性一人一个分了。我们六人，背西面东站得笔直，拿着粽子在鼻尖闻了又闻，有人三五口结束了"战斗"，有人慢慢品尝、眼睛痴痴地看向大道……"这是我至今吃到的最香的粽子，这是送给我的粽子"，此后的岁月里，我们六个人都这么认为。

1988 年 6 月 18 日，是端午节。

2022 年 5 月 11 日

封盲笔路

那次赶集，差点成就了我的姻缘

阴历三月十七，是我的家乡蒋华镇的集场，也被称为庙会。这个日子，不知道是谁定的，也不知道是从什么时候开始的。听年过百岁的爷爷说，他小的时候，这个集场就有了。也就是说，三月十七的蒋华集场，其历史已经远远超过了百年。

在我童年时，三月十七，是我一年中最为期盼的日子。父母或将我扛在肩上，或紧紧地牵着我的小手，带我认识很多很多新的东西，各式各样的农具，各式各样的食品，各式各样的声音，各式各样的面孔。母亲从小手帕包里，很小心地数出五分钱，几番讨价还价后，给我买两个八角形的金刚麒。在我上小学和初中时，三月十七，是我一年中玩得最欢的日子。逢上星期天，我会全天泡在集场里，从东街到西街，一次次往返乐此不疲；如不是星期天，我人坐在教室里，心则到了集场上。下午老师会比往常较早一点放学，也不布置作业，我会在晚上看完一场露天电影后才回家。

在我工作后，三月十七，是我陪伴母亲逛街的日子。母亲患有腿伤，走路蹒跚。我搀扶着母亲，一步一步地丈量着集场的长度。人是一如既往地多，商品却在悄然中发生了变化，集场上的农具不多了，更多的是服装。母亲较胖，我帮她选了一件平时很难买到的特大号外套。试穿合身，反复劝说，她才同意买下。

在我双目失明后，三月十七，是我一年中寻找记忆的日子。乡镇行政区划调整，蒋华镇不再存在，由原先的七圩、新市、蒋华三镇合并而成

虹桥镇。蒋华老街还在,一间间老屋沉默地叙述着各自不同的故事;一年一度的蒋华集场还办,一个个摊位折射出时代的发展与进步。漫步在人群中,耳朵里灌满了商贩们南腔北调的吆喝声,我心静如水,犹如梦游。

前两天,我去上海参加中国盲协七届二次会议。一位在上海工作的高中同学得知后,非常热情地邀来四位蒋华老乡与我小聚。我们闲谈了很多,不可避免地聊到了三月十七蒋华集场。其中一位说话不多的女士脸色微红地说:"封红年,你不知道啊,今天可不是我们第一次见面,我们之间,还有个小故事。"我有点诧异,天地良心,今天之前,我并不认识这位女士。她脸更红,转着手上的茶杯,继续说:"那年,我在蒋华中学上高中,三月十七我和妈妈一起逛集场。一个小伙子也正搀扶着他妈妈逛集场。妈妈指着那小伙子对我说,你啊,以后找对象,就要找与这个小伙子一样的。"我问为什么。她说:"女儿陪妈妈逛街是正常,儿子陪妈妈逛街是可贵,更何况还搀着妈妈,这样的儿子肯定错不了。""那你没有听你妈妈的话啊?"另外四位来了兴趣,一位更是吃瓜般问道:"以后呢?""以后啊,"她故意放慢了语速,抬头看了看我,"我妈妈还真的打听到了你。只是啊,没等到我大学毕业,你就结婚了。""可惜啊,可惜。"那几位不怀好意地笑着,异口同声说道。作为这个小故事中的男主角,我有点得意,不由得放声大笑。虽然我错过了这段姻缘,但也许在若干年后,我会成为关于蒋华集场若干故事中的那个人,那我也是在为蒋华集场作贡献了。今年也快临近三月十七了,到时我应该回去看看。

2019 年 4 月 10 日写于家里

散步趣谈

每天晚饭后散步一小时,已经成为我生活的一部分。与我手拉着手散步的,要么是妻子春梅,要么是朋友老季,有时也有单位的同事、昔日的同学等。

一

有一天老季带着我散步,前方不远处三位老奶奶正不紧不慢地边走边聊,不时还回过头看看。我们快步经过时,隐约听到一位老奶奶说:"现在这样孝顺的儿子不多了,我是第一次见啊。"我感觉她们是在议论我们,直到听另一位老奶奶说:"可能他们没有听到。"我就更加确定了她们是在议论我们。于是我回过头问:"是在说我们吗?"

老奶奶走上前,很肯定地说:"是的,我们在说你真孝顺,天天陪父亲出来散步。"

此时老季正拉着我的手。我哈哈大笑,说:"他不是我父亲,是我哥。也不是我带他散步,是他带我,我看不见,是盲人。"

三位奶奶半信半疑:"啊,这样啊,这……更不容易,更难得!"

路灯下,老季的脸半明半暗,嘿嘿地笑着。他,有这么老吗?

二

一天与妻子散步时,我们遇到了一位老同事。我刚参加工作不久他就退休了。老爷子八十多岁了,穿一身休闲运动服,右手把玩着两个健身

球，说话声音很响，人显得很精神。他先是关心了我的眼睛："你的眼睛就没办法治啦？"

我摇摇头："目前还没有，有办法肯定早就治了。"

他也摇了摇头，叹了口气："可惜了！可惜啊！"

他又指了指站在我身旁的妻子春梅说："女儿这么大啦，蛮孝顺的。"

妻子得意地笑，捏了捏我的手。我开心地说："这是我大丫头，是蛮孝顺的。"

他深有感慨地说："还是女儿好啊！"

妻子为此高兴了好多天，并再次加大了减肥的力度。

回到家，我洗了洗脸，梳了梳头发，照了照镜子。我虽看不见镜子里的我，但镜子里的我应该是能看见的吧。我问镜子里的我："我有这么老吗？"镜子里的我朝我咧咧嘴、眨眨眼。

三

一次正在散步，一个四五岁的小女孩突然拦住了我们。她梳着四条小辫子，两眼闪闪发光，一身粉红色的衣服，纤细的小手上牵着一条狗。

"爷爷，爷爷，你是盲人吗？"干脆，利落，很好听的童声。

我停步，蹲下身，像爷爷一样慈爱地摸了摸小女孩的小脑袋。那条狗横趴在我们之间，哧哧地朝外吐着舌头。

"是啊，小朋友，怎么啦？"我语速较慢，用的是泰兴普通话。

"我家的朵朵是拉布拉多，我爸爸说它可以带盲人走路。"小女孩伸手指指不远处。一对小夫妻正幸福地看着我们笑。

我站了起来，直了直腰，说："是的，拉布拉多是可以做导盲犬的。谢谢你啊，小朋友。"

于是，那条叫朵朵的狗带着那小女孩，那小女孩带着我，我们俨然成了散步人流中的一道风景。

四

一天正在散步，我突然感觉到脚下黏糊糊的。我以为是哪位随口吐出来的口香糖什么的，并没在意，随便将鞋在地面上蹭了蹭。走了几十米后，脚下还是黏糊糊的，隐隐地还有阵阵臭味。

走到附近的长椅上坐下，我脱下鞋。妻子惊呼："你踩到狗屎啦，臭死了！""踩到狗屎，有狗屎运啊。"我揶揄道。

路过福利彩票投注站，在老季的怂恿下，我花十块钱随机买了五注双色球彩票。

我谋划着中了五百万大奖后如何处置，在希望中度过了一天。第二天路过投注站，中奖五块。添了五块，又随机买了五注。过了两天再到投注站一问，一分钱也没中。

哈哈，还是没有狗屎运，但踩了一次狗屎换来了四天的梦想生活，值了。

五

一天晚上，在单位加班到九点多。同事主动提出送我回家。因为路途不远，我说："那就散会儿步吧，放松放松。"

我打了电话给妻子，约好我们相向而行，她从家朝单位方向走，我和同事从单位出发往我家方向走。

路上的行人和车辆不多，路灯明亮、月光皎洁、星光闪烁，我们的影子由短到长，又由长到短，一会儿前后，一会儿左右，时而清晰、时而昏暗。我们以标准的导盲随行姿态行走，她走在我右前侧半步，我的右手握住她左手肘关节位置，边走边交谈。中途，妻子迎面会合。于是，我与妻继续散步回家。

第二天，我接到了几位朋友不约而同打来的电话，都是审问的口气："老实交代，昨天晚上的美女是谁？"我反问："昨天晚上的美女多了，你说的是哪位呢？"他们狡黠地笑着说："你赖不掉的，我昨天晚上看到了，只是没去打扰你们而已，两人还手拉手，真亲密啊！"我放声大笑："这是我们盲人的特权。要不，你也盲一回享受享受。"

六

一天，我和老季正在香榭湖畔散步。荷花盛开，香气扑鼻；有鱼不时跃出水面，哗、哗地荡起一圈圈涟漪；躲在草丛里的青蛙王子不甘寂寞，在空中画出一道美丽的弧线，扑进荷花仙子的怀抱。

暴雨说下就下，且一时还没有停的迹象。我和老季就近在一棵树下避雨，雨水压弯了树叶，滴落到我们头上，又顺着头发流进了脖子，凉凉的、爽爽的。几名青年男女张开双臂，高呼着"让暴风雨来得更猛烈些吧"，从我们面前狂奔而过。

"到那边的亭子里去避避雨吧，树底下不安全。"一位中年男子一手打着伞，一手递给我们一把伞。可能是跑得急了，他说话有点喘。

我和老季撑着伞走进了暴雨里，走进了雨雾笼罩中的亭子里。中年男子没有进来，接过我们递回的伞，又走进了暴雨里。过了一会儿，他又引领两人进了亭子。

不大的亭子里，已经有了十几人。四位老年人坐在石凳上，几个孩子将小手伸出栏杆接水玩，每个人的脚下都有一滩雨水。

那位中年男子没有再来，有人说他是香榭湖的管理员，有人说他是附近小区的居民，有人说他是开车路过的好心人。

老季说："下次我们出来散步时，要带两把伞。"

2022年5月24日

封盲笔路

晌茶、晚茶、小夜饭

扬泰地区老城区的居民有"早上皮包水,晚上水包皮"的习俗,这是生活的音符,是城市的情愫。泰兴农村的老百姓则有吃晌茶、晚茶和小夜饭的传统,而这,是劳作的印记,是收获的回忆。

从春末到秋初,白昼的时间相对较长。老百姓天不亮就起床下地干活,天完全黑了才收工回家。正常的一日三餐已经满足不了辛苦劳动的体力需要。主妇在做早饭和午饭时,都会多煮一些粯子粥。根据家庭的粮食状况,在粥里煮上山芋、面疙瘩、糯米圆子等。

九点半晌午时分,家里的老人将已经凉透的粯子粥等盛到一口小铝锅或钵子里,再拿几只碗、几双筷子。端午节后拾几个粽子,中秋节时切几块烧饼,装在一个竹篮子里。或自己颤巍巍地挎着,或交给小孩子调皮地拎着,送到田间地头。家里的劳力停下劳作,坐在田埂上吃晌茶,边充饥、边休息。

上午送的是晌茶,下午四点钟左右送的是晚茶。吃晌茶和晚茶,是家里的劳力享受的特殊福利,老人和小孩是没有的。1976年唐山大地震那年,十岁的哥哥已经是生产队的插秧能手。一天,我送晌茶给哥哥,他看着我眼巴巴的可怜样,分给了我一个面疙瘩。我向大人抗议:"为什么插秧的人才有得吃?插秧谁不会呀?不就是一摆一摆的吗?"后来,我也下了田,但"摆"了多年,都没能"摆"到哥哥的水平。这个笑话,至今还经常被拿出来说。

虽然名称里有茶,却不是喝的,是填饱肚子的副餐。晌茶、晚茶不是

茶，小夜饭却是名副其实的米饭，偶尔还有点肉和肉汤。吃响茶、晚茶是以家庭为单位的，而吃小夜饭是以生产队为单位的，是集体行为了。

5月份的小麦、9月份的水稻收割后，山一般堆在晒场上，需要抢时间脱粒。白天没电的话，夜里的晒场便成了战场。一旦来电，生产队长一声哨响，全体劳力集中，以脱粒机为中心开展一条龙作业，拉把子的、上机脱粒的、机下耙粮的、鼓风机旁扬粮的、将脱好粒的把子送走的、堆草垛的……分工明确、配合默契、一气呵成，既有劳动的辛苦，又有丰收的快乐，更有提神的说笑。队长早就确定了一户人家做小夜饭。深夜一两点钟时，大家歇下来，忘记了疲劳，开开心心地集中前往。由一位德高望重的长者掌勺，实行最严格、最均等的分餐制，将饭、菜盛到各自带来的形形色色的餐具里。小夜饭难得吃一次，大人更舍不得吃。他们大多一溜烟小跑，将小夜饭送回家给老人、小孩吃。年幼的我，就在睡梦中，迷迷糊糊地吞进一白壳子碗香喷喷的白米饭。

分田到户后，小夜饭不复存在，响茶和晚茶大多在匠人做工时出现。请裁缝到家做衣服，请篾匠到家打竹席，请木工瓦工建房子，除工钱、香烟外，主人还必须提前与匠人讲清楚是否供应响茶和晚茶，否则会引起不必要的矛盾。只是响茶和晚茶的内容，也与时俱进地变成了酥饼、油条、包子、面包等。如今，农村发生了翻天覆地的变化，响茶、晚茶、小夜饭也逐步消失在人们的生活中。当年的劳苦，现在回忆起来都是满满的幸福。

2021年7月30日

封盲笔路

奢望自行车

春节后，我的主要工作精力放到了市残疾人托养中心。从我家到托养中心，十公里左右，单位安排了一辆车，大家统一坐车上下班，车程二十分钟左右。大家在车上或谈论着当天发生的一些趣人趣事，或分食自带的小零食，或看看路边的风景，高高兴兴上班，开开心心下班，这日子就在车轮的飞转中一天天地过着。

春天说到就到，这树说绿就绿了，这花说开就开了。每当我听到同事们谈论着车窗外的风景时，我也会煞有其事般地朝窗外看看，努力地想在黑暗中寻找一丝绿色红色，在脑子里勾画着那伟岸的树、那摇曳的花。想着想着，我就奢望着我能骑上一辆自行车，骑行在春天的芬芳里，骑行在夏天的阴凉下，骑行在秋天的田野边，骑行在冬天的阳光中。

记得上小学和初中时，我也曾奢望着能有一辆属于自己的自行车。二十世纪八十年代初期，农村还很贫困。谁家能有一辆自行车，这家在庄子里肯定是富有的。姑娘出嫁的嫁妆里能有一辆自行车，这姑娘到了婆家肯定是风光的。应该是1981年，哪一天我不记得了，当时我是个小学四年级的学生。父亲去上海看望生病的姑奶奶，花二十元在旧货市场买了一辆旧的永久牌自行车。年过四十的父亲那时还不会骑车，一路上，父亲边学、边推、边骑，也不知道摔了多少跤，三十多个小时没有休息，竟然也就学会骑车了。当父亲晃晃悠悠地骑着自行车到家时，满脸的得意之情完全掩盖了他的疲劳。他绘声绘色地与尾随前来看热闹的庄人们讲述着沿路上的所见所闻，那辆自行车就像贡品似的摆放在堂屋的正中央。

此后，这辆自行车成了父亲的得力助手和心肝宝贝。父亲骑着它，从十多公里外的县城里批发回粉丝、花生等，再由爷爷去乡里的农贸市场上零卖，用赚来的微薄收入供哥哥和我读了高中、上了大学，也让我家的小日子渐渐好了起来。每次回到家，不管有多累，父亲总要认认真真地将自行车擦一遍，发现哪儿有问题了也会自己动手及时修好。趁父亲不用车的空当，我就会偷偷地将自行车推出来学骑。开始时，父亲还拉着脸不允，后来也就视而不见了。村间小路，坑坑洼洼，稍不小心，就会人仰车翻。每当我将车轮扭成麻花状的自行车推回家时，父亲就心疼得不行，一声不响地修着车。就这样，我先是学会了脚伸在车杠下的三角架里骑车，再学会了坐在车大杠上骑车，最后完完全全地坐到了车座上骑车。读初中时，学校距离我家有三公里多，父亲偶尔主动叫我骑车上学。这成了我最为得意的一件事情，最多时我载了七位同学一起放学。尽管这辆自行车并不属于我，但它带给我很多快乐，现在同学聚会时总会有人高兴地忆起。

1990年我大学毕业后，被分配到了县城工作。去单位报到的前一天，父亲买回了一辆崭新的永久牌自行车。他将车交到我手上说："你是有工作的人了，以后的路就靠你自己走了。"这是一辆完全属于我的自行车，我骑着它上班，骑着它下班，节假日骑着它回乡下老家，骑着它走亲访友。头几个月，我还能像父亲一样，每天将车擦得干干净净。时间一长，我懒了，随便将车停在马路边、屋檐下，任由风吹雨打、日晒夜露。星期日，我回到家。父亲看到脏得不成样子的自行车，默默地将车推到一边，整修、擦车。在父亲那满是老茧的手下，吱吱哑哑的摩擦声没有了，清脆的铃声又响了。父亲依然骑着他的那辆老爷车，隔三差五地来城里进货。有时货多了，我在周末就会帮着载些货物，父亲总是将他的车上装得足足的。路上，无论是顺风还是逆风，父亲一直骑行在我的左前方。上桥时，父亲的上半身几乎趴到了车把上；有机动车辆呼啸而过时，父亲便放慢速度，保护着我前行。紧跟在父亲的车后，我眼前看到的是一座不停移动的小山。只有下坡时，父亲直起腰，我才能从货物的空隙中看到他满是白发的后脑勺。我多次动员父亲更换一辆电动车，可他说，老了，再干几年就不干了，没有必要花那钱。就这样，过了一年又一年，父亲病故前，骑的还是他那辆用了三十年的自行车。父亲劳碌了一辈子，没有享过一天的清闲，这成了我永远无法抹去的痛。

1999年，我骑上了摩托车，非常高兴地将自行车锁进了车库里。2002年7月1日，在一片惊呼声中，我骑着摩托车直接撞到了单位关着的不锈钢电动伸缩门上。经医院检查，我患上了视网膜色素变性。我的双眼视力直线下降，再也不能骑摩托车了。我从车库里推出满是灰尘、锈迹斑斑的自行车，内心忍不住阵阵酸痛。我用铁纱拭去了所有的锈斑，将车子整修得爽爽当当。开始时，我尚能独立地慢慢骑行。随着视力的下降，我骑车越来越慢、越来越小心，后来干脆推车步行。遇到知道情况的同事一起上班或下班，我就一只手扶车，另一只手搭在同事的肩膀上同步骑行。2002年12月31日，我无奈地再次将自行车锁进了车库。搬家时，我不舍得把这辆自行车当废铁卖掉，我希望有朝一日，还能骑着它穿行在大街小巷。

2004年，我给四岁的儿子买了一辆儿童自行车。没有了路上的坑坑洼洼，没有了老式的三角车杠，儿子很简单很轻松地骑了起来。对于他来说，这辆车仅仅是一个玩具而已。

如今，电动车、小汽车的快速发展带来了一些社会问题。自行车又被大众从记忆中请了出来，代表着绿色交通出现在城市、农村。我双目失明十四年了，我再也没有独立骑过自行车。我的希望成了奢望，或者说是我的奢望成了希望。

曾经有那么一段时间，我买了一辆双人自行车，由单位里的同事带着

骑自行车。可同事有他们自己的工作，有他们自己的生活，我不能因为自己的奢望而影响他们正常的工作与生活，更不能因我的自私而给他人的爱心添上不必要的负担。也曾经有那么一段时间，我在家里安装了一辆健身自行车，可是室内的空气让我感到沉闷，没有了笛鸣、鸟叫，骑车让我感到枯燥，缺少了绿叶红花让我感到了单调。一次次尝试，我再也找不到当年骑行的感觉。

　　失去的永远是最珍贵、最美好的，马路上开着各式豪车的人们，路上或匆匆或悠悠的人们，茫茫人海，寥寥人生，珍惜你们现在拥有的一切吧！珍惜时间，你就处处有时间。珍惜光明，你就永远有光明。珍惜缘份，你就时时有缘分。珍惜快乐，你的生活就会充满快乐。明天，我将再次与同事们乘车去托养中心，通过他们的描述，我能欣赏到车窗外的风景，我倍感幸运，更需珍惜。我坚信，终有一天，我必能骑上自行车，去领略这美好的世界。

2016年3月7日晚写于家里

封盲笔路

铁头校长

铁头校长死了。他死得很突然，午饭后，他像往常一样上床睡午觉，家人叫他起床吃晚饭时发现他的身体已经僵硬了；他死得又很自然，九十多岁的老人，无病无痛即是福，死亡也只是早一天晚一天的事。

当听到铁头校长去世的消息时，我坐在办公室里愣了好一会儿。铁头校长是我的小学校长，1990年是我大学毕业参加工作之年，也是他从教四十年退休之年。这三十多年来，他每年都要到我工作的单位来看望我两三次。每次来，他都问问我的近况，叮嘱我要踏踏实实地用心工作。喝完一杯茶他就要走，任我怎么挽留他从不肯留下来吃饭。得知我双目失明后，他非常着急。每当在报纸、电视上看到相关的医疗信息，他都要打电话及时告诉我，让我不要错过治疗机会。如今，铁头校长走了，从此我永远失去了一位无私关心我的长者，而没能请他吃一次饭，也成为我永远的痛。

铁头校长将我视为得意门生。他任职过几个小学，不管到了哪儿，他都要向学生讲述我当年的学习故事。我工作后，在若干场合我都曾遇到过这种情况，有人听到我的名字时夸张地说："啊！你就是封红年啊，我是听着你的故事长大的。"

我不知道他讲了我哪些学习故事，但我非常清晰地记得他打了我三次。

小学三年级时，铁头校长是我们的算术老师。因我刚从自由快乐的生产队防震棚小学转到村小学，一下子犹如脱缰的野马被套上了笼头。一

堂珠算课上，我们按照要求，在算盘上噼噼啪啪地拨了一通后，将双手背到身后，接受铁头校长的检查。我知道答案错了，内心焦急，就慢慢低下头，伸出舌头去拨珠子。"叭"的一声，我的后脑勺被扇了一巴掌，嘴唇与算盘来了个亲密接触，牙齿与珠子硬碰硬地撞在一起，舌头和嘴唇立刻流出了鲜血。铁头校长一声不吭地从我身旁不紧不慢地踱步走过，没有看我一眼。而我，脸涨得通红，不敢抬头，不敢叫喊，眼泪与鲜血流在一起，滴在珠子上。下课后，铁头校长直接拉着我的手去了他办公室。他边用手帕擦着我嘴角的血迹，边严肃地说："算盘打错了不要紧，你才学，书山有路勤为径，好好学，多多练就行了。没有刻苦扎实的基本功，光靠投机取巧的小聪明是不能长久的，做什么事都要踏实努力。"

小学四年级时，铁头校长没有教我们班的课。一次集体劳动时，我们男生平整土地，女生栽种小青菜。记不清因什么事，男生和女生发生了争吵。一怒之下，我将手中的铁锹扔向了女生。只听"哎哟"一声，在一片惊呼声中，我看见一位女生捂着头痛苦地蹲下。我知道自己闯了大祸，一口气跑出了学校。可我也不敢回家，就蜷身躲进了生产队晒场的草垛里，躲着躲着，我竟然迷迷糊糊地睡着了。我的奶奶找到我并将我带回家时，铁头校长正在等我，他"腾"地站起，甩手给我一巴掌，瞪眼朝我大吼道："你这混蛋，在战场上你就是个可耻的逃兵，那是要枪决的。惹了事，我们不怕事，正确面对，勇于担当，妥善处理，做人要有勇气，要有责任。你这样躲，能躲得掉吗？把头抬起来，让我看看男子汉的样子。"后来我随铁头校长去了那位女生的家，向她及其家人承认了错误。多年后，我们小学同学聚会，这位女同学指着她右眼眉毛里的一道伤疤，愤愤地问我："封红年，你还记得吗？"

五年级时，铁头校长是我们的语文老师。全乡统一的小升初考试结束了，路过办公室时，铁头校长叫住我，说："你这次没考好啊，第十名。"

说完他还叹了一口气。我大惊失色，我每次考试不是第一就是第二，这次才考了第十名，我还能上初中吗？我心里很忐忑，不知怎么告诉家人。当父亲问我考试结果时，我含混地嘟囔道："第四名，不怎么好。"然后我一溜烟跑了。因为四与十在我们家乡的口音中发音接近，不注意是区分不开的，混过现在，蒙一天是一天吧。几天后，铁头校长将我叫到他办公室，父亲黑着脸站在一边。一见这架势，我就知道东窗事发，大事不妙。果然，铁头校长甩手给了我一巴掌，大吼道："你长本事了，学会说谎啦。你这个样子，我能让你毕业吗？诚实是做人之本。失去诚信，你将一事无成。"事实上，那次我考了本校第一且是历史上第一个进入全乡前十的，铁头校长指望我能考得再好一点为校争光。

铁头校长三年打我的三巴掌，一直留在我的记忆深处。它不但不痛，反而是一份警醒，是一份甜蜜与幸福。我和铁头校长多次探讨体罚学生的是与非。他叹息道："现在的孩子批不得，骂不得，更打不得，这对孩子没好处，对社会没好处。"他坚持认为，对做错事的孩子，适度的体罚是必需的。"现在的学生难，家长难，老师难，这本身与体罚没有关系，有关系的是我们对于体罚的观念。"他说，"我的学生，大都挨了我的打。他们后来有的当了官，有的成了老板，更多的是默默无闻、普普通通的劳动者，但他们没有一人不孝顺父母的，没有一人犯法坐牢的。"

我遇到很多师兄师弟师姐师妹，所谈话题都离不开铁头校长，离不开铁头校长的巴掌。很多同学都发自内心地感叹，多亏挨了铁头校长的巴掌，否则也没有如今的自己。

铁头校长在"文化大革命"期间因遭批斗残了左腿，但他后来还是一直坚守在小学教学的第一线。所有的课他都能上，他是学校的及时雨，哪门课缺老师他就随即顶上；所有的学生家他都去过，谁家什么情况他一清二楚。退休后，他牵线的几十对学生走进了婚姻的殿堂。最有意思的是，

他出面调解过的一起家庭矛盾，父亲与儿子、婆婆与儿媳，竟然全是他的学生。

铁头校长去世了，我打了几个电话问几位小学同学，铁头校长家在哪里、他葬在何处，大家都不知道。我尝试着拨打了存在手机里的铁头校长的号码，竟然有人接了，是他的儿子，这让我惊喜万分。我约了几位同学，同学又约了另外的同学，大家一起去给铁头校长上坟。我们伫立在铁头校长的墓碑前低头默哀。有一位我并不熟悉的但年龄比我们大得多的同学，突然两膝跪地放声痛哭："校长啊，我对不起你啊，当年是我害了你啊。"

墓碑遗像上的铁头校长平整的板寸头，双目炯炯有神，嘴唇微张，满面微笑。

2023 年 3 月 15 日

封盲笔路

听而不读，乐哉

书，是用来看的。而我，不能看书，已经有十四年了。这十四年来，在梦里，我常常看到眼前有一本打开的书，文字密密麻麻的，一行一行的，黑黑的。我努力睁大眼睛，却总是看不清一个字。它们跳跃着、飞舞着，像一个个调皮的小精灵，一会儿晃到我眼前，一会儿飞向远方。我伸出手，在空中挥舞，好不容易抓到了一个字。我将这个字一口吞进了肚子里，它却从我的眼睛里飞了出来，停留在那本打开的书上，是一个大大的句号。

不能看书，不是无书可看，而是因为我失去了光明。起初，我陷入黑暗的痛苦里。慢慢地，我意识到，家人亲朋的劝说、陪伴，只能是一时的慰藉，要想走出黑暗，关键还是靠自己。百无聊赖，我常常在电视或收音机咝咝的电流声中入眠。

看书，是最能打发时光的一种生活方式。当我再也无法看清书本上的文字时，我不禁感慨万分。在我能看书时，我是很喜欢看书的。只是在我们那个时代，看书的环境不好，能让我看的书更是少得可怜。我上小学和中学时，老师和家长都是不允许我们看课外书的，能看的书就是学校发的教科书。一开学，新书刚发下来，我就迫不及待地拿出语文书，囫囵吞枣翻阅一遍。小学时，我最喜欢去舅爷爷家，他是一位小学老师，家里有很多他没收来的学生的小人书，有半新半旧的，有破烂不堪的，有有头没尾的，有有尾没头的。偶尔，我会偷偷地带一本到学校，就会被同学们悄悄传阅，直至被老师发现并没收。我上初中时，哥哥考到了全县最好的高

中。他放寒暑假时，总会从校图书馆借回四本小说，我便不吃饭不睡觉一口气将它们全部看完。我上大学时，课余时间基本上都泡在了图书馆，我的系主任破例向我开放了专供老师使用的系资料室。工作后，随着事务的增多，我看书的时间越来越少，但我都尽量挤出时间来，到书店买回一两本自己喜欢的书，放在枕头边，在睡觉前看上几页。

书的力量真是无限的。在无形之中，在潜移默化之间，这力量就成了一种能量，我是受益匪浅啊！我双目失明，很痛，但儿子没有养成爱看书的习惯，这让我更痛。

我失明十四年，也是我儿子出生和成长的十四年，他所处的这个时代，跟我们所处的那个时代天差地别。为了让孩子爱上看书，家长鼓励，老师鼓励。现在的孩子们所苦的，不是可看的书太少，而是可看的书太多了。物质的丰裕，并没有激发起儿子看书的热情。相反，他视看书为一种负担，很多书买回家他至今都没有打开过，摆放在书架上，整整齐齐的，积满了灰尘。是啊，如今的年代，看书不再是获取知识的唯一渠道，他们获取知识的方法是层出不穷的。电视、电脑、手机，更成了儿子生活中不可或缺的。可是，我依然固执地认为，不管网络多么发达，书籍还是知识的重要载体。再痛，我也无法看书；再痛，我都不可能代替儿子看书。

我不满意于儿子沉迷网络，但我却成了网络的受益者。读屏软件、电子书、数字图书馆，一个又一个新技术的创造与应用，用眼睛看不再是阅读书籍的唯一选择。我很幸运，能生活在这个日新月异的时代。不能看书多年了，借用高尔基的一句话，我扑在书籍上，就像饥饿的人扑在面包上。我买了一个个最新式的听书设备，从网络上下载了一本又一本书，戴上耳机，白天听，晚上听，吃饭时听，上厕所时听，晚上听着听着睡着了，醒来后继续听。直到有一天，我的耳朵患上了中耳炎和耳鸣。医生告诫我，眼睛不行了，耳朵不能再出问题了。我不敢想象，同时失去视力和听力，那是一种什么样的生活。不得已，我压缩了每天听书的时间。但书的诱惑力真是太大了。特别是有些书，再加上演播者绘声绘色地读解，我恨不得一次性全部听完。虽然闻不到书本的墨香，但我明显地感受到了听书的快乐，感受到了听书给我的生活和工作带来的巨大变化。自听书后，我黑暗的世界打开了一扇明亮的窗户。我不再将自己封闭于方丈之室，也不将自己幽禁于泰兴一隅，我的生活较过去更加充实、更加精彩。

现在，我每天睡觉前，总要戴上耳机听一会儿书，然后摘下耳机睡觉。睡梦中，我还是经常梦到我眼前有一本打开的书，上面的文字密密麻麻的，一行一行的，黑黑的。有一个字跳了出来，我伸出手，轻而易举地就抓到了它。它却又从我的指缝中飞向了远方，化为了一颗璀璨的星星。

2016年4月4日清明节晚写于家中

追梦篇

往事悠悠

每个人的内心深处,都深藏着一段往事。随着年岁的增长,这些往事或历历在目,或化为烟云。我们今天往事的两位主人公,男的叫清风,女的叫清芬。两人原是初中同学,后来考上了不同的高中,进入了各自不同的人生。他们有过交集,有过朦胧,有过浪漫。非常凑巧的是,若干年后,两人在不同的时间,用文字写下了当年的那段往事。

清芬的故事

2009年的一天,她打开电视,屏幕上出现一个干部模样的人的面部特写,侃侃而谈主管部门的政绩。

这个镜头虽有预见,却倍感突然。她的意识渐渐清晰。

那是二十一年前的春暮夏初,槐树绿荫如盖,树下幽静的小路,一前一后走来两位少年,女孩在前面时慢时快,男孩在后面亦步亦趋,保持着安全距离。路的尽头是水电站,女孩站在这头羞涩不已,男孩站在那头,看着有点无措。女孩见状在旁边坐了下来。中午的太阳热辣辣,水泥板被蒸得滚烫滚烫。女孩急促不安,面色通红,太阳晒得睁不开眼。女孩想:"回家吧。"但她随即又决定再坐一会儿。

那年的深秋,真冷,刺骨透心的冷。残阳老树昏鸦,风中走来两位少年,男孩在前面急急赶路,女孩怯怯随后。走到路的尽头,男孩说:"回家吧。"女孩转身,风卷着黄沙,一团一团吹来,风沙迷住了眼,女孩使劲忍着,一滴泪,将沙子淹没。

十四年后，他已为人父，她已为人母，乍一见面，如遭雷击，既而雨过天晴，风平浪静。寒暄致意，客气冷漠。互换联系方式，又见了几次，同样波澜不惊，如隔岸观火。

又过了七年，他官场得意，她安贫守拙，见他如此风光，她由衷为他高兴，拿出手机，拨出一组数字，这数字在心底默念无数遍，指尖拨弄无数遍，以为这辈子不会忘记，摁响后，语音提示：空号！"啪"的一声，指缝太宽，溜走的是手机，还有时间。同时，她听到了心门关闭的声音。

她释然，这是个心灵的结痂，痛了二十年，今天终于剥落了，没有片段可以定格，没有记忆不能忘却。他和她只是两条生命的直线，偶尔交集，最后只能渐行渐远。无书，水阔鱼沉何处问？

清风的故事

2021年的一天，闲来无事，与妻聊起了一件往事。

1988年8月底，没有等到高校录取通知书，心灰且不甘心的我确定了复读。在复读学校的确定上，我没有选择去我的母校口岸中学，而是去了本地的蒋华中学。父母支持我复读，同时他们认为口岸中学的教学质量要远远高于蒋华中学，故而不大愿意我去蒋华中学，但考虑到我的心情，最终尊重了我的意见。蒋华中学的校长看到我大拇指宽的高考分数单后，随即安排我插班复读。

坐到教室里，我才发现，同学中有好几位是熟悉的面孔。我觉得有点可笑，当年考上不同的高中各奔东西，今天因为复读又会聚一室了。复读的日子不但不紧张，反而因为都是学过的知识，比较轻松，我们经常用"一流"高中生的眼光，挑剔"三流"高中的教学水平。

第三天晚自习时，有人传给我一张小纸条："我在学校北门外等你。"

没有一点儿犹豫，没有耽搁一分钟，我立即出了教室。等我的是我初

中同学，她高中上的是蒋华中学。高考结束后，我们曾见过几面。高考落榜后她没有复读，直接进了一家镇办厂，做了仓库保管员。

我飞快地跑到她面前，相视一笑。两人没有说话，而是朝西走到港河边，沿河往北又走了五六百米。再向前已经没有了路，是一家工厂的东院墙外，有几棵野生的杨树，还有高过膝盖的杂草。

我们踩平了一片杂草，并肩面河而坐。月光皎洁，天上的和水中的月亮，像两个大功率的探照灯。

"你为什么要到蒋华中学来复读？"她首先打破沉默。

我没有回答，扯着杂草，揉成团，扔到河里。水中的月亮眨了眨眼睛。

"你不应该到蒋华中学复读，你应该去T中，至少你应该回口岸中学。"

"口岸中学有什么好的？"我闷声闷气地说。

她诧异地瞪大了眼睛："口岸中学有什么好？三年前你考上口岸中学，知道我们有多么羡慕吗？"

"就是个围城。"我揉了一个大大的杂草团，本想扔得更远更重些，没想到在空中就散了，杂草纷纷漂在水面上，没有一丝涟漪。

"围城？"她转过头，认真地看着我，"你知道蒋华中学这几年高考成绩吗？已经剃了几年的光头了！"

"不谈我了。"我转头看她，"你怎么不复读？"

她把左边辫子从后背顺到了面前，拿着发梢在腿上画着圈。"家里也让我复读。我想想还是到蒋华中学，就放弃了。"

一只机帆船，柴油机轰隆隆地响着，由远到近，又由近而远。船工应该是看到了我们，吹了一声很响的口哨。

她不知从什么时候不再抓着头发，而是揉了个草团，在两手之间抛过来接过去。"听说你是因为英语考得不好？"没等我回答，她又说，"不过，蒋华中学教英语的周老师教得还不错。"

我顺着河坡，躺到了草地上。月亮躲到了树梢后成了一轮细细的弯月，我又坐起来，在河水里没有找到月牙的影子。我扭头看她的眼眉，似月牙一般。她瞄了我两眼，没有正视我的目光，微微闭上了眼睛。我的心咚地被什么东西猛烈撞了一下。一只青蛙"扑通"一声跳下了水，引起了一阵虫鸣。

"分数出来后，我们还为你高兴，没想到没走。是志愿出了问题吗？"

我嘴里含着一根青草，含混不清地说："可能是吧。"

"蒋华中学真不是你复读的地方。你最好还是去口岸中学。"她有点急，两根辫子起伏着。

就这样，关于高考、关于复读学校，我们有一搭没一搭地聊着，直到东方天际露出了鱼肚白的颜色，月亮躲到了启明星后不见了踪影。早读时，我偷偷溜回了教室。

对于在蒋华中学复读这一决定，我内心渐渐动摇。一方面源于她的劝说；另一方面是这次彻夜未归让我发现蒋华中学管理上的疏漏。上晚自习时，我出了校门，晚上没回宿舍睡觉，竟然未被老师发现。在口岸中学，这是绝对不可能发生的。宿舍熄灯后，值班老师、班主任会一次次地打着手电到各宿舍巡查。于是，我写了一封信给口岸中学复读的同学，了解是哪位老师在复读班教英语。

同学的回信没到，大学录取通知书却到了。考得还行却因为志愿问题落榜，选择复读却意外"中举"。拿着这份沉甸甸的通知书，我犹如经历了生死两重天。在蒋华中学复读十六天后，我告别家乡，开始了我的大学生活。

"以后呢？"妻子问我。

"到了大学后,我写了一封信给她,她没有给我回信。"

"再以后呢?"妻子接着追问。

我说:"以后就有了你。"

"陈!世!美!"妻子狠狠地一字一顿地吐出了三个字。

2021 年 8 月 23 日

封盲笔路

我的老师

这一段时间，我应邀相继给市委组织部举办的全市后备干部培训班、市人社局举办的全市新任公务员培训班和中国残联在陕西省宝鸡市举办的全国残疾人托养服务能力建设培训班授课。由于每次课的内容不同、对象不同、层次不同，所以我每次备课都很认真，而且所备之课只讲一次。我讲了三次课，就感到很累、很辛苦，情不自禁之中，我想到了以讲课为职的老师，脑海里也自然而然地跃出了给我印象最深刻的我的启蒙老师——张老师。

遗憾的是，我只知道他姓张，而不知道他具体的名字。张老师中等个子，头发微白，令我印象最深的就是他左眼珠白多黑少，所以我们小孩子见到张老师都有点害怕，但在我们那个村子里，张老师是最受尊敬、最受欢迎的人。他不需要自己做饭，每天轮流到学生家里去吃，以此来抵算学杂费。全村大多数人家写信、念信、写春联，都要请张老师。1976年唐山大地震后，村小学的一年级和二年级搬出了高大庄严的已经逃往台湾的老地主家的大屋子，暂时安置到了我家屋后的竹园里。当年我六岁，虽然没有上过幼儿园，但却经常光顾这个没有任何阻拦的教室，装模作样地跟在一二年级的大孩子们后面念书，有模有样地和大家一起学习、写字、做作业。

儿时的记忆中，有许多个黄昏，我总是在昏暗的油灯下，双手托着下巴边看着母亲一针一线地纳着鞋底，边听着父亲由于白天劳累，晚上早睡，一挨床后就发出的沉沉的呼噜声。张老师来到我家，父亲立即起床，

母亲赶紧拿出两个鸡蛋去了厨房。张老师给了我一张白纸和一支铅笔，让我默字，让我做算术题。一旁的父亲见状惊讶万分。在我眼巴巴地看着张老师吃完一碗鸡蛋茶后，张老师和我的父母作出了一个决定：让我直接插班二年级。从此，我的小学生活开始了。

是张老师，给了我第一本书、第一支笔；是张老师，给我上了人生第一课，教给了我人生的基本道理。没有打骂体罚，没有课外作业，在快乐之中我读完了二年级，并捧回了我人生中的第一张奖状。此后，我顺利地继续着学业，而给我无限快乐和回忆的小学搬迁离开了，张老师也一调再调，以至于后来没有了消息。

初中老师中给我印象最深的应该是杭老师。她是一位漂亮的女老师，辫子长长的，眼睛大大的，嘴巴小小的，个子高高的，身材瘦瘦的。初一时，她教我们英语，当时的她情窦初开，与学校所在村的会计开始谈恋爱。每次上课时，她都是笑眯眯的，脸上红扑扑的。虽然每节英语课上她讲的汉语占到了百分之九十以上，但我的英语确实要比汉语拼音好得多。初二时，她教我们语文，当时的她新婚燕尔，辫子上多了一个蝴蝶结，脖子上多了一条真丝围巾，手腕上多了一块手表。她的古文讲得非常好，她能把生硬难懂的古文讲成历史故事，让我们这些看不到课外书的农村孩子听得津津有味而忘记了下课。初三时，她教我们政治，当时的她初为人母，少了一分可爱，多了一分成熟；少了一分温柔，多了一分泼辣；没有了汉语化了的英语，没有了故事式的语文，有的只是她板着脸逼着我们去死记硬背那些我们很不理解的标准答案。只有在课后我们逗着她那学步的儿子玩耍时，她才会露出开心的笑脸。

三年，在时间的长河中仅仅是闪光一瞬，杭老师完成了由少女到少妇的转变，经受了从英语到语文再到政治的跨学科锻炼。中考时，我以优异成绩考进了县重点高中，这让杭老师一直引以为豪。

初中毕业后的十多年时间里，尽管我多次去过母校，但一直没有遇到杭老师。再后来，农村学校不断优化调整，老师们的变动很大。在初中毕业二十年的时候，在我的努力组织下，我们约来了凡是能来的同学，请来了凡是能来的老师。当年教过我们的老师们大多数已经退休了，杭老师虽算年轻但也已白发显现，一见到我她就拉着我的手谈起了我当年调皮捣蛋的趣事……

初中毕业后我开始了痛并快乐着的高中生活。我就读的高中，是县里的重点高中，离家五十多公里。我第一次远离父母，成了住校生。高一的英语老师姓徐，高度近视，据说他原是北京一所大学的英语讲师。由于他英语水平太高，也由于我已经习惯了汉语化了的英语，所以尽管我很努力，但从高一到高三，我没能听懂徐老师自顾自地满堂灌的英语课，英语成绩也从九十多分一路直下，高二后竟然未能及格过一次，这让我对英语彻底失去了信心。

高考时，英语的一百道题目，我竟然一道也没有能看懂。工作后我晚上经常重复做同一个梦，梦中我面对看不懂的英语试卷而不知所措。一名优等生沦落为差等生，一名从小学到初中都是老师心中的好学生滑落为高中老师不屑一顾的差学生，这份痛苦是无法用语言来表达的。

但在痛苦的同时，我也创造着快乐，我以身高的优势成了篮球场上的健将，我第一次走进剧院看了电影，我甚至还在偷看了那本被老师明令禁看的《早恋》之后偷偷地谈起了恋爱。当我在高考结束后的那个晚上义无反顾地离开学校大门时，我的心里非常高兴，感觉重获自由。

二十年后，我们高中同学聚会，我在毕业二十年后首次回到了这个曾经让我感觉无比痛苦的校园。可是当我一踏进学校大门，一股亲切之情油然而生。坐在当年的教室里，坐到当年的座位上，我仿佛回到了当年的课堂，徐老师朗读英语的声音竟然非常动听地回响在耳旁。尽管我还是听不

懂，可是在穿越过时间的隧道后，我感受到了徐老师厚厚镜片后智慧深邃的目光。特别在听说徐老师已经病故后，我的心跌宕起伏、感慨万千，曾经我一直认为是徐老师的英语课给我带来了痛苦，但是徐老师的英语水平真的很高，我们同学中有十多人都考上了大学的英语专业。我只能惭愧于自己当年的年少无知了。

为人父母方知父母恩，为人老师方知老师心。谨用此文，来表达我对老师的尊敬之情。书到用时方恨少，我不恨老师教我的太少，只恨我学得太少了。如果有来世，我还要做我老师的学生，到那时我相信我会学得更好。

2013 年 11 月 7 日

封盲笔路

我的外公

我的外公是个很非常普通的人。他姓徐名玉根，出生于1929年11月20日，逝世于2009年3月29日。在他近八十年的生命里，没有豪言壮语，没有丰功伟绩，没有千贯家产。

我之所以想写一写我的外公，是因为今年是中国人民志愿军抗美援朝出国作战七十周年。而我的外公，也曾参加了这场伟大的战争。

之所以时至今日我才想写一写我的外公，是因为我确实不知道当年发生在外公身上的事。外公在世时，我多次问他，有没有冲锋陷阵，打死了多少敌人，立了几次功。他都是淡淡地回答我两个字：没有。

我询问了我的母亲和大舅，他俩是外公的长女、长子，但对于外公在部队的事，他们基本上是一无所知。母亲说，在她一岁多时，外公入伍，在她五岁多时，外公退伍。外公退伍时带回来的纸质证书被她剪成了纸毽子，带回来的一条丝绸床单被她剪了做成了扎头绳。大舅在外公退伍后出生，他说外公有兄弟两个，按当时政府的规定，有兄弟两个以上的，其中一个必须去当兵。1949年春节前，正在河里敲冰摸鱼的外公被叫回家后，衣服都没换就直接去了部队。

通过市退役军人事务局，我借阅了外公的档案，又薄又脆的牛皮纸档案袋，散发着浓浓的历史气息。我小心翼翼地从中抽出了六张纸，这就是外公四年军旅生涯的全部记录。我请同事读了好几遍，力争不放过、不错过每一个字。囿于当年部队同志的文化水平和档案意识，档案中所记录的内容相当有限。最大的收获是我准确地知道了外公所在部队的番号，23军

69师206团五连，他任通讯员。外公说他当年跟在营长后面，是营部通讯员。而档案所记，他是五连通讯员。他到底是营通讯员还是连通讯员，我无从考证。

我查阅了23军的军史、69师的师史和206团的团史。这是一支威武之师，以"三猛三得"（猛打、猛冲、猛追，打得、跑得、饿得）著称，叶飞、陶勇、王必成和我们泰兴的草鞋司令陈玉生等，都曾担任过军、师领导。部队先后参加了黄桥决战、苏中七战七捷、孟良崮战役、淮海战役、渡江战役、解放杭州、解放上海、解放浙江沿海、抗美援朝等，在中国乃至世界军史上留下了浓墨重彩的一笔。

外公说他没有冲过锋陷过阵，应该是准确的。不管他是营部通讯员还是连部通讯员，他的任务是按照首长的要求，用快跑的方式，传达上级的命令。也就是说，他是非战斗人员，不到迫不得已的最后关头，通讯员、卫生员、炊事员等是不需要冲锋陷阵的。

外公说他没有打死过多少敌人，应该也是准确的。在部队四年，外公一直没有配枪。他的武器是两颗手榴弹，而且只使用过两次。一次是在国内，扔向了几个国民党兵；一次是在朝鲜，扔向了几个躲在草丛里的美国鬼子。到底炸死、炸伤了多少敌人，他也不知道。"我不打他，他要打我。"这是外公说得最多的战场感言。每次讲完他的这次战斗经历，他都会用这句话作为总结。

但外公说他没有立过功，这是不准确的。他立过一次四等功，虽然不是战功，不是大功。勤劳、团结是立功的主要原因，他一有空就帮助首长和战友洗衣服，帮助卫生员打扫卫生，帮助炊事员洗锅、做饭等等。他学习也很积极，没有进过一天学堂的他，在部队认识了一些字，也能写几个字。但档案中并没有记载外公的立功时间。

根据我掌握到的各个方面的信息，我大致还原出了外公在部队四年期间的主要轨迹与状况。

1949年1月24日，泰兴县城解放。县政府发出了征兵令，二十岁的外公应征入伍，在地方接受短期的学习与训练。

1949年2月28日，经过休整后的206团由山东峄县（现枣庄市峄城区）出发，一路向南，于3月11日集结于泰州苏陈庄（现海陵区苏陈镇）。至4月20日，全团主要开展渡江训练，外公应该在此期间正式入列。可能是他水性好无须训练游泳，也可能是他勤劳腿快，他被营长或连长直接指定为通讯员。

1949年4月20日，206团召开渡江动员大会。

1949年4月21日晚7：30，206团从泰兴天星至七圩一段的某江面渡口登船。外公途经家门而未进。

1949年4月22日至4月26日，206团在武进县附近的小新桥镇集结，先后参加了追、围歼国民党溃逃部队第51军、第45军、第23军、第4军等，先后解放了金坛县城、溧阳县城。外公左肩受伤，但一直随部队行动。

1949年4月30日至5月20日，206团未能参与解放杭州城的战争，主要任务是在余杭警备。期间，外公应该回家一次，在家一晚随即返回部队。

1949年5月20日至10月，206团未能参与解放上海的战争，主要任务是在浙江海宁驻防。外公所立的四等功应该是在9月份被批的。

1949年10月至1950年5月，206团在浙江宁波沿海一带进行航渡和登陆突破训练，准备并参加了解放舟山群岛战争。由于不适应长时间在海水中训练，外公腰部受伤。

1950年5月至8月，206团驻防镇海。

1950年9月至1951年1月，206团驻防上海市宝山县。

1951年1月至1952年8月，206团驻防常熟市。1952年7月间，外婆带着五岁多的女儿即我的母亲，到部队探亲一次。据母亲回忆，她当时

穿着一条花裙子，拍了一张照片。遗憾的是这张照片已不知所终。

1952年8月25日，206团由苏州火车站启程，前往辽宁丹东。9月6日，206团跨过鸭绿江，进入朝鲜。

1952年10月至12月，206团在朝鲜东部元山地区守备。外公应该在此期间第二次扔出去了两颗手榴弹。某天，在美军的空袭中，外公右腿外侧中弹，被送进后方医院治疗。1953年1月外公伤愈后退伍回家。

外公退伍后，1958年至1978年在生产队养了二十年的猪。实行家庭联产承包责任制后，他在种好自家责任田的同时，养了一头耕牛，农忙时也帮助他人耕种。后来有了拖拉机不需要耕牛了，他又做起了小工。由于他勤劳、不怕苦，瓦工师傅们总是抢着指定他干活。

我敲打着键盘，电脑的屏幕中仿佛出现了外公身穿志愿军军服，腰挂两颗手榴弹，健步如飞，充满警惕地行进在朝鲜东部崎岖不平的山道上。我依稀看到了他正端着一大盆衣服，把它们一一洗干净，晾晒在营房门前的阳光下；他牵着一头耕牛在田间劳作；他挑着一担砖，登上了建筑工地的脚手架……

外公是幸运的。他经历了祖国解放和抗美援朝两场伟大的战争，虽然三次负伤，尽管经常被有关战争的噩梦惊醒，但他还是活着回来了，并健康地活到了八十岁。他和外婆生有三子三女，他们含辛茹苦地把子女抚养长大，看着子女们一一成家。

外公是普通的。他与抗美援朝三十多万功臣相比，犹如沧海中的一滴水。但就是这样无数的水凝聚成了汹涌澎湃的大海，他们推动了滚滚向前的历史的车轮，推动了中华民族的解放和建设。

外公若泉下有知，请安息吧！他和他的无数战友用鲜血、用生命奋斗追求的中华民族伟大复兴的目标，正距离我们越来越近。

2020年11月19日

封盲笔路

我家门前那条路

这是唯一一条进入庄台的乡村公路，宽约两米，南北长一百二十米。路的西侧有一条泥质水渠，路的东边和水渠的西边连着陡坡。陡坡下是几十亩农田。陡坡上长满了水杉、杨树、桑树等杂树，伸向路边和农田的枝杈都被锯掉了，树干直挺挺地蹿向天空。

早些时候，虽说这条路不好走，但庄上人都忍了、认了。不就是雨天泥泞吗？又不是只有这条路这样，所有的路都泥泞。不就是路面窄点吗？比这条路窄的小路还多着呢！

二十世纪八十年代初，土地承包到户。此后，庄上人对于路的议论越来越多，修路扩路的呼声更是越来越高。

最先提出扩路的是患有小儿麻痹症的六叔。他是生产队的拖拉机机耕手，农忙时为庄上人家耕田犁地。农闲时，他将拖拉机挂上后厢做运输生意，但因为路窄，后厢开不进庄台，就只能停靠在庄外的乡村公路边。于是他游说了几家提出扩路的想法。但很快庄上就有了意见：大家出钱修路，难道为他一人赚钱？

后来庄上有婚嫁迎娶的人家和要新建房屋的人家也想修路。从土地上解放出来的庄人们有外出打工的，有进了乡办厂的，有做小生意的。条件好了，女方的嫁妆由棉被、布料等，变成了大件的三门橱、五斗柜、缝纫机等，老的泥块房也陆续翻建成了砖瓦房。可就因为路窄，所有的嫁妆，所有的建材，全得靠肩扛人挑，既费时又费力。老队长召集了三次会议，每家出一个代表，专题讨论修路的事，但最终都卡在了钱上，最后不欢而

散、不了了之。路要修要扩,这是共识。但要修要扩,就不仅仅是进庄的那一百二十米,全庄的路都要修都要扩,要通到各家各户的大门口,算一算,需要扩修的路有两千六百米。这几万元钱,谁出?谁又能出?陆陆续续地,近十户人家搬出老宅,在乡村公路边建了新房。于是,庄台有了前庄和后庄之分。

我们这些几岁、十几岁的孩子可不管什么修路什么扩路,我们在水渠里学会了游泳,在狭窄的路上学会了骑自行车,还会拦下嫁妆讨要糖果。我们最希望的是砍掉路两边的杂树,我们因树上的洋辣子、毛毛虫多而不能上树掏鸟窝,我们因树的阴森而不敢晚上出来玩。当我们叽叽喳喳地提出这个要求时,挂着拐杖的老爷爷、老奶奶严厉地批评了我们,还忆了当年杂树立功的故事。在北京做大官的二爷爷在任解放军连长的时候,曾受伤躲回庄上。国民党抓捕他的时候,忌惮路两边的树里和田里有埋伏,愣是没敢进庄,在路口乱放了几枪就跑了。

父亲是生产队的放水员,他一度想过填水渠扩路。他扛着钉耙在庄台四周转了又转,却找不到合适的水源,后来不得不放弃了这个想法。他磨着村干部,去了几次乡水利站,用了五年时间,终于积下了两百个水泥涵筒。庄上人看到堆放在我家门前的涵筒,认为是父亲利用放水员之便,为自家谋取好处,甚至有人告到了村里、乡里。当父亲将涵筒埋进水渠后,大家才恍然大悟。

路拓宽了,庄上从事拖拉机个体运输生意的人多了,我家的邻居更是"鸟枪换炮"开上了卡车。如此一来,泥土路面不堪重负,处处坑坑洼洼。遇上雨天,拖拉机陷进泥坑里,需要多人帮助才能推出来。庄人们埋怨开拖拉机、开卡车的只顾自己赚钱,认为路扩了倒不如不扩。开拖拉机、开卡车的几人碰头商量想凑钱买点煤渣、石子,可因为到底谁出多少钱一直达不成共识。于是,他们几人,今年他拉几车煤渣填填土坑,明年他拉几车石子铺铺路面。春节前，再由庄上在外工作的人出钱，买上十几车瓜子片，在全庄的路面上薄薄地撒上一层，正月初一拜年串门时不至于因冻土解冻脏了新鞋子。

进入新千年后，全国各地掀起了新农村的建设热潮，先是砍掉了杂树，后是通村公路实现了水泥化。两边陡坡上的杂树，卖了五千多元，生产队有了一笔集体收入。这笔钱如何使用，大家的一致意见是新修庄台的水泥路。测算下来，需要四万多元，从哪里找钱来填补这缺口？眼看着周边的村庄都通上了水泥路，老队长感觉很是没有面子。年底在外打工的人开着小汽车回家过年，车屁股后飞扬的尘土，让他们的爱车统一成了土灰色。父亲经常在我面前唉声叹气，说当年盛极一时的庄台，沦落为如今的败落景象。有人提出按人头平摊修路费用，立刻遭来前庄人家的坚决反对，说修后庄的路，为什么要前庄出钱；有人提出按机动车的类型筹钱，平时不大回家的人随即抗议，说他们难得回来，为什么要和天天在庄上走的车出一样多的钱。庄人为修路的事，动议了好几年，路没有修成，废话却说了几火车。

父亲病故后的第四年，新任生产队长找到我，表达了强烈的修路的想法，只是想不出筹钱的好办法。我问："如果开一个会，每家的老人不要来，各家派一到两名已经工作的第二代或者第三代的年轻人来参加会议，你能做到吗？"他疑惑地看看我，没有明白我的用意，却很肯定地回答："能！没有问题。"

正月初一下午，在我家老宅的堂屋里，我备好了茶水、香烟和瓜果，生产队长通知开会的各家代表无一缺席，每个人脸上都挂着灿烂的笑容。我开门见山地说："庄上的路必须要修，这是几代人的愿望了。今天我们的主要目的就是筹钱。这样，我先说，我们家共七人，平时母亲一人在家，哥哥、嫂子、侄女、我、我老婆、儿子六人不住这儿。按每人五百元

算，共出三千五百元。你们各家，也都报个数，不管多少，出也行，不出也不要紧。"

这几年在南方做空调生意的小军紧接着我，爽快地表态："我家也按照这个标准，五个人，出两千五百元。干脆，三千元，凑个整数。"

大家喝着茶，抽着烟，嗑着瓜子，各自报了数。

生产队长脸上乐开了花，把记录的数目算了又算，最后大声说："够了，够了。"

我说："那行，有现金的拿现金，暂时没现金的正月初五前送到队长家。至于这路怎么修，什么时候修，我们就不管了，请队长做主。"

队长的执行力很强，庄人更是空前团结。老爷爷老奶奶们倾巢出动，义务帮工。他们乐呵呵地说："我们没出钱，应该出点力。"两个月后，一条宽三米五的水泥路，连通了各家各户，也连通了庄人的心。通路的那天，早已不开拖拉机、搬到镇上居住的六叔特地买了烟花鞭炮，沿路鸣放了一个来回。到了晚上，明亮的路灯与天上的星星交相辉映，将散步的身影拉得忽长忽短、忽胖忽瘦。

路好了，人和了，庄上的好事、新事也多了：小莉通过考试成为庄上的第一个研究生；强强竞争上岗当上了银行行长；华华整理出了上下四百年的庄人家谱；近三十年没有回家的明明回来新建了小别墅；进进的生意做到了欧美……九十多岁的三奶奶拄着拐杖感慨，二爷爷要是能回来看看该多好啊！

2023 年 8 月 4 日

封盲笔路

我陪母亲买衣服

年逾七旬的老母亲，身体较胖，腿脚不便，双目几乎失明。每当提到要给母亲买新衣服，她要么说还有、不需要买，要么说没空、等以后再说。这次，天气预报说近期我市将有寒潮来袭，最低气温零下十度左右。零下十度，这在泰兴来说已经是多年未遇的气温。我决定给母亲买件羽绒服，不容分说，便将母亲拉上了车。

车上，母亲知道了我的意图后，虽然没有再坚持说不买，但也提出了条件：羽绒服不能太厚，那样显得人更胖；不能是立领，那样勒脖子不舒服；不能是西装领，那样不保暖；不能是拉链款，那样容易坏；颜色不能太艳，那样不适合老年人；不能太贵，那样浪费……

我的头像小鸡啄米似的点啊点。在母亲一连串的"不能……，那样……"的唠叨声中，我们来到了老城区中央的鼓楼商场。

鼓楼商场人来人往。女装部在商场的三楼。乘扶梯上去，母亲害怕；乘升降电梯，母亲头晕。我们选择了传统的楼梯，一步三挪，摇摇晃晃地上到了三楼。楼梯口正好有几张沙发供客人休息，母亲坐下差不多喘了十分钟的粗气。

所有的服装商家，对于季节变化都非常敏感，他们有的顺应时节变化，推出最新款式；有的抢占商机，实行反季节销售；有的玩着各种噱头，考验客人的智商。不管是什么品牌，也不管是什么款式，只要是特大码的，我就拿过来让母亲试穿。这么大号的衣服，本来就不多。母亲试穿了商场几乎所有的大号的、特大号的羽绒服，并没有哪一件中意。我倒认为其中

有一件母亲穿很合身，销售员也说好。我们询问了价钱，几番讨价还价后，还要一千多元。母亲说中长款中而不长，稍短了，坚持不肯买下。

我陪着步履蹒跚的母亲，用了两个多小时，在商场三楼转了两个来回，一无所获。我们没再去其他商场，一则母亲已经走不动了，二则我估计去了结果也是空手而归。

我将母亲送到车上后，借口要去一下厕所，然后，乘升降电梯直奔三楼，请销售员将母亲试穿很合身的那件羽绒服包好。付款，下楼，回到车旁，我直接将衣服藏进了后备厢。

回家的路上，母亲一直在唠叨："现在的厂家，一点也不考虑老年人的实际情况，老年人还是不是人啊？现在的羽绒，质量一点儿都不好，要钱不要良心啊！现在的鼓楼商场，一点儿也不好玩儿，没有以前有意思啊……"

回到家，邻居们见我们回来，纷纷过来拉家常。我将从后备厢里取出的衣服放到了母亲手里。母亲愣了一秒钟，立刻加大了嗓门："我儿子给我买了件羽绒服，一千多块呢。"

众邻居有的从母亲手中接过了拎包，有的帮母亲脱去了外套，大家七手八脚地为母亲穿上了新装，摸摸毛领、拉拉袖子、紧紧下摆，七嘴八舌地说开了。

"这羽绒好，又轻又暖和！"

"这毛领子好，是真毛！"

"这颜色好，看上去显得年轻，就像五十岁的人。"

"这长度正好，不长不短，显得个子高，人也显瘦了。"

母亲笑眯眯地任由他们摆布，前后转着圈儿。

我走到一边，拿着母亲换下来的外套，放进了洗衣机。

2021 年 1 月 6 日

封盲笔路

做了一回家务活

星期天，母亲回了乡下老家，妻子做好午餐后赶去参加几位朋友的小聚。儿子三下五除二，快快地吃好，筷子一扔，回到房间继续玩他的王者荣耀。我不急不忙，吃饭、夹菜、喝汤，享受着午间暖暖的阳光。餐桌上的盆和碗，在阳光的照耀下应该泛出了刺眼的白。我盯着它们，发了一会儿愣，随后起身，收拾碗筷，走进厨房，将碗筷等一股脑儿放进了水池。撸袖子，深呼吸，我作出了一个重大决定：洗碗！

我失明后的十多年，一直没有做过家务。家里的所有活，买菜、做饭、洗碗、洗衣服、拖地、擦窗户等等，都由母亲和妻子承包。母亲身体欠佳后，家里的所有活儿，全部落到了妻子的肩上。妻子做家务的时候，我只能感觉到她来来回回走动时带来的轻风，听到她翻来覆去的唠叨。起初我也想上去帮把手，可妻子总是以一句"歇着去，别添乱"，将我推回座位。日子久了，我也就习以为常了。

我在水池边站好，拧开水龙头，自来水欢快地涌出。我伸出两根手指试了试，刺骨的寒意立即传遍了全身。为什么不在厨房里装台热水器呢？我叹了口气，心里埋怨妻子的抠门与我的粗心。

我没有勇气将手浸进冷水里，于是用电水壶烧了几次热水，水温调好后，开始洗碗。三分钟不到，我就感觉到膝盖内侧，那根筋越绷越紧，先酸后疼。这种酸疼感继而上移到了腰部，又上蹿到双肩，到了脖颈。我弯了弯膝盖，扭了扭老腰，晃了晃脖子，加快了手上洗碗的速度。一时间，我想到了腰腿受伤、近于失明的老母亲，她在这间厨房里已经劳作了几十

年；我想到了原来什么家务活都不会做的妻子，这几年她跟着抖音学烹饪，现在所做的油泼面成为全家的最爱。

其实，在双目失明前，我是经常做家务的。我做的红烧肉，香味能飘出几里路。其实，很多很多的盲人，尽管他们眼睛看不见，他们也是做家务的。而现在的我，确实是懒了。

我洗好碗，又抹好了餐桌，整好了灶台，拖好了厨房地面。我叫出了儿子，请他帮我检查一下我的劳动成果。他装模作样地巡查了一番，说："下午我来擦窗户。"

2021年2月9日

封盲笔路

小红

小红把自己嫁出去的那一年，她二十五岁。她没有动用家里向男方要的两万元彩礼，还将自己三年多打工积攒下来的近三万元全部交给了母亲。她向小姐妹们借了两万元，让男方购置了彩电、冰箱、摩托车、被褥等，分批于夜里悄悄地送到了自己家，结婚当天作为陪嫁，由男方请来的两部拖拉机和八位男宾，热热闹闹地送进了婚房。

小红知道自己家穷，她不想离开这个家，但又不得不离开这个家。她心里清楚，即使离开了这个家，她也放不下这个家。

小红出生于1977年，患有轻度的小儿麻痹症，左腿有点细、有点短，虽不影响走路，但走不快。在小红两岁、哥哥小春五岁时，他们的父亲患癌症去世了，这个贫困的家庭更是陷入了深渊。爷爷、奶奶同意母亲改嫁，但条件是带走残疾的小红，留下孙儿小春。失去丈夫的母亲，怎能再失去儿子？三年后，在庄人的撮合下，母亲改嫁给了同庄不同谱的三叔，三叔老婆因病去世后留下了两个十几岁的儿子小生和小泉。三叔成了小红的继父。

小红有了三个哥哥，可只有小春把她当亲妹妹。母亲改嫁不离家，生活的担子更重了，日子过得更苦了。四个孩子四张嘴，母亲宁可缺了亲生的小春和小红一碗，也不能少了小生和小泉一口。继父是位木匠，是家里的顶梁柱。可他特别好酒，酒量虽然不大，但每天都要喝上三五两。酒一下肚，不好好学习的小生和小泉就遭了殃，常常被打得鼻青脸肿。对父亲无可奈何的两兄弟，就将满腔怒火迁移到小春和小红身上，要么抢走他们

本就少得可怜的吃的，要么夺去他们辛辛苦苦寻来的羊草，有时甚至嘴骂脚踢。对此，继父视而不见，母亲忍气吞声，这更加让两兄弟肆无忌惮。小春和小红很懂事，受了委屈、挨了打，从来不在母亲面前诉一次苦、流一次泪。小春十岁后，知道了保护妹妹，宁可自己多挨几下打，也要护着妹妹。那天，实在忍不下去的小春，冲进屋拿了把菜刀，挥舞着冲向两兄弟，吓得二人落荒而逃。小春坚决不肯认错，被罚跪了整整一夜，小红也倔强地陪着哥哥跪了一夜。自那以后，两兄弟再也不敢欺侮小春和小红了。

小红小学毕业时，哥哥小春初中毕业考上了中专——市卫校。另两位哥哥早就辍了学，小生做了水电工，小泉学了驾驶，都在本地打工。家里的经济虽宽裕了点，但两兄弟已经到了成家的年龄，继父和母亲的压力不减反增。母亲流着眼泪，劝说小红不要再上学。小春带着妹妹跑到初中校长家里，帮妹妹说情。小春是老校长的得意门生，老校长一直希望小春上重点高中，再考个重点大学，为学校争光。小春的中考分数超重点高中二十多分，可考虑到家里的经济状况，最终选择了既能早点工作又能少花钱的卫校。老校长无奈，很是失落与感慨了一番。老校长亲自对小红进行了面试，不但免除了小红的费用，还主动上门做通了小红继父和母亲的思想工作。

三年的初中生活稍纵即逝，小红的学习成绩和哥哥小春的成绩一样优秀，中考后作出的决定也和哥哥当年的决定一样荒谬而现实。小春在市里上卫校，他白天在学校上学，晚上到建筑工地做工，不但没花家里一分钱，还时不时地给妹妹买些学习和生活用品。而另两位哥哥，却是一个比一个不省心。做水电工的小生，谈跑了几个对象后，心灰意冷，迷上了打麻将，将好不容易挣来的钱全都送到了牌桌上。帮人家开车拉货的小泉，看着别人做了老板发了财，心里直痒痒，将黑手伸向了仓库，花天酒地没过几天"好日子",东窗事发,被判刑四年进了监狱。爷爷奶奶年老体弱,整天躺在床上唉声叹气,继父的酒瘾更大了,母亲的头发更白了。小红看在眼里,想在心里,她知道家里困窘,但她更想继续上学。她原想和哥哥一样上卫校,但想想自己的脚,以后到医院做护士跑来跑去不方便。与小春讨论了几次,考虑再三,她上了一所五年制大专的财务学校。

小红大专毕业,二十刚出头的她长成了大美女,一米七的身高、苗条的身材、水汪汪的大眼睛、高挺的鼻梁、小巧的嘴巴,一把抓的马尾辫在背后甩来甩去。继父看着自己两个三十多岁尚未成家的儿子,将心思打到了小红身上。他先是想找个人家做交门亲,但苦于这样的人家难找。后来,他干脆挑明,让小红在小生和小泉中选择一人。对于继父这样的想法和安排,小生和小泉暗自欢喜了一阵,母亲、小春特别是小红坚决反对。已经在镇卫生院做了医生的小春,正与一名护士热恋,他悄悄地给了小红一千元。小红独自一人,到了苏州打工,几经周折后,终于在两家企业里稳定了下来。她白天在一家企业里做车间核算员,晚上在另一家企业里做仓库保管员,每天休息不到六个小时,目的只有一个——多挣钱。

在苏州打工两年多,小红一直没有回家。陆续有媒人上门做媒。小红腿有残疾,尽管人长得漂亮,但介绍来的对象不是离了婚的就是同样身有残疾的。再加上继父从中作梗,既不给媒人好脸色,更没说小红一句好话,小红的婚姻大事也就没了着落。母亲急在心里,但也毫无办法。

小春结婚那天,正巧是小红二十四岁生日。她特地请了假,从苏州赶回了家。小红本就有个护士梦,和嫂子一见面就结了缘。新房是卫生院腾出的一间屋。哥嫂婚后第二天,小红打发小春回了老宅,自己和嫂子睡在一张床上说了一夜的悄悄话。第三天,小红要返回苏州,哥嫂说想到苏州玩一玩度个婚假,嫂子请堂弟小忠开车将他们三人一起送到了苏州。

小红破天荒地又请了三天假,陪哥嫂在苏州玩了三天。她在苏州打

工这么长时间，还是第一次踏进了拙政园，第一次坐了古运河的游船。哥嫂回家前的那个晚上，嫂子突然问小红对小忠的感觉如何，小红不由得红了脸。嫂子告诉小红，小忠除了一米八的身高外，其他的都不高：学历不高，勉强高中毕业；工资不高，现在一家建筑公司给小老板开车；房子不高，还是多年的三间五架梁平房；父母身体不好，姐姐嫁去了苏州。嫂子还告诉小红，她已经问过小忠，他说愿意。小红认真回想了小忠的模样，感觉他是个老实人，开车严格遵守交通规则，不快不慢，不闯红灯，脾气也应该不错。于是她就对嫂子说，先处处看吧。

  小红和小忠利用手机短信谈了近一年的恋爱。小红得知，小忠家里还有一位老光棍叔叔。他之所以没有外出打工，就是因为家里的三位老人，这让小红进一步增加了对小忠的好感。不怕困难、挑战命运，共同的信念将两个年轻人的心拴到了一起。两人商定，元旦结婚。

  国庆节七天长假，小红回了家。她把元旦结婚的决定告诉了家人。继父勃然大怒，桌子拍得砰砰响，酒碗摔得粉粉碎。他说："你不要跟我说，你去跟你死了的老子说。我没有你这样的女儿，我不同意这门婚事，我更不会给你办什么酒席。"母亲将小红拉出门，边流泪边劝小红："要不，你就直接到他家去吧。"

  小红宽慰了母亲，独自来到了距家不远的老龙河边。月亮在云层里时隐时现，片片枯叶飘过水面，稍有寒意的秋风吹乱了头发。她不想不明不白地走进小忠家，她不想大操大办，但要光明正大。天刚蒙蒙亮，她用河水洗了脸，拢顺了头发，敲响了老校长家的门。

  晚饭时，老校长拎了一桶五斤装的白酒，在街上的冷菜摊子上切了五斤猪头肉，来到了小红家。继父、小生、小泉见到老校长，不明就里，声音有点发抖；见到白酒和猪头肉，眼睛发亮，热情了三分。母亲和小红赶紧生火起灶，炒了十只鸡蛋。

喝了一碗酒，在继父的再三催问下，老校长才开口说话："听说你不认小红这个女儿了。俗话说，'一日为师，终身为父'。这个女儿，你不认，我认。喝了这碗酒，我就把小红带走。从今以后，小红与你，"老校长用左手的小拇指指了指继父，又指了指小生和小泉，"与你们，再无瓜葛！"

也许是老校长的气势慑人，也许是老校长的狠话触动了继父，继父赶紧将老校长拉回座位："老校长啊老校长，你也做过我的老师，我听你的，我听你的，你说了算，你说了算。"

五斤白酒喝完了，五斤猪头肉和十只炒鸡蛋吃光了，小红的婚姻大事也敲定了。彩礼两万，不陪嫁妆，亲友的贺礼用于置办酒席。

婚后第三天，按照风俗，小红带着新郎小忠回门。小生和小泉约了几个亲戚，想捉弄一下小忠，谋划着灌醉小忠。小红早就预料了到这一点，提前和帮忙端菜倒酒的嫂子想出了应对之策。嫂子准备了两只空酒瓶，往里装满了冷开水，专门用来给小忠添酒。本就能喝七八两的小忠，那天大显英雄本色，不但来者不拒，还本着"来而不往非礼也"的原则主动进攻，真真假假、稀里糊涂，竟然放倒了全桌人。从那以后，小生和小泉再也不敢小瞧小忠，反而增添了几分畏惧和尊敬。

出嫁后的第一个春节的正月初二，小红和小忠回家拜年。新女婿上门，小春也带着已经有孕的老婆回了家。全家人坐到了一张桌子上吃饭，爷爷、奶奶格外高兴，穿戴整齐起了床，继父、小生和小泉破天荒地没有多喝。午饭后，小红主持召开了家庭会议，议题只有一个，如何尽快改变家里的状况。

"新世纪新气象，现在国家形势很好，到处都在搞建设。"小红语出惊人，先讲了一番大好形势，"小忠的老板，在北京接了一个大工程，需要一大批建筑工人。我和小忠商量好了，小忠也去，我不去苏州了，在家里服侍公婆。嫂子要生养，我帮妈妈照顾嫂子坐月子。我的意思是，小生哥

和小泉哥也去北京，外面肯定要比本地挣得多。"

继父、小生、小泉互相望了望，默不作声。小红继续说："小生哥和小泉哥如果同意，小忠就去和老板说。你们三个大男人，只要踏踏实实，好好做活，我不相信赚不到钱，一人一年五六万元肯定是没问题。"

小生和小泉的眼里有了火花，小红好像看出了他们的心思，说话提高了嗓门："当然，赚到钱也不能乱花。按照建筑公司的规矩，平时是不发工资的，要等到年底一次性结清。我们家的房子，又老又小，必须新建了。我问了一下包工头，六间三层，差不多二十万。爸妈手上有个三四万，先慢慢采购材料。北方一冷，公司就放假了。你们三个人回来，能带回来十几万，找个包工头，个把月就能把新房子建好，我们全家就能在新房子里过年。"

小忠看了看小红，想说什么又没说，往小红面前的碗里加了些白开水。小红端起碗，喝了一口，说："有了新房子，有了工作，小生哥、小泉哥，只要你们好好干，还怕找不到老婆？我知道，我们家的名声不大好，本地的不好找，外地的不也行吗？你们去了北京，就知道中国有多大了。"

家庭会议开得很成功，很有成效。正月十六，小忠、小生、小泉随家乡的一批建筑工人去了北京。嫂子出了月子后，小红抽空去了趟北京。回来后没多久，她发现自己怀孕了。

婚后第二年的正月初二，小红在娘家的新房子里再次主持召开了家庭会议，决定母亲随小春生活，以便照顾嫂子和孩子，小生和小泉继续去北京打工，小忠留在家里。在继父的强烈要求下，继父这年也去了北京打工。

第三年，爷爷、奶奶先后去世。年底，小生和小泉分别带回了一名外地的女人。

再以后，小红考了会计师证，在本地的一家企业里担任了主管会计，小忠考了二级建造师证，担任了公司的项目经理。

今年七月，小红的儿子被一所重点大学录取，圆了她的大学梦。继父患上了癌症，小红悉心服侍了两个多月。继父临终前，从枕头套子里摸出了一张存折，存款人是小红，存款金额两万元，存款日期是2002年1月2日。

2021年12月19日

追梦篇

羊肉烧青菜

星期天下午,气温八度,微风,阳光普照,我和妻儿回了老家。母亲精心打理的菜园里生机盎然,青菜、大蒜、萝卜等,比赛似的一个个展现出可爱的绿色。特别是青菜,像列队接受检阅一般,伸展着臂膀,千手观音般将阳光拥入怀中。

"长得真好,"我先感慨,后建议,"晚上改善伙食,来个羊肉烧青菜如何?"

儿子积极附和:"主意是好主意,谁来做呢?奶奶去了扬州不在家啊。"儿子早就吃腻了土豆炒肉丝、青椒炒肉丝、黄瓜炒肉丝,对他妈妈的厨艺表现出了不屑。

"我啊!想当年,你老爸也是做菜高手。你们听我指挥就行。"我充满自信。

村里羊肉店卖的可是号称本地青草喂养的羊。我和儿子去买了两斤里脊肉,半精半肥。贵是贵了点,但现在生活质量高,讲究的就是品位。老板很热心,另送了一大袋原汤。

"第一步,用清水煮,水要漫过羊肉,这叫漂。"在我的指导下,妻子系上围裙开始忙碌。我则在一边和儿子讲起了往事。

"小时候,家里也养羊,最多时有十多只,另外还养猪、养兔、养鸡。放学回来的第一任务,是拿着小铁锹,挎着篮子四处寻草。眼巴巴地到了年底,大羊卖了,小羊继续养。家里早就计划好了,指望着用卖猪卖羊的钱来买油盐酱醋、来买块布做件新衣服。1984年冬天,那时我上初三,因为家距学校远，就住了校。一天晚上，西北风呼呼地吹，我们都钻被窝了。同寝室有个老师家的孩子，被他爸爸悄悄叫了出去。原来老师们开小灶，吃羊肉烧青菜，一会儿，同学满嘴膻味地回来继续睡觉了。这是我第一次如此近距离地闻到羊肉烧青菜的味道。我头蒙在被窝里，怎么也睡不着，愤愤不平地想：'这青菜还是我们栽的、我们浇的水、施的肥呢。'"

"羊肉漂好后，起锅，去水。取一点荤油，加热融化后，将羊肉放进锅里翻炒，这是第二步，叫煸。"妻子乖乖地听从我的指挥。

"煸好后，放入温水，水位漫过羊肉，然后再放生姜、桂皮、葱、白糖、白酒。这是第三步，叫炖。"我感觉自己的指导接近于专业。

"生姜多少？白酒多少？"妻子大声拷问。

我的回答简洁明了："适量！"

我继续和儿子聊着往事。

"第一次吃到羊肉烧青菜，是1986年冬天我上高二时。那时学校食堂的饭菜远远填不饱我们的肚子。口岸中学的西边，有一家金家羊肉店。一天课后，我们同班的四名男生溜出校门，忐忑地走进羊肉店。之所以忐忑，是因为口袋里没钱啊。一问，最便宜的羊肉烧青菜，两块钱一份。我们一人拿出五角钱，每人吃到了两块羊肉和几根青菜，特别香，那成为我三年高中生活的最美回忆。金家老爷爷应该看出了我们是穷学生，给我们每人下了一碗羊汤面。"

我指导妻子向锅里加了两次温水，屋里屋外已经充斥着羊肉特有的香味。

我继续对儿子讲述："那天晚自习，教室里飘满了膻味。班主任的鼻子特灵，他边嗅边准确地走到我们四人面前，意味深长地打量着我们。他什么话都没说，什么事也没做，而我们四人像做错了事似的，脸涨得通红，将平时高昂的头埋进了书里。十多年后，我们高中同学聚会，口岸镇

成了高港区政府的所在地,金家羊肉店也不知所终了。金家老爷爷,好人啊。"

我从回忆中走出来,走进厨房,用筷子夹了夹羊肉。"差不多了,把青菜倒进锅,加酱油、盐。这是第四步,叫收膏。"我指导着好学的妻子。加入的青菜,更准确地说是菜心。刚刚还长在地里的青菜,被剥去一层层菜叶,仅留下嫩嫩的菜心。洗干净,用少量菜籽油爆炒,置于盘中备用。

我返回座位,坐下喝了口茶。"再次吃羊肉烧青菜,是1991年的春节。那时你大伯和我都工作了,家里的经济状况好了许多。家里养了一只羊,这次爷爷没有牵去卖,而是请人宰了,我们全家和来拜年的亲戚们美美地吃了一次大餐。再后来,羊肉在餐桌上越来越常见了,都成家常菜了。只是啊,羊肉越来越没有羊肉味了,再也吃不到当年的感觉了。"

"今天的呢?"儿子吸吸鼻子,插话道,"你不要让我失望噢。"

"不会的,"我回应着儿子,指导着妻子,"好了,加上大蒜梗段。最后一步,出锅,开吃。"

儿子边吃边摇头晃脑地说:"嗯,是蛮香的,我感觉青菜比羊肉好吃啊。"

是啊,现在的人上了餐桌,张口是绿色,闭口是有机,大鱼大肉不再是首选。到了宾馆酒店,菜单上写着羊肉烧青菜,可上桌的却是青菜烧羊肉。我夹起大碗里剩下的羊肉,一口咬了下去……

2022年12月20日

封盲笔路

夜淆

父亲生前做过多年生产队的放水员。夏天给水稻放水是一个苦活累活和技术活。天旱时，要保持稻田的水分，就要利用抽水机将河水抽到水渠里，再让河水从水渠里流进稻田；雨天时，要将稻田里的水排出。另外，还要根据水稻的生长期确定何时的水多一点，何时的水少一点，何时不需要水。

二十世纪八九十年代，农村用电还很紧张，也不知道什么时候来电、什么时候停电。一旦来了电，父亲就像接到命令一般，不管是烈日当空，还是半夜熟睡，立即拎上水桶、扛起钉耙，穿着短裤，光着上身，直奔电灌站而去。

河水顺着水渠欢快地向前流淌，父亲顺着田埂查看每一块稻田的水况，或给这块田挖开小坝，或给那块田堵上水口。分田到户后，农民都把各自的承包田看成了宝贝疙瘩。水多水少，直接关系着水稻的产量。

父亲在水稻田边巡视了两个来回后，河水的水位已经下降了不少。他搁下钉耙、脱掉水鞋、拎起水桶，顺着抽水机旁的坡道下了河。水到膝盖时，他弯下腰，双手伸进水里，由深到浅，摸到一大把田螺，扔进面前的水桶。时不时地，他还会摸上几只蚬子。到了芦苇处，顺着芦苇梗由下往上一撸，就是满满一大捧田螺。不大一会儿工夫，水桶已经装满。这个时候，父亲的身前身后和对面，有男有女，有老有少，大家互相打着招呼，不紧不慢地享受着收获的快乐。

父亲到家后，将一水桶的田螺和蚬子倒进一只更大的水桶里，再倒进漫过田螺的河水。过几个小时，重新换水。田螺和蚬子吐出的细沙沉淀到

了桶底。

那个时候，尽管家里很困难，但也不会卖掉这些田螺和蚬子，而是用来改善伙食。一个农闲的午后，母亲将父亲摸的田螺和蚬子，一股脑儿从水桶里倒进大竹篓，到门前的河里哗啦哗啦地淘洗干净，再倒进锅内，加水煮沸。

在堂屋的阴凉处，母亲坐在一张小木椅上，用针将田螺肉从田螺的硬壳里挑出来，有的是胖胖的螺螺头，有的是弯弯曲曲的螺螺屁股。母亲头也不抬，左手抓上一把田螺握在掌心，大拇指和食指捏着一颗，右手拿针挑出田螺肉放进碗里。田螺壳子被丢进簸箕，"嗒"的一声碰撞出清脆的响声。收集好的田螺壳子也不扔掉，砸碎了，是喂鸡的好饲料。

这时的我，会按照母亲的要求，坐在一旁的八仙桌边，剥一大碗蚕豆瓣。

母亲挑好田螺肉，站起身，直直腰，又到房前屋后的蔬菜地里转一转，摘几根黄瓜、钩几根丝瓜、扭几个茄子、割一把韭菜、掐几根小葱。将这些蔬菜洗干净后，黄瓜切成片，丝瓜切成块，茄子切成条，韭菜切成段。

我坐到了土灶前，两个锅洞同时烧火。外侧的锅洞放铝锅，家里有两口铝锅，一口烧洗澡水，一口煮蚬子粥；里侧的是一口大铁锅。待铁锅烧热后，母亲放几小勺菜籽油，依次加入蒜泥、田螺蚬子肉、蚕豆瓣、茄子、黄瓜、丝瓜、韭菜，爆炒五分钟左右。母亲放下铲子，取半斤面粉，加入凉开水搅拌成汤。这时，铁锅中的菜在菜汁中嘟嘟地散发着热气，母亲将面汤淋入锅内，撒点盐，用铲子搅匀，再盖上釜冠，煮沸后稍焖两分钟，揭开釜冠，再撒些葱花，满屋飘香。母亲取来七只大海碗，一一分盛。夜涽就此隆重登场，端上了八仙桌。

泰兴方言中的夜涽的涽字，究竟如何写，我也拿不准。我请教过泰兴方言的专家,没想到这还是个研究空白。但我感觉淆这个字,正适合食材混杂在一起的汤汤水水的食物,就姑且先用这个字吧。

母亲告诉我做夜淆的要点:"要有田螺和蚬子肉,这样才鲜;要用新鲜的蔬菜,这样才脆;要等到冷却后再吃,热的时候还有水,是面汤,冷了才是夜淆。"

夜幕笼罩,繁星点点,我们在屋前的空地上点上草烟驱走蚊虫,摆开八仙桌。一家人围坐喝蚬子粥,搭着夜淆。左邻右舍不时地前来乘凉聊天,他们毫不客气,拿起桌上的筷子,夹上夜淆,品尝几口。我家六口人,一人一碗夜淆。还有一碗,就是给他们准备的。

后来的岁月里,我与同学、同事们谈起夜淆,他们都摇头说没有吃过这样的食物,甚至都没有听说过。也有的人说这不叫夜淆,叫螺螺蚬子汤。看来,夜淆是我家乡的特有的美食啊。

今天午饭后,我问儿子:"想吃夜淆吗?"

他伸出手,摸了摸我的额头说:"你没发热啊。大白天的,吃什么夜宵?你想吃,到晚上,我给你点外卖。"

我摇摇头。唉!父亲去世十多年了,母亲随我的哥嫂在扬州生活。我已经有多少年,没有吃过母亲做的夜淆了。

2021 年 7 月 27 日

一桩小生意，败坏了一座城的名声

这几天，我一直通过手机的微信群，和全国各地的盲人朋友们讨论着关于朗读坡子街美文的事。有一位天津的盲友说，她看了坡子街的文章，很生活化、很亲民，听了盲友的朗读后更感亲切，她已经在当地转发了。同时，她向我提出了一个问题："为什么叫坡子街呢？"

对于坡子街的来历，我之前做过了解。我在微信群里解说一番后，大家纷纷表示，用这个名字有历史底蕴、有地方特色。有的盲友说出了他们当地报纸副刊的名字，感觉都没泰州坡子街有味道。

就在我为泰州坡子街感到得意时，一位山西的盲友突然来了一句："泰州？是江苏的泰州吧？我对这个地方，印象特别地不好。"

没等我问为什么，他紧接着说："2018年，我还没有使用过智能手机，想买一个。于是就在网上查，最后查到泰州的一家手机推广中心。电话打过去，我告诉他们我是一名盲人，请他们帮我安装好微信、QQ等。他们满口应承，答应得可好了……后来手机寄过来了，我才发现压根不能用！！移动卡装上去没用，我还以为是电话卡的原因，换了电信、联通卡挨个试装上去，都没用。唉！350块钱，买了个假手机！

"我在山西，所以打了本地的12315投诉，他们说要向当地的12315投诉。我电话打到了泰州12315，他们要我提供店名店址、发票等信息，有了这些，他们才好去查处。我提供不了，主要是没有发票。我多次打电话到那家手机推广中心，他们每次都推脱说管事儿的不在。

"泰州有这么悠久的历史文化，但随着经济的发展，出现了个别的跳梁小丑。他们就像一锅香汤里的老鼠屎，败坏了泰州的名声。我之所以对泰州印象不好，就是因为这件事。我没有到过泰州，更不了解泰州，但对泰州不好的印象，就此深深地扎在了我的心里。所以，不管什么地方，都要讲文明、讲卫生，清理老鼠屎。

"我上了一当，可能只是众多上当者中的一员。大家并不在乎这三四百元钱，但如果都不吭声，相关职能部门就不会处理，骗子就会生存，就会发财，必然会败坏一个地方的名声。

"后来，我写了一篇文章，题目是《爱上盲文三部曲》，其中也写到了这件事。今天在群里，一听到泰州，我就不由自主地来气。"

一位贵州的盲友发现气氛有点儿紧张，说："有人的地方，就有左、中、右，就有好、中、坏。"

我立即跟上说："对不起，对不起，没想到我们泰州竟然有如此不讲信誉、不讲良心的人。其实，我们泰州大部分人是好的，你可以抽空读读坡子街的文章，写的都是泰州的真人真事。"

微信群里的话题，又回到了坡子街。大家说，有全国各地的盲人来朗读坡子街的美文，这可是一个大特色。而我的思绪，则顺着历史的坡子街，走到了当下的坡子街。历史不可忘却，当下我们更应该、又可以做点儿什么呢？

2021 年 6 月 7 日

又到父亲生日时

农历二月初十，是父亲的生日。如果父亲还在世，今年的二月初十，是他的八十岁生日。但这只能是如果而已，现在父亲的生日也只能称为冥寿或生忌。十三年前，父亲因患噬血性细胞综合征而病故。

我问母亲："父亲的八十冥寿快到了，我们要怎么做呢？"

母亲叹了口气，悠悠地说："他在世就是一个非常勤俭的人，现在都死了十多年了，还要讲那个排场干吗？到时你们有空就回趟老家，没空不回来也不要紧。心中有，比什么都强。"

是啊，用"非常勤俭"来总结父亲的一生，是比较准确的。可是父亲勤俭一辈子的钱，连本带息交给医院都没能挽救回他的生命。健康比金钱更重要，当他明白这个道理时，他已经去了另一个世界。

父亲是爷爷和奶奶的独生子，但在那个特殊的年代，由于戴着富农家庭的帽子，父亲上到高中后，没有机会考大学，也没有机会到单位工作，甚至连学木匠、瓦匠手艺也不行，唯一的出路就是务农。

出身于富农家庭，父亲不卑；作为种田人中为数不多的高中生，父亲不亢；作为家里的独生子，父亲不娇。他不是生产队长，不是农技员，却包揽了挖塘育肥、开渠放水、施肥治虫、养猪养牛等生产队里大大小小的有一定技术含量的农活。我家的劳力只有父亲和母亲两人，但他们挣的工分是全生产队最高的。

1979年1月，党中央作出了关于给地主富农等摘帽的决定，之后又实行了农村土地联产承包责任制。摘掉富农帽子的父亲犹如打了兴奋剂，他一口气承包了近二十亩土地，甚至还开垦了几亩荒地。我家一度是全乡的送公粮大户。

有点文化的父亲并不满足于在土里刨食。白天他在田里干活，晚上则干起了家庭副业。他先后搞过做灯笼、糊纸盒、钉木箱、捡猪鬃、扎扫帚、养荷兰鼠等项目。因为经常熬夜，休息不好，父亲的眼圈整天都是黑的。后来，他在镇农贸市场租了一个小摊位，隔三差五地骑着自行车到距家十多公里的县城批发粉丝、花生等，由爷爷守着摊位。

父亲辛勤地经营着承包田和小买卖，支撑着全家六口人的基本生活。再穷不能穷教育，再苦不能苦孩子，这在我家体现得尤其充分。与庄上同龄的孩子相比，哥哥和我学习的时间比下地干活的时间长，在校的时间比在家的时间长。

庄人都说，父亲培养了两个大学生儿子，将来肯定吃香的喝辣的。哥哥和我学习成绩一直较好，圆了父亲的大学梦，这确实是父亲引以为傲的事，但这份骄傲只能深藏于心，他的压力非减反增。哥哥和我大学毕业后，虽然都有了一份相对稳定的工作，理应分担家里的经济压力，但我们都面临着成家、购房等现实问题，为家里贡献也不大。承包田少了，小摊位零售的品种增加了。父亲每天早上天蒙蒙亮就骑着自行车载着爷爷去农贸市场，每天下午要么在田里、要么在往返县城进货的路上，晚上继续做各种各样的手工活。乡下老家成了哥哥和我最为稳固的"大粮仓"。

2002年，父亲六十岁，爷爷八十多岁，我的眼睛出了问题，当时儿子刚满周岁。在哥哥和我的坚持下，父亲停掉了农贸市场的小摊位，与母亲一起到了城里帮我带孩子，爷爷一人留在老家。没过几天，父亲一会儿说他歇得浑身骨头疼，一会儿又说不能光顾小的忘了老的。于是，在他的坚持下，他每天上午在我家带小孩做家务，下午回乡下干农活陪爷爷，晚上回城到一家浴室打扫卫生做保洁工。没过几天，我发现他晚上回来得较

晚。几经查问，他才吞吞吐吐地告诉我，浴室里帮人擦背生意好来钱快，他竟然又干上了擦背工。他说牛扣在桩上也是老，他的身体好得很，有的是力气。

可是，身体好得很的父亲，在2009年却出了问题。7月初，他连续多天发热不退，实在撑不下去时，才去了医院。一查，胃癌！在扬州工作的哥哥将他接到苏北人民医院，确诊后做了手术。在哥哥家里休养了一个多月，父亲以不放心爷爷一人生活为由，不听劝阻，偷偷返回了老家。8月底，父亲再次连续多天低热不退，到苏北人民医院后又转到上海瑞金医院检查治疗，确诊为噬血性细胞综合征。当医生告诉我们这个病基本无治后，我们如遭五雷轰顶。

9月6日，初秋的阳光没有了夏天的炙热，枝头上的知了不再放声高歌。上午，在上海工作的表叔到瑞金医院看望了父亲，两人回忆了很多儿时趣事，相谈甚欢。下午，父亲与母亲及我们兄弟俩讨论了爷爷的九十大寿。父亲列出了一个长长的名单，其中有很多是外地多年没有走动的老亲。他说要把这些老亲都请回来，尽量能聚得全一些，年龄大的长辈要用车去接。晚上九点多，父亲全身出汗，出现了休克昏迷，经医生抢救后暂时脱离危险。9月7日凌晨一点多，第二次抢救。早晨五点多，第三次抢救。医生沉着脸，无奈地摇着头说："多器官衰竭，没有治疗的必要了，想办法让病人早点回家吧。"

9月7日上午九点多，我们租了一辆救护车，医院安排了两位医护人员，配备了呼吸机等医疗设备。一路上，我紧紧握住父亲满是老茧的右手，强忍着没有哭泣，不停地和父亲说着话。

车行驶在上海时，我说："1988年9月，你用一根扁担挑着行李，送我到上海上大学，同学们说我带了一位老书童。"

车到苏州，我说："当年哥哥在苏州上大学，你买了一只皮箱送给他。

你舍不得花钱坐车，骑了一天的自行车，到苏州时已经是深夜了。你在校门外等到了天亮。"

车到泰兴时，下了高速，我请驾驶员走了父亲平时骑自行车往返的路线。我说："到荷花池市场了。那次赶上花生、粉丝便宜，你一下子批发了几百斤，硬是骑车来回驮了好几次，满头大汗的你到家就连喝几碗凉糁子粥。"

我说："到老叶桥了。你的孙子小添添喜欢吃葡萄，你说这里长的葡萄新鲜，还便宜。每次经过，你总要买上几斤，可你自己却舍不得吃一个。"

车到家时，屋里屋外都是闻讯前来的庄人。大家七嘴八舌，很多庄人不愿相信这个事实："平时身体那么好的人，怎么说病就病了呢？"爷爷老泪纵横地说："儿啊，你一天福没有享过啊！"

轻轻地拔去管子，慢慢地抬下救护车，父亲停止了呼吸。那年，父亲六十七岁。那天，距离爷爷九十岁生日还有六天。

2022年3月12日，二月初十，星期六，适逢植树节。哥哥和我相约都回了老家。父亲的坟茔淹没在一片油菜之中。坟包已经平了不少，坟前的两棵柏树挺拔翠绿，油菜花含苞待放。母亲蹲下点烧纸钱，哥哥弯腰为坟包添新土，我举手清理树枝，一只蜜蜂在我们头顶盘旋。一阵微风吹来，空气中弥漫着淡淡的清香，我隐约看到了父亲，他骑着自行车，背后是金色的阳光和蓝蓝的天空。

2022年3月3日

追梦篇

晕车

今天，我前往连云港市参加全省第十七次盲人按摩学术交流会，同车的还有我们泰兴市盲人按摩学会会长、盲人按摩师赵群。他晕车，所以为此做了不少准备，他服用了晕车药，又在耳根和肚脐上贴上了药膏，还准备了方便袋用于呕吐。尽管如此，他还是难受了一路，在到达目的地下车后吐了个昏天黑地。看着他满脸苍白、浑身无力的样子，我不由想起了自己晕车的往事。

小时候，我们从没坐过汽车，甚至很少看到汽车。小学离我家三里路，初中离我家八里路，每天家里学校四个来回，风雨无阻，全靠两条腿走路。偶尔调皮地爬上顺路的农用拖拉机，或是坐上同路的熟人的自行车，那就是相当开心的一件事了。所以，那时听坐过汽车的人谈晕车，我根本就不知道晕车是咋回事儿！

我就读的口岸中学离家有六十多里路，是当时县里的一所重点高中，需要换乘两次公共汽车。第一次离家出远门，第一次乘坐公共汽车，我是既紧张又高兴。在距家最近的汽车站，实际上就是公路边的停靠点，等了一个多小时后，父亲带着我挤上了开往泰兴城区的公共汽车。那时的公共汽车只有两节车厢，车上早已人满为患，更别说有空座位了。

八月底的天，热得人喘不过气来。汽车和车上的人一样，喘着粗气，摇摇晃晃地往前开着。那时的公共汽车都没有空调，拥挤的车厢像蒸笼一样，空气中还夹杂着各种各样的异味。上车不到五分钟，我的胃里就开始翻江倒海，一股气流顺着食管直往上涌。我吞下了一口口唾沫，一次次地将这股气流强行压了回去。这个时候,我才知道我是晕车了。

随着吞咽速度和幅度的不断加快,我的嗓子眼感到又酸又胀,很快冷汗就湿透了全身。我希望立刻下车,更希望马上就能到达车站。父亲发现了我的异常,一手紧紧地拉着我,一手在前开道,嘴里不停地和人打着招呼,费了好大一番气力和口舌,将我拉到了最近的一个车窗口。我把头伸到了窗外,带着浓浓汽油味的热流扑面而来。我嗓子口一阵涌动,嘴巴大张,满胃还未及消化的食物,从口里,从鼻孔里,喷涌而出。儿出门,母担忧。母亲今天特意烧了平时过年才能吃到的红烧肉,还有蛋炒饭,将满腔的母爱倾注到她为我做的这顿美食上。可是这会儿我却辜负了她的心意了!

车子还在摇摇晃晃地向前开着,我的头还伸在车窗外面,我大口大口喘着粗气,不时地吸着鼻子,将呛在气管里的食物吐出,由此又引起了胃里一阵翻滚,于是又情不自禁地一阵呕吐。我脸上既有汗水,也有泪水,嘴角还有吐出的米粒。没有纸巾,没有手帕,我只能用手擦,那味道呛得我又直想呕吐。好不容易熬到了车站,乘客们推推搡搡着下了车。我蹲在地上,又是一阵呕吐。其实,此时胃里已经没有了食物,吐出来的都是酸酸的、苦苦的胃水。头更是昏得厉害,全身软绵绵的,一点儿力气也没有。父亲牵着我,找到了一处自来水水龙头。洗手、漱口、洗脸之后,我才感到稍微轻松了些。

买票,候车,一个多小时后,我们又挤上了开往口岸镇的公共汽车。车上还是满满当当地挤满了人。有了之前的教训,我上车后,挤到车窗口找到了立身之处,车子还没有开,我就抢先把头伸到了窗外。尽管心理上和行动上都有了准备,尽管胃里早就没有了食物,但在路上我还是吐了两次。到了学校,我已经是精疲力竭。办好了报到手续,整理好了床铺,我立刻上床沉沉睡去。父亲很不放心,当天没有赶回,而是坐在我的床边,

默默地为我摇着扇子。当时，我们学生宿舍的条件很差，二十四个人的集体宿舍，上下铺，没有电风扇。夏天的夜晚，蚊虫很多，父亲一个晚上都没有睡，想睡也没有地方睡，而我竟然一个夜晚都没有醒来。

知道了自己容易晕车后，我就害怕起坐车来，差不多到了见车色变的程度。凡是能步行的，或者能骑自行车的，我一概不坐车。在上海读大学时，我曾经从火车站走到了位于桂林路的学校，一路走了五个多小时。工作后，我曾经从泰兴骑自行车到扬州市去开会，一路骑了四个多小时。非坐车不可的，我都提前服用晕车药，不吃一口饭菜，随身携带两三个方便袋，但每次还是防不胜防，短途的吐上一两次，长途的吐个四五次甚至更多。我的感受是，坐大车要比坐小车好得多，车子不停地直行要比开开停停好得多。

记不清楚是哪位说的了，他说要想不晕车，最好的办法就是多坐车。我工作后，正逢国家交通发展的高峰期，公路越建越长，高速公路实现了县县通，普通公路实现了村村通，汽车更是走进了寻常百姓家，坐车已经成为我们日常生活中不可缺少的一部分。尽管我还没坐车就担心晕车，尽管坐上车后一次次地晕车，但坐车已经成了一件经常的事儿。

2000年5月，我和两位同事一起去河南省开封市征集特级英雄杨根思的史料。上车后，我就感到了头晕。从泰兴到徐州，车开了五个小时，我呕吐了五个小时，胃水吐没了，就干呕，以至于两位同事后来也忍不住吐了起来。在徐州城外的一个小饭店里，我只是补充了一杯开水。稍事休息后，车子一路西行。五个小时后，我们到达了目的地。奇怪的是，这五个小时，我竟然没有晕车。而更为奇怪的是，从此以后，我就不怎么晕车了。所以，每当遇有同事朋友晕车，我总会对他们说，要想不晕车，最好的办法就是多坐车。

现在的日子好了，老百姓几乎家家都有车子，出门就是以车代步。过

封盲笔路

去想要坐汽车很困难，现在让一些人不坐车，却也显得很困难，车子坐得多了，也许晕车这个词就会从我们的生活中消失。但会不会产生其他什么问题呢？我无法通过晕车来评判人和社会的进步程度，但我坚信，人是在不停进步的，社会也是在不停进步的。

长大后我一定学医治好你的眼睛

也许是我在民政局和残联工作多年的缘故,我见到的和经历过的令人感动的人和事太多太多,以至于我现在对于大多数人都认为感动的人或事有点平静甚至冷漠。这样的感觉日益加剧,且不可控制。我很奇怪,一个还没有步入耳顺年代的中年人,为何缺少了热情,失去了怦然心动,更流不出眼泪?然而我连续多年平静的心,被一个七岁孩童的一句话打动了。

几位笔友小聚,其中一位带来了她的儿子——洋洋。小家伙理着小平头,两颗眼珠滴溜溜地转动着,闪烁着智慧的光芒,两片小嘴唇一张一合吐露出一句句小大人般的语言。不知什么时候,他的目光落到我手边的盲杖上。他好奇地走到我身边,右手在我眼前晃了几晃,问:"叔叔,你的眼睛看不见吗?"

洋洋的妈妈立即抢过话头,说:"洋洋,这样没有礼貌!"

我摸了摸洋洋的头,微笑着说:"没关系的。是的!洋洋,叔叔是盲人。你怎么知道叔叔看不见的?"

洋洋指了指盲杖,说:"这是盲人用的白手杖。如果你看得见,要它干啥?"

我来了兴趣,将盲杖放到洋洋手上,说:"小朋友见识很广呀!你既然知道这是盲杖,那你能告诉叔叔,盲杖有什么作用吗?"

我使用的是一根九节伸缩型普通盲杖,手柄上有一个按钮。按住按钮向外拉,盲杖会一节一节地伸出;反之,往里缩,盲杖便会收缩成一节。小家伙眯着双眼,拿起盲杖认真研究了一番,又是拍,又是抖,竟然一会儿就能做到伸缩自如了。他闭上眼睛，拿着盲杖，在我们面前转了两圈，又走到我的身边，说："这有点像我爸爸用的钓鱼竿，但我知道这肯定不是用来钓鱼的，鱼竿比这个长。既然是盲杖，肯定是用来帮助盲人走路的。"

我赞许地点点头，鼓励他说："好，小朋友聪明，会比较，会分析。动动你的小脑筋，想想盲杖还有什么作用，再说出两个。"

洋洋调皮地举起盲杖说："当我看到用盲杖的人，就知道他是一位盲人，我就可以主动来帮助他。"

几位笔友停止了聊天，饶有兴致地看着洋洋，每个人的眼中都充满着欣赏。洋洋的妈妈开心地说："你要说到做到哦！"

我继续笑问："还有什么作用？再说一个，你就是最棒的！"

洋洋歪着小脑袋，让盲杖在他手里伸了又缩、缩了又伸。突然他兴奋地说："这上面是荧光粉，晚上在灯光照耀下会发光。大家看见了，就知道有盲人来了，就要主动避让，保证盲人的安全。"

我高兴地拍拍洋洋的肩膀，说："小朋友，真聪明，你真棒！你肯定是一个爱看书、勤动脑的好孩子。"

大家的话题自然而然地转到了洋洋身上。我知道了洋洋的爸爸曾是海军军官，参加过索马里护航和也门撤侨，现已转业在应急部门工作；妈妈创办了一家拍卖公司，爱好文学创作，经常参加志愿服务活动；洋洋还有一个小弟弟，两岁多了，很是可爱。

在我们闲聊时，一旁的洋洋继续闭上眼睛，拿着盲杖，沉浸式体验盲人的生活。他再次走到我身边，说："叔叔，眼睛看不见太痛苦了。长大后我一定要学医，治好你的眼睛。"

洋洋的声音不大，透着自信与坚定。我愣愣地看着他，内心深处掀起了千重波涛，情不自禁地流下了眼泪。我已经有多年没有流过泪了。工作

的原因，我曾多次参与或组织过献爱心送温暖、抢险救灾、扶贫济困、走访慰问等活动，为了确保活动的效果，即使再有感触我都强忍住眼泪。

患上眼疾后，我一次次地满怀希望背上行囊四处求医，却一次次地失望而归。听到医生或微笑或面无表情地说出"目前无治"四个字时，我没有流泪，因为我知道眼泪不能治病，生活更不相信眼泪。

当我的双目完全失明后，我没有流泪。有人劝我病退，不需要再上班，有人误会我狂妄自大、目中无人，有人夸我自尊自信、自立自强，如此种种，我都是笑笑而已。因为我知道，日子要自己一天天地过，路要自己一步步地走。快乐地工作、学习与生活，是治疗所有痛苦的良药。

可是，洋洋，一位七岁的孩童，他的一句话，却让我的眼泪不由自主地夺眶而出。这是一种本能，还是一种长期压抑情绪的自动释放，再或我实则就是多愁善感、外刚内柔的。

大家愣愣地看着我，不知说什么才好。洋洋的妈妈率先打破了沉默，大声说道："洋洋，你要记得你今天说的话。"

洋洋认真地点点头，坚定地回答："我会的！"

我擦去眼泪，伸手弯腰抱过比我矮小许多的洋洋，哈哈大笑着将他高高举起。

2023 年 7 月 6 日

封盲笔路

做了一次小生意

1994年，我所在的单位集资建房，以此来解决部分干部职工的住房问题。经多次研究，我的名字幸运地出现在了最终名单上。那时，我刚结婚不久，居住在一间临时腾出来的老办公用房内，十多平方米。同一层楼住了六户，仅有的一个卫生间和一个水池常被堵得严严实实。想想即将拥有超过一百平方米、有独立厨房和卫生间的套房，我激动得一宿未眠。

可是，天刚蒙蒙亮，我又回到了现实。两个月内需交齐四万五千元集资建房款，否则视作自动放弃。当时，我的月工资一百五十三元，妻子的月工资一百八十六元，我们即使不吃不喝不花一分钱，也得十多年才能凑够这笔钱。虽然国家还没有完全取消福利分房政策，但如果错失这次机会，也许我的住房问题将一直难以解决。

钱啊钱，钱不是万能的，没钱却是万万不能的。

愁啊愁，愁是解决不了问题的，不愁却是不现实的。

想啊想，办法总是想出来的，不想肯定是没办法的。

众人拾柴火焰高，一人一份聚成堆。我和妻子召集同学、朋友开了个会。大家都是刚参加工作不久，工资也差不多。不管是已婚的，还是正在谈恋爱的，或者是打着光棍的，每人能借多少借多少。

家是每个人最强大、最稳固的支撑，于是我和妻子回到乡下老家寻求帮助。父母都是农民，爷爷和父亲在镇农贸市场上租了个小摊位做点小生意，没攒下多少钱；哥嫂在扬州工作，女儿刚刚出生。他们虽然都表示要想方设法给予支持，可我心里清楚他们的支持是很有限的。

岳父岳母远在黑龙江，妻子花两块钱到邮局打了长途电话，回来后一脸兴奋地告诉我，岳父岳母将给我们一万元。一万元！这可是一笔巨款啊。我高兴得一蹦三尺高，大声吼唱"你就是那冬天里的一把火，熊熊火焰温暖了我的心窝"。

面对这意料之外的巨款，我突然想到，刚结婚时去过妻子的黑龙江老家，发现那里黑木耳售价每斤九元，当时我们这里每斤要卖到二十七元。现在岳父岳母同意支持我们一万元，能不能从这里做点儿文章呢？

我和妻子商量，请岳父岳母将这一万元买成黑木耳，然后寄过来，我们再转卖出去。如此一来，一万元就能变成两万元甚至更多。妻子点头同意，称赞这是个好主意。

我怕电话里说不清，立即洋洋洒洒写了一封长信，详细说明了我的想法并反复表示感谢。

二十多天后，我收到了邮递员送来的一叠包裹单。我借了辆三轮车，几个来回后，终于将一千多斤黑木耳运到了家。

父亲是我的第一个客户。他拿了二十斤放到小摊上零卖，单价二十五元，比其他摊位便宜两块。可最多的一天，也仅卖出一斤。以这样的销售速度，我要等三年啊。

下班后，我骑着自行车，载着后座架上的两蛇皮袋黑木耳，沿街向饭店推销。泰兴城区不大，大大小小几十家饭店，大多数老板都摇头表示不需要，有几家老板看见木耳质量确实好，就要了点。但木耳毕竟是配料，饭店需求不大，一个多星期跑下来，仅仅卖出去三十多斤。

最让我难堪的是要面对老板们的冷眼与冷脸。有一次，我拎着蛇皮袋进了饭店的大门，还没开口，老板就把我当成拾荒货的，骂骂咧咧地将我撵了出来。昏暗的路灯下，我倚着路边的梧桐树，茫然地看着来来往往的行人和车辆。我想到了放弃，大不了这房子不要了，反正以后还有分房的机会。我又想到了爷爷和父亲，他们除了正月初一之外每天都是天不亮就出门，到距家四公里的镇农贸市场上守摊位，他们每天要面对多少冷嘲热讽啊。当我回看那家饭店时，老板正笑容满面地迎接着客人。唉！每个人背后都有别人体会不到的辛苦，每个人心里都有旁人无法感受的难处，个中滋味只有自己经历才能明白啊。我定了定心神，骑上自行车，前往下一家饭店。

交建房款的期限越来越近，面对着堆成小山般的黑木耳，我的嘴唇上急出了几个大泡。

父亲说，单靠这样零售肯定是不行的，要想办法做批发。

我的工作单位位于当时泰兴城最为繁华的闹市区，一楼是对外出租的门面房。我从办公室借了一张小茶几，放在门面房边，摆上几斤木耳作为样品，用半张硬纸板写了"批发东北黑木耳"几个大字，请店主帮助照应。走过路过的行人很多，却无一人问津。几天下来，木耳的表面蒙上了一层灰。

我调整了方法，求朋友、托同学，向他们打听谁认识需要木耳的批发商。

一位同学的同学，在镇供销社批发部工作。几个电话打下来，他以每斤十八元的价格买了三百斤。

一位同事的朋友，经营着一家规模较大的土特产批发部。几番洽谈，我咬咬牙，以每斤十七元的价格将剩下的六百斤木耳全部卖给了他。

卖出全部的木耳，在规定的期限内交上了建房款，我终于长长地松了口气，更长长地叹了口气。人生中第一次也是唯一一次做生意的经历，让我清醒地认识到我不是做生意的料。在我看来，拿得起、放得下、装得了，是生意人的基本素质，而我一点也不具备这些素质。在此后下海经商的浪潮中，我抑制住了内心的浮躁与冲动，不盲从、不眼红、不攀比，一

门心思放到了工作上。

与家人闲聊时我偶尔会畅想一番:"如果我经商办企业,现在肯定是身价过亿的大老板。"妻子嘴角不由自主地上扬,调侃道:"呦!忘了当年你卖木耳的事啦!"

2022 年 8 月 17 日

封盲笔路

老家屋后的银杏树

我家老屋后有棵银杏树，已经一百零九岁了。这是爷爷出生时，他的爷爷栽下的，当时栽了五棵，现在仅剩一棵了。不知咋的，最近几年，这棵百年老树长得格外好，枝繁叶茂、硕果累累，还往上蹿高了两米多，我和儿子两人手拉着手都环抱不过来。

父亲因病去世后，我将母亲接到城里居住。疫情结束后，七十七岁的母亲坚决要求回老家生活，闲不下来的她在家前屋后种了几畦菜。今年是母亲的八十大寿，春节时我与母亲商量如何操办。母亲突然严肃地说："这两天你有空，找几个人把银杏树锯了吧。"

我猛地站起身，瞪大双眼，惊讶地问："为什么？"

二十世纪七十年代初，父辈分家，最终父亲以给爷爷奶奶养老送终和少分半间祖屋为条件，争得了屋后的这五棵银杏树。那年，一岁多的我还不会走路，长势最好的银杏树还没有我的小腿粗。母亲常常用一根绳子，一头捆在我的腰上，一头系在东边第二棵最粗的银杏树树干上。她放心地在自留地里侍弄着蔬菜，甚至随生产队的劳力们一起去远处的农田干活。

银杏树的北边，是一条东西走向的乡间小路。小路的北边是大伯家。大伯比我父亲大五岁，与伯母先后生了两男一女，小儿子红武和我同岁。分家时，因为这五棵银杏树，大伯的意见最大，闹得最凶。兄弟六人，五棵树，做不到绝对公平的一人一棵，更没有谁高风亮节主动放弃。爷爷奶奶坚持"谁得树谁负责养老"。经过两位舅爷爷和三位姑奶奶三个多月的反复斡旋，好不容易将五棵银杏树分到了父亲名下。

我长，树也长，树的生长速度远远超过了我。随着五棵树的不断长粗、长高，我家与大伯家的矛盾日益升级。

太阳升起，树影躺到大伯家门前。大伯取来锯子，前几年锯掉了伸向北侧的树枝，后几年干脆锯掉了树头。五棵银杏树，成了五棵树桩。可是，银杏树的生命力非常顽强，今年锯，明年重新长。年复一年，父亲站在银杏树边，与大伯进行着激烈的"拉锯战"。

银杏树结果了，一串串地挂在树枝上，在白天的阳光和晚上的月光中都泛着金黄的光泽。最贵时，果子能卖到三十多元一斤，对于普通农家来说，是一笔不菲的收入。这个时期的银杏树成了全家的重点保护对象。大伯大娘的理论是"掉在谁家就是谁家的"，先是明抢，后来发展为暗偷。成熟的银杏果，经风一吹，或用竹竿轻轻一打，即可掉落在地，捡起来就是钱。掉在大伯家门前的四分之一，自然归大伯家；掉在路面上的四分之一，大伯家人多，大部分也归大伯家。他们夜里又悄悄地爬上树偷摘银杏果。形势最严峻时，爷爷奶奶父母和我，晚上一人看一棵树。可是，本事极大的红武总能悄没声儿地爬上树，又悄没声儿地摘下一串串银杏果，又悄没声儿地扔到铺在他家门前的棉被上。

进入二十一世纪，奶奶、爷爷、大伯、父亲相继离开人世，大伯家的子女没有考上大学，也都先后到了外地打工。银杏果的价格一跌再跌，降到了每斤不到一块钱。昔日的摇钱树沦落为食之无味、弃之可惜的鸡肋。自然掉落的银杏果，开始还有人捡拾，后来再无人问津，散发出一阵阵奇特的臭味，然后化入泥土。

一直想随子女生活却未能如愿的大娘身体硬朗，在我母亲进城后，就在我家屋后的自留地里种上了蔬菜。母亲发现后问我怎么办。我淡淡地说："你又不在乡下，我们的地也不种，荒着也是荒着，大娘愿种就种吧。"

母亲不大情愿，咕哝着说："那她至少要和我说一声啊。"

一年后，大娘打电话给母亲，说的却不是地的事。她直截了当地问我母亲："现在银杏不值钱，你能回来把银杏树锯了吗？你没空回来也行，我帮你找人。"

母亲气愤地说："不行！地让你白白种了就算了，锯树可不行，这是祖上传下来的，就剩这几棵树了，绝对不能败在我手上。"

大娘声音很大，隔着手机听筒，我都能听到。"你以为我愿意种你家那点地啊？一点阳光也没有，还全是树叶。不锯就不锯吧，这是你家的宝贝。"

可是，今年春节，母亲却突然要我把仅存的银杏树锯了。我百思不得其解。

母亲平静地说："我回来两年多了，乡下没几个人了，想找人说个话都难。你大娘也是一个人在家，八十几岁的人了，身体也不太好了。我到了后屋几次，那棵树确实挡了她家的光线。我们还能再活几年啊？遂了她的愿吧。"

妻子接过话："你也这么大年纪了，你答应不再种地了，我们就把树锯掉。"

母亲张张嘴，没再说什么。

我和妻子拎了两盒糕点，去了大娘家。大娘独自一人坐在堂屋打盹，冷冷清清，没有一点过年的喜庆。

我叫了声"大娘"，随后问道："红武他们呢？"

大娘慢慢抬起头，勉强挤出一丝笑容："他们哪有空回来噢，打工的都要趁春节这几天多挣点房租钱哩。"

妻子坐到大娘身边说："大娘！我妈说了，想找人把门前的这棵银杏树锯了。"

"锯树？要找人锯树？"大娘像被什么重物猛烈撞了一样，从座位上弹起来，大声问道："树长得好好的，为什么要锯掉？"

不由分说，她径直迈步走到我家，质问我母亲："为什么要锯树？祖上传下来的，就剩这棵树了，你为什么要锯掉？你不要，我要！"

母亲满脸诧异，说："老嫂子，你不做梦都想着把这树锯了吗？"

"不锯！我说不锯就不锯！"大娘坚决地说。

我们走到屋后的银杏树下，大娘背靠着树，喃喃地说："现在没有这棵树，我都找不到家了。"

春节后，我请人将四个树根从地里挖了出来。其中的一个，加工成了圆桌；另外三个，从中间锯开做了六张木凳。

五一劳动节时，我请人将屋后的自留地铺成了平平整整的水泥地，在银杏树南北两侧各装了两盏路灯。树荫下摆上了之前做好的圆桌和木凳。

梅雨时节到了，天气闷热，暴雨在即，我和妻儿再次回到老家。银杏树下，母亲正和大娘等几位老人围坐在一起喝茶聊天。

封盲笔路

杨家大奶奶回家记

"杨家大奶奶回家啦！"这个消息不到二十分钟就传遍了整个杨家庄。

杨家大奶奶是昨天夜里十点多，由小儿子杨爱武请一位朋友开车送回来的。这个时候，全庄的人、鸡、鸭都已进入了梦乡。有两只土狗吠叫了几声，被车灯光照得刺眼，低着头趴回了墙角。

第一个发现杨家大奶奶回家的，是隔壁的杨金东。老头子七十多岁，靠着一手捕捉黄鳝的绝活，翻建了新房，成了家，拉扯大了一双儿女。如今虽然野生黄鳝越来越少，但正所谓物以稀为贵，他的收入不减反增。为此，他和老伴秀琴一直没有跟随儿女进城生活，而是在乡下过着悠闲的日子。昨天傍晚，杨金东在庄子附近的河沟渠塘里布下了捕鳝神器——竹笼，今天他起大早，一如既往地背上鱼篓去起竹笼。他先是听到了久不住人的杨大奶奶家里有人咳嗽，以为是听错了，并没在意。可启明星闪烁，经过门前两次来回后，他清晰地听到了人的咳嗽声。"不会是进贼了吧？"他心里犯着嘀咕，回家叫起了老伴。两人蹑手蹑脚地走到窗户边，竖起耳朵听出了杨大奶奶的咳嗽声、抽泣声和叹气声。杨金东敲敲窗户，大声问道："是大嫂吗？你啥时回来的？"

杨大奶奶停止哭泣，摁亮电灯，颤颤巍巍地开了门。杨金东没有进屋，他必须抢时间收回所有的竹笼，然后带着胜利的果实——三五斤黄鳝去赶镇上的集市。

秀琴进了屋，边和嫂子聊天，边帮忙打扫卫生。杨大奶奶通宵未睡，想睡也无处可睡。五年前老公杨汝生病故，在家里办了丧事后，杨大奶奶

就没有回家居住。五年了，屋子里的各个角落都蒙积了一层厚厚的灰尘。杨大奶奶患有严重的且无法治愈的眼疾，看东西只能看个大致轮廓；又患有严重的腰椎间盘突出，手术后留下了腿脚不便的后遗症。她没开灯，摸索着忙了大半个晚上，才把卧室的卫生打扫了个大概。久不使用的洗衣机，毫不理睬杨大奶奶的拍拍打打，彻底罢了工。

太阳升起，阳光透过屋顶的明瓦，调皮地在堂屋地面的脚印上晃来晃去。秀琴将一大盆床上用品拿到自己家里用洗衣机洗了，晾晒在门前的竹竿上。杨金东卖了黄鳝回到家，比平时多买了两根油条，请来杨大奶奶一起吃早饭。

杨家庄二十六户人家，清一色的杨姓，平时住着的是清一色的老头儿老太太，年龄最小的六十多岁，最大的近百岁。每年的春节、清明节和中秋节，是庄上人气最旺、最为热闹的日子。各家各户的子孙们，开着各式各样的车，带着大包小包的货。也有子孙将爷爷、奶奶、爸爸、妈妈接到外地的，把大门钥匙交给隔壁邻居或者门房兄弟，请他们逢年过节时打开门窗透透气。

晒在门前的被单上好像写着通知，几进几出的土狗成了通信员。不大会儿工夫，庄上除了瘫痪在床的两人外，其他只要能跑能动的老头儿老太太全部集中到了杨大奶奶家里。人多力量大，大家七手八脚，这个拿扫帚，那个用抹布。杨金东掏出手机，请来水电工检查了线路，请来镇广电站工作人员恢复了有线电视，请来市管道燃气公司技术员接通了燃气。杨金东征求过杨大奶奶的意见后，打电话到镇上的养老助餐中心，叫来了二十多份盒饭。

大家七嘴八舌，谈论内容的焦点为杨大奶奶为何突然回家。杨大奶奶脸上挂着淡淡的微笑："年龄大了，他们各有各的事，还是回来和你们在一起好啊。"

"老不搭少。"秀琴是不主张和子女们一起生活的,"不在一起过,他们自由,我们快活。少生气,少操心,把我们自己的身体养好了是王道。我们健康,他们省心。"

杨建东的老伴在省城帮助独生女带孩子,他在家里种种蔬菜、养养鸡鸭。他接过话说道:"他们需要我们去,我们就去;不需要我们去,我们就不去,能帮点儿就帮点儿,帮不了也没办法。我不习惯城里的生活,呼吸都困难。在家里给他们提供后勤保障,这叫各行其是、各取所需。"

"老年人不是人啊……你身体好了是他们的宝贵财富,你身体不好了就是他们的沉重负担。"

"也不要怪儿女,他们不是不孝顺。他们自己要工作,孩子要补课,什么房贷车贷,什么淘宝支付宝,他们的压力很大啊。"

"还是你家姑娘好,绝对是贴心小棉袄。什么养儿防老,纯粹是养儿啃老、没完没了。"

"现在的农村不比城里差,不愁吃,不愁穿。只要有命在,日子越来越好过。我们老了,要老得贤惠,不给子女找麻烦,充分享受新时代。"

众人你一言我一语,嘴上说着、吃着,手上没停着没闲着。下午一点多,屋子干净了,床铺好了,大家各回各家午休。

和衣躺在床上,闻着暖暖的阳光的味道,杨大奶奶的心酥酥的、酸酸的、涩涩的。自两个儿子结婚生子后,杨大奶奶和老公杨汝生就离开老家,开始了分居生活。杨汝生在无锡市的大儿子家照看孙子,直至五年前孙子上了大学,他却一病不起告别了人世;杨大奶奶在苏州市的小儿子家照看孙女,小儿子、小儿媳在政府机关工作,她每天的任务是上午清洗衣服,给孙女和自己煮午饭,午休后打扫卫生,给全家四口人煮晚饭,日子简单而充实,活计算不上苦但也不清闲。今年九月,孙女考上大学离家住校,小儿媳退休,开启了新的生活。

小儿媳兴冲冲地宣布:"妈妈身体不好,从今天起,做饭、洗衣、卫生等所有的家务活,我承包了。"

杨大奶奶嘴上答应,心里却犯起了嘀咕:"这不明摆着嫌我老了无用了吗?"

两天后,杨大奶奶苦着脸说:"你们做的饭和菜太硬了,我牙不好,吃不动。"

知母莫若子。杨爱武做老婆的思想工作:"你和妈妈分个工,妈妈负责做饭,你负责打扫卫生。一来都不那么辛苦,二来让她老有所为。妈妈眼睛看不见,厨房的卫生一塌糊涂。"

妻子抗议:"她牙不好,做什么菜都要煮得烂烂的,可我们牙好啊,总不能老吃烂菜吧。"

处在中间的儿子当起了和事佬,让妈妈和老婆两人各做各的菜。

和谐局面维持了三天,新的问题出现。厨房就一个,面积不大。几乎在同一时间,婆媳两人进入厨房,你要洗菜,她要洗碗;你要大火炒,她要小火焖。一个患有低血糖不能等,一个患有胃病等不了,谁先谁后?

小儿媳说:"妈,要不你去无锡哥哥家过几天,让我适应适应退休生活。"

"这不是撵我走吗?"大奶奶心里生气,嘴上的气话随之即来,"我在这里做了二十年的佣人,没有功劳有苦劳,不是你一句话让我走我就走的。"

话不投机,各不相让,老账新账一起算,多年的积怨倾盆吐出。

杨爱武晚上下班回到家,立即发现气氛凝重。灯没开,锅没动,老婆在客厅里踱步,妈妈在卧室里哭诉。他意识到了矛盾的严重性,但没想到如此严重。他劝了老婆劝妈妈,劝了妈妈劝老婆,可两头劝,两头不讨好。

无奈之下，他请来朋友，收拾东西，连夜将妈妈送回了老家。在他看来，婆媳两人都在气头上，说出来的话都过分了。先将两人分开，让两人冷静冷静，时间是最好的药品，都是一家人，一切都会好起来的。

国庆假期，杨爱武和哥哥相约回了老家，门前菜地里的小青菜绿绿的，长出两瓣新叶。他们就妈妈的养老问题讨论了半天，可哥儿俩谁也没能带走妈妈。杨大奶奶表示，她一个人生活挺好，哪个儿子家都不去。等到身体实在不行了，她就去养老院。

追梦篇

杨大奶奶体检记

村里组织老年人免费体检，杨大奶奶因行动不便去不了村卫生室，独自坐在门前生闷气。她心里纠结："不去吧，白白浪费这次免费机会，听说还有免费早餐；去吧，我视力差，腿脚不便，只能靠轮椅代步，一公里的距离，我自己过去太远了。"村里的老人们，有的骑电瓶车，有的拄拐杖，陆陆续续从她门前经过，和她打招呼后离去。隔壁的杨金东一大早提着竹笼上街卖黄鳝去了，回家时正好路过村卫生室。秀琴、杨建东等身体状况较好的，想帮杨大奶奶推轮椅。杨大奶奶想着大家年纪都不小了，虽心里想去，嘴上却谢绝了："你们去吧，我这样子，查与不查都一样。谢谢你们，不麻烦了。"

在苏州生活的二十多年里，小儿子杨爱武每年都带母亲去医院做常规体检。起初，杨大奶奶不愿意，说自己身体好，没病体检就是浪费钱。可在卫健委工作的小儿媳态度坚决，说体检关乎全家人健康，有病治病，没病预防。小儿媳直接给杨大奶奶办好体检单，说是单位福利，不去才浪费。

每次体检，杨大奶奶都感觉像受刑。她受不了医院的消毒水味，受不了仪器设备折腾。更难为情的是尿检，她在厕所里憋红脸"吭哧"半天也尿不出。她不明白，没病为什么需要去医院体检，这不是没事找事吗？

不知为何，这次杨大奶奶特别想去体检。回村这么多天，除了去隔壁秀琴家，她没离开家超过百米。听说村里新建了村民休闲广场，她想去看看像不像城里的小公园；听说村五金厂关了，有人开了服装厂，或许能买到便宜衣服；听说村办公室功能多，能唱歌、读书、看电影，这她在城里都没体验过。

杨大奶奶坐着、想着，不禁埋怨起自己的眼睛和腿来。要不是视神经萎缩和腰椎间盘突出导致下肢瘫痪，她早就能自己来回走动多次了。想当年，她在全村都是响当当的人物，年轻时是村文艺宣传队台柱子，春节演出少不了她。两个儿子也争气，都考上大学，在苏南大城市工作成家。

"唉！"杨大奶奶想到儿子，长叹一声，"养儿防老，现在自己老了，看不见、走不动，儿子在哪儿呢？有什么用？"

一阵风吹过，一片枯黄的树叶落到杨大奶奶头上，她抬手取下，用两根手指夹住，拿到眼前看看，放到鼻尖闻闻，又双手合起将其包进掌心。树叶发出轻微"沙沙"声，像极了丈夫杨汝生临终前的喘息。她的眼里涌出浑浊苦涩的泪水："老头子没福气啊。现在日子好了，他要是活着，我也不至于这样。"

"大嫂，又在想啥呢？"杨大奶奶听出是杨金东的声音，抬手用衣袖擦去眼泪。

"你去不去体检？去，我们送你；不去，等会儿有医生上门。"杨建东停好电瓶车，双脚支地，取下头盔。

"去，当然想去。"杨大奶奶有些激动，说话有点结巴，"可，可，可我，我，我怎么去呢？"

"只要你想去，我们有办法。再说，把你送去，村里还能给二十元补助。"杨建东嘿嘿笑着爽快地说。

实行家庭联产承包责任制分田到户后，杨汝生家人多地也多，但劳力只有夫妻二人。辛苦几年后，他们买了橡胶车轮，锯了门前一棵树，打了一辆板车。此后二十多年，板车帮了大忙，让他们省了不少肩挑手扛的力气。他们去儿子家后，板车也没闲着，村里人谁需要都能借用。

杨金东不知从哪儿拉来板车，停在门前，笑着对杨大奶奶说："大嫂请上车。"

杨金东和杨建东一人架着杨大奶奶一只胳膊，合力把她抬上板车。怕杨大奶奶受凉，杨建东回屋抱了一床被子盖在她腿上。杨大奶奶指指轮椅，示意带上。杨建东说："不用，卫生室有。"

七十多岁的杨金东拉板车毫不费力。杨建东跟在后面，不时帮忙推一把，还介绍路边人家的情况。

坐在板车上的杨大奶奶，右手还握着那片枯黄的树叶。她想起当年结婚时，杨汝生用独轮车把她迎进杨家的场景。

村卫生室里坐满了老人，大家一边等待体检，一边话着家常。杨建东拿来轮椅，推着杨大奶奶先到村委会办公楼、服装厂、休闲广场转了一圈。杨大奶奶感慨村里变化大。

"变化大又怎样？年轻人都不愿回来，村里就剩我们这些老家伙了。"杨建东略带伤感。

"他们现在不回来，不代表以后不回来。就像我，不也回来了嘛。"

"家家有本难念的经，不管在城市还是农村，老年人有个好身体比啥都强。"

回到卫生室，杨大奶奶量了血压、测了血糖、抽了血、做了B超，整个过程不到二十分钟。杨大奶奶轻松地问："不用尿检吗？"医生一听笑了，口罩一颤一颤的："奶奶，这是最基本的体检，今年没尿检项目。您要是需要，可以去我们医院。"

"请问你是李秀芳吗？"一位老头在老伴搀扶下，拄着拐杖走到杨大奶奶轮椅边。

李秀芳是杨大奶奶的大名，多年没人叫，她都快忘了。她愣了一下，迟疑地问："我是啊，您是？"

"我就说她是李秀芳吧。"老头子开心地说,"我是叶正国,她是王南芳,你还认得我们吗?"

杨大奶奶一听,兴奋得差点从轮椅上站起来。她怎会不认识他们?当年在村文艺宣传队,叶正国拉二胡,王南芳跳花船。如今大家都老了,岁月不饶人。医生过来打断他们兴致勃勃的聊天,对杨大奶奶说:"奶奶,初步检查您双眼患有较严重的白内障,建议去医院好好检查,这可以手术治疗。另外,您这种情况要是不介意,可以申请定残。"

弯着腰拉着杨大奶奶手的王南芳说:"老了,老了,没想到在这儿见到你。走,去我家吃中饭,好好聊聊。"

"先别急着吃中饭,把早饭吃了。"杨金东把一个方便袋放到杨大奶奶手上,里面有一杯热豆浆和两个包子,热乎乎的。

后记

友人问我："出书为啥？"

我笑答："不为啥。"

友人追问："那出书为啥？"

是啊，出书为啥？我沉默不语。

最近这几年，工作之余，我写了一些小散文。内容是有关工作、生活、追思、遐想的，没有明确且固定的主题，也没有数量和质量上的任务要求，想写就写，不想写就搁下。断断续续，竟写了近两百篇；陆陆续续，有几十篇在不同的报刊发表。

于是，我想，能否从这些文章中选一部分出本书呢？

我出书，肯定不是为了出名。名嘛，我多少有一点。但凡存在于世的，人也好，动物、植物也罢，活着的、死去的，有名有姓的，总会有点名气或名声。说出一本书就能增加我的名气、光大我的名声，至少我不信。除非我的书获了大奖，借奖的光，在一定时期和区域内出出名。

我出书，也不是为了赚钱。在我看来，钱够用就行。我的工资比上不足、比下有余，能保障全家的基本生活，还有些结余。书出版后得有人买，且得有很多人买才能赚钱。可如今新时代，人们的阅读观念和方式发生了深刻变化，碎片化、智能化成为常态。手捧一本书、边喝茶边埋头阅读，或睡前扭亮床头灯、倚着软靠垫读书的场景已不多见。手机不仅替代了纸质书刊，还成了家庭书房甚至海量的流动图书馆。看书的人少了，买书的人自然也少了。

在整理书稿的过程中，每次读自己写的文章，都感慨万千。时过境迁，物是人非，那些曾在我生命中极为重要的人和事，很多在记忆里已模糊不清甚至全无印象。每次读起，又仿佛回到那个年代，好像在与某某喝茶聊天。继而会产生疑问：这是当年的我吗？这是我当年做过的事、遇过的人吗？若现在的我处理当年的事，还会那样做吗？我如今的岁数，不算年轻，也不算太老，人生之路应该还能再走一段。那么，今后岁月里若遇到同样的事，我该如何面对呢？

也许，在内心深处，我出这本书，是为了留存一份回忆，给自己一份提醒，保留一份激情。仅此而已。

感谢在本书出版过程中给予我无私帮助的同事们，以及每一个有缘读到此书的读者。

2025 年 3 月 5 日